Les Odysséens

Tome 1

Fabien Raimbault

Table des matières

Préface par *Fréderic Boisdron*

Harold J. Leavitt nous disait « *Les innovations sont presque toujours le fait d'explorateurs individuels ou de petits groupes, et presque jamais celui de bureaucraties importantes et hautement structurées.* ». Ce professeur de sociologie, américain, étudiait le comportement des groupes restreints d'individus en comparaison avec ceux comprenant un grand nombre de membres. Ces derniers, endormis par la lourdeur de leurs organisations inhérentes, limitaient fortement la créativité individuelle.

Fabien Raimbault, auteur du premier volet des *Odysséens*, fait partie de ces rêveurs qui désirent innover, faire avancer le monde. Mais avant tout, Fabien est humain, car l'individu est systématiquement au cœur de sa démarche. Quand je l'ai connu, en 2009, il venait de fonder, et présidait, l'association Caliban. Celle-ci regroupait, et regroupe toujours d'ailleurs, de très nombreux passionnés de robotique en provenance de toute la France ainsi que de pays limitrophes. Sa passion pour ce que, je le cite lui-même *ces bidules qui gigotent et qui clignotent* transpirait lors des Apérobots, ces évènements mensuels qu'il organisait un peu partout à travers le territoire. Autour d'un, parfois de plusieurs verres, Fabien était intarissable sur un nombre incalculable de sujets : les robots, les romans d'*Isaac Asimov* ou d'*Arthur C. Clarke*, l'histoire de l'astronautique, le nucléaire, les *24 Heures du Mans automobiles*

en passant par la discographie des *Rolling Stones* ou même encore le modélisme.

Un des traits de sa personnalité qui m'a le plus conquis, c'est essentiellement son besoin de transmettre sa passion pour la connaissance, le savoir. Plus important encore pour lui, il n'a de cesse d'approfondir tout le processus d'apprentissage, quel qu'en soit le sujet, puis d'auditer, comparer, valider et souvent même rejeter. Il était, déjà à l'époque, totalement dans l'esprit du mouvement *maker,* qui naissait alors un peu partout à travers le monde. Il a même, d'ailleurs, aidé à la création de plusieurs *fablabs* et autres *hackerspaces*. Ces lieux, libres espaces de créativité aussi bien techniques qu'artistiques ou de partage intellectuel, favorisent l'innovation en mutualisant les acquis et les expériences de chacun de leurs membres.

Puis en 2011, Fabien passe à l'étape de l'entreprenariat en créant *Cybedroid* avec l'aide de quelques amis, tous membres de son association. De par mon métier, je savais que cette nouvelle entité appliquerait la philosophie qui est la sienne : écoute, étude, innovation, liberté intellectuelle. Conceptrice de robots humanoïdes, cette entreprise s'est installée à Limoges, dans un ancien local dans lequel l'arrière-grand-père de Fabien entretenait jadis de belles mécaniques américaines. Encore un signe qui démontre sa passion pour la technologie et l'Histoire. Il regroupa autour de lui une équipe d'une quinzaine de passionnés puis les forma afin que tous l'aident à poursuivre un de ses plus grands rêves : développer un véritable robot humanoïde, digne de ceux que l'on trouve dans les romans d'*Isaac Asimov*. Pour remettre les

choses dans leur contexte, *Cybedroid* a démarré son activité alors que seuls de grands groupes tels que *Toyota* ou *Honda* pouvaient déjà prétendre à de telles prouesses.

Et ils l'ont fait ! Malgré le peu de moyens et une équipe des plus réduites, dont le nombre était probablement bien inférieur à celui des préposés aux photocopies chez *Toyota*, *Cybedroid* a produit certains des robots les plus remarquables de cette dernière décennie. Les équipes de *Cybedroid* ont démontré une capacité d'innovation à un stade ultime. Ce petit groupe de fous furieux possédait une véritable force pouvant faire des miracles. Je me souviens : La veille d'une présentation en grandes pompes lors d'un salon international, quelle entreprise autre que la leur aurait eu l'audace d'aller dans le magasin de jardinage le plus proche afin d'aller acheter un grand pot de fleur ? Car, en effet, il manquait toute une partie de la coque d'un de leur tout dernier prototype. Les gars de Cybedroid se défoncèrent et improvisèrent pour transformer le dit pot de fleur en un morceau de carrosserie de fortune, mais tout à fait crédible, pour un de leurs robots. Ce *bidule qui gigote et qui clignote* fonctionna à la perfection durant les 3 jours non-stop du meeting face à un public médusé. D'autres exemples de ce type parsèment l'histoire de *Cybedroid.* On pourrait citer ces fameuses *Moon boots* installées au dernier moment sur un robot bipède afin d'éviter qu'il ne glisse sur un sol inconnu ou encore lorsqu'ils ont fait traverser la rue, en plein public et sans protection, à un de leurs robots pour aller saluer celui de la concurrence se trouvant dans un autre bâtiment et incapable d'en sortir. L'équipe soudée de

Cybedroid était un véritable moteur d'innovation ! Cela était flagrant dans chacune de leurs créations.

Connaissant Fabien depuis un bon moment, je sais qu'il n'était pas étranger à ce bouillonnement de créativité au sein de son ancienne entreprise. J'ai vu à quel point il était proche de ses collaborateurs, comment il influençait son équipe pour favoriser la créativité, l'ambition, repousser la limite des rêves. Certes, il pense au groupe, mais également à chaque individu qui le compose. Il préfère additionner plutôt que normaliser.

En écrivant *Les Odysséens*, Fabien Raimbault continue d'appliquer sa vision de petite communauté soudée et intelligente, à travers les aventures d'Eldor, Miss Wendy, l'honorable Docteur Yayobe, Charles, Lars, Lennon, Jensen ainsi que Klyde. Beaucoup d'auteurs utilisent la facilité et tournent leur script autour d'un ou deux personnages principaux. Or dans *Les Odysséens*, même si on ne découvre les protagonistes qu'au fil des chapitres, il nous paraît évident que tous auront une destinée importante. A l'image de la *Communauté de l'Anneau*, décrite dans l'œuvre de J.R.R. Tolkien, *Le Seigneur des Anneaux*, chaque personnage a un passé qui lui est propre et de réelles raisons d'être présents dans l'histoire. Tous ont un objectif : participer et faire avancer l'intrigue tout en ayant cette sensation d'être les témoins de quelque chose qui les dépasse. Tout comme dans l'équipe de *Cybedroid*, chacun réagira à sa manière et chaque personnalité sera un des maillons clé de la mission qui est la leur.

Dans ce premier roman de Fabien Raimbault, je retrouve, au fil des chapitres, d'autres aspects de sa personnalité. Passionné par le défi qu'il s'est lancé lorsqu'il était adolescent, à savoir créer une véritable intelligence artificielle, il sait à quel point la tâche est difficile et incertaine. Oui, ce roman n'est que le premier épisode d'une saga que je sais longue et prospère, mais nous retrouvons déjà cette thématique au cœur de l'intrigue, même si les robots ne sont au final que très peu présents. Admirateur des œuvres de la littérature et du cinéma de science-fiction, Fabien nous propose de nombreux clins d'œil aux grandes épopées qui l'ont influencé. Je serais bien incapable de tous les identifier, car je n'ai pas la culture de Fabien dans ce domaine. Mais j'ai, malgré tout, reconnu quelques dédicaces à *Star Trek*, *Rencontre du troisième type,* bien évidemment la célèbre œuvre de Stanley Kubrick et Arthur C. Clarke, et même la *Bible* !

Enfin, j'aimerais m'attarder sur un point que je juge très important à propos de ce premier tome des *Odysséens*. Tandis que je lisais l'épreuve de travail de ce roman, je me suis rapidement aperçu que, systématiquement, j'avais une page de la célèbre encyclopédie en ligne *Wikipédia* ouverte aux côtés du manuscrit. Car, comme je le précise un peu plus haut, un des traits de la personnalité de Fabien est sa propension à pousser les autres à acquérir de la connaissance. Progressivement, vous vous apercevrez que dans ce roman, Fabien glisse énormément de détails, qui ne sautent pas forcément aux yeux mais qui sont bel et bien là. L'auteur vous invite à en savoir plus sur tel ou tel point particulier sans jamais vous forcer. Car en effet, il n'est nul besoin de vous documenter sur les sujets qui vous sont proposés pour suivre les aventures de nos héros, mais je tenais clairement à vous dire que plusieurs niveaux de lecture existent. A titre personnel, les *Odysséens* m'ont permis, entre autres, de particulièrement m'intéresser aux travaux du mathématicien John Horton Conway, que je ne connaissais que de nom, et à tout ce qui touche à la science de la musique.

Avec ce premier opus des *Odysséens*, je vous souhaite, amis lecteurs, autant de plaisir que j'en ai eu à découvrir l'univers de cette saga qui s'annonce riche. En outre, en plus de vous divertir, vous allez vous instruire. On reconnait bien là Fabien !

Frédéric Boisdron

Rédacteur en chef du magazine *Planète Robot*

Préambule

Cette histoire puise sa source dans une époque obscure que les historiens du futur auront bien du mal à étudier. Selon l'ancien calendrier, basé sur la naissance du personnage mythique qu'est le Christ, tout a commencé en 1964.

Arthur était un homme épanoui. Il possédait absolument tout ce qui pouvait faire son bonheur. Autrement dit, quelques feuilles de papier, une robuste machine à écrire ainsi qu'une imagination que chacun de ceux qui le connaissaient s'accordait à qualifier de débordante. Depuis désormais quelques années, il parvenait à en tirer un revenu plus que confortable.

Dès son plus jeune âge, il s'était pris de passion pour les sciences en général, mais il se sentait plus à l'aise dans l'art du maniement des mots que dans celui des équations. Sa renommée d'écrivain ainsi que le succès en magasin de chacun de ses nouveaux romans lui permirent de réaliser le rêve de sa vie : quitter son pays natal, l'Angleterre, et s'expatrier dans la belle ville de Colombo, au Sri Lanka. De son propre aveu, il ne s'était vraiment senti chez lui qu'à dix mille kilomètres de là où il était né.

Il y menait une vie paisible, entouré de quelques amis, profitant à l'occasion de fêtes sans prétention et surtout de calme, de beaucoup de calme, le carburant de son imagination. Contrairement à cette règle respectée par la plupart des auteurs, il ne s'astreignait pas à écrire de façon régulière et encore moins quotidiennement. Il le faisait uniquement lorsqu'il estimait qu'il avait quelque chose d'intéressant à raconter. Pour trouver l'inspiration, il avait pris pour habitude de partir effectuer des séances de plongée sous-marine de sorte que, parfois, stimulé par cette évasion, il rentrait paisiblement chez lui et s'installait devant sa vieille *Olympia*, une machine à écrire qui l'accompagnait depuis toujours et dont il ne se rappelait plus la provenance.

La journée s'annonçait calme, mais il avait besoin de se ressourcer. La semaine précédente, il était parvenu à refourguer un de ses manuscrits à sa maison d'édition. Son banquier, alors rassuré, se mit à nouveau à le traiter avec déférence. Par ailleurs, la distance qui le séparait de sa maison d'édition, basée à New York, n'était pas un problème pour lui, car il transmettait ses écrits par téléscripteurs, s'étonnant à chaque fois des merveilles que la technologie permettait d'accomplir.

Parfait !

Il allait enfin pouvoir effectuer son excursion vers ce récif corallien qu'il avait repéré deux mois plus tôt, à quelques dizaines de kilomètres de là.

Il songeait, depuis plusieurs mois, à s'acheter un bateau, mais il hésitait. Bien qu'il en eût les moyens financiers, il redoutait les tracas inhérents à son entretien. Quoi qu'il en soit, il avait réservé un petit *Hobie cat* pour la journée entière ainsi qu'un pilote pour l'amener à l'endroit souhaité.

Arthur était penché sur une de ses bouteilles de plongée, vérifiant méticuleusement son niveau d'oxygène. Les sandwichs étaient prêts, quelques bières étaient au frais dans la glacière. Tout était en ordre et il avait hâte de prendre la route. Il se réjouissait de retrouver ce monde sous-marin qui lui procurait une sensation de bien-être indescriptible. En tout cas, presque autant que lorsqu'il sombrait dans les tréfonds de son inconscient d'où il puisait les élucubrations qui le faisaient vivre.

Quoi ? Il est déjà huit heures ! Il faut que j'y aille.

Arthur saisit le sac volumineux qui contenait son matériel puis attrapa les clés de sa Cadillac, un coupé d'occasion, et sortit de chez lui.

Merde, le téléphone.

Il déposa soigneusement son cabas par terre et se précipita à l'intérieur pour répondre. Arthur n'était pas le genre d'homme qui dérogeait à ses obligations. Chaque coup de téléphone pouvait être important.

Ça, c'est un problème avec mon manuscrit.

— Allô, pourrais-je parler à Monsieur Arthur C.Clarke ?

— Certainement, c'est moi-même. À qui ai-je l'honneur ?

— Vous n'avez donc pas reçu mon courrier ! Je vous l'ai pourtant posté il y a plus d'une semaine.

— Je ne comprends pas de quoi vous parlez. La poste sri lankaise est loin d'être une des plus efficaces au monde.

— Dans ce cas, laissez-moi me présenter. Je suis Stanley Kubrick.

Arthur manqua un battement de cœur. Était-il possible que ce fût LE Kubrick ? Celui-là même qui rencontrait actuellement un succès planétaire au cinéma avec sa satire « *Docteur Folamour* » ? Il se hasarda à dire :

— Le réalisateur ?

— Qui d'autre ! Voyons mon ami, vous en connaissez beaucoup d'autres des Kubrick susceptibles de vous appeler ?

— Certes non, bien entendu. De quoi souhaitez-vous que nous nous entretenions ?

— Disons que je trouve vos écrits très inspirants.

— Vous m'en voyez très flatté, mais je doute que vous m'appeliez uniquement pour me dire cela.

Une pause marqua la conversation. Arthur surveillait l'heure sur sa montre de plongée. Stanley reprit finalement :

— Laissez-moi y venir. Je tiens à vous dire que j'ai énormément apprécié votre nouvelle de Science-Fiction *The Sentinel.*

— Oui, moi aussi je l'aime bien celle-là. Mais je l'ai écrite il y a presque 15 ans…

— Je sais, je sais ! Hum… En fait, j'aimerais l'utiliser comme base pour réaliser le plus grand film de Science-Fiction de tous les temps.

— Vaste programme ! Si je comprends bien, vous souhaitez vous procurer les droits ? Pour cela vous devez vous adresser à mon édite..

— En aucun cas ! Je veux que vous écriviez le scénario pour moi.

Arthur n'en revenait pas.

Qu'est-ce que c'est encore cette histoire ? Cet illuminé me met en retard à cause de ses idées absurdes.

Il répondit en tentant de ne pas laisser transparaître son agacement :

— Je risque de ne pouvoir vous être d'aucune aide. Mon dernier roman a rongé jusqu'à la moelle le cadavre de mon imagination. J'ai besoin de me ressourcer.

— Vous ne comprenez pas ! Je ne vous demande pas d'inventer une histoire originale. Celle-ci me plait énormément. Je veux juste que le scénario soit inspiré de cette nouvelle. Je ne sais pas comment vous procédez, mais je vous demande juste de l'étoffer, de broder un peu, afin que je puisse en tirer un film. Personne d'autre que vous n'est capable d'écrire le scénario de mon chef-d'œuvre. Votre prix sera le mien…

— Écoutez, je vais y réfléchir, mais je ne peux rien vous promettre pour l'instant. Ce n'est pas une question d'argent. Vous savez, les muses ne sont pas toujours à mes côtés…

— Aucun problème. Prenez le temps nécessaire pour réfléchir à mon offre.

— Dans ce cas, je vais me pencher sur la question. Pouvez-vous me rappeler un peu plus tard pour que nous en reparlions ?

— Bien entendu. Quand cela vous arrangerait-il ?

— Disons, en début de semaine prochaine. Je suis pas mal occupé ces temps-ci.

— Demain matin, très bien ! J'ai été enchanté de m'entretenir avec vous Arthur. À bientôt très cher.

Il alla pour protester, mais il n'eut pas le temps de rétorquer. L'énergumène à l'autre bout du fil avait déjà raccroché.

Non, mais quel culot celui-là, c'est à peine croyable.

Arthur n'appréciait pas qu'on le traite de la sorte, tout Kubrick qu'il soit. Projet délirant… Évidemment qu'il allait accepter ! Déjà, une myriade d'idées étaient en train d'éclore dans son esprit et il lui fallait les attraper au vol, maintenant. Il se décommanda auprès de l'agence de location qui accepta de reporter l'excursion sans facturer des frais supplémentaires.

Il partit s'installer sur sa terrasse, sa vieille Olympia sous le bras. Son imagination partie à la dérive. Chose rare, il avait déjà trouvé le titre : *Voyage au-delà des étoiles.*

Non… Toutes réflexions faites, *2001, l'Odyssée de l'espace* sonnait mieux...

Introduction

Gloria.

Personne n'aurait pu imaginer l'importance que prendrait ce monde lors de sa colonisation, plusieurs millénaires auparavant.

En cette époque reculée, les populations de la Terre se livraient à des combats sans fin au nom d'idéologies absurdes qui progressivement ruinaient la *Mère des Mondes*. Lassés de toute cette barbarie, une poignée d'hommes et de femmes décidèrent de quitter le système solaire à bord de cargos spatiaux rudimentaires. L'entreprise était hasardeuse, car la propulsion hyperspatiale n'en était alors qu'à ses balbutiements. Elle était encore fort dangereuse. Seules quelques sondes, équipées de ce nouveau dispositif de propulsion, avaient effectué de brefs voyages parmi les étoiles les plus proches avant de revenir. Toutes avaient été fortement endommagées lors des bonds hyperspatiaux.

L'espèce humaine n'était pas capable, en cette époque reculée, de fabriquer un astronef permettant d'effectuer plus d'une poignée de bonds dans ce milieu étrange qu'est l'Hyperespace. Prêts à tout pour fuir leurs semblables, ces intrépides Pionniers gardaient l'espoir de trouver un monde vierge, de préférence éloigné le plus possible de la Terre originelle. Ils aspiraient à bâtir un nouveau type de civilisation, différent de celui qui avait lentement rongé la Terre.

Gloria fut la première des planètes sur laquelle ils décidèrent de poser leurs astronefs. L'origine du nom que les Pionniers donnèrent à ce monde est aujourd'hui inconnue. Lors de leur arrivée, les Pionniers n'envisageaient absolument pas de s'établir sur cette planète, bien trop proche de la Terre à leur goût. Cependant, leurs vaisseaux devaient subir d'importantes réparations et, même pour certains d'entre eux, être entièrement reconstruits. La multitude de bonds hyperspatiaux à laquelle ils avaient été soumis et pour lesquels ils n'avaient pas été conçus, avaient fini par les endommager au point que les Pionniers doutaient qu'ils résistent ne serait-ce qu'à leur atterrissage. Quelques astronefs se disloquèrent lors de cette tentative d'atterrissage désespéré, mais dans l'ensemble, la majorité d'entre eux réussit à atteindre le sol sans dommage. Un camp de fortune fut dressé afin de pouvoir évacuer les navires et ainsi procéder aux vérifications qui s'imposaient. Ils devaient se rendre à la raison. Plusieurs années seraient nécessaires pour les remettre en état. Les glorieux navires étaient incapables de reprendre la route de l'espace ! La vie à l'intérieur de la base s'organisait lentement, mais cela ne se produisit qu'au prix de la souffrance de ses bâtisseurs.

Chaque jour, ils devaient se battre contre les éléments hostiles d'une planète qui refusait leur présence. Pourtant, et c'était là une chose suffisamment remarquable pour être précisée, ce monde possédait, dès l'origine, une atmosphère propice au développement de la vie. D'après les biologistes, son air était beaucoup trop pauvre en oxygène, mais cela ne représentait pas un obstacle insurmontable. À terme, les mêmes techniques que celles ayant été utilisées pour coloniser Mars permettraient sans doute de pallier cette lacune…

La remise en état des astronefs prit plus de temps que ne l'avaient annoncé les prévisions les plus pessimistes. Certains techniciens, découragés par la somme colossale de travail à accomplir, allaient même jusqu'à affirmer qu'il serait plus sage et facile, avec les ressources locales, d'en construire de nouveaux. Les vaisseaux avaient trop souffert lors du voyage. Pourtant on tenta, rapidement, d'en remettre certains en état, notamment par crainte d'une arrivée de navires Terrestres et ainsi assurer la défense de Gloria, en cas de besoin.

Le cargo principal, *Anaïs*, tenta de reprendre la route de l'espace, six années après qu'il se fut posé. L'onde sismique provoquée par l'explosion de ses moteurs hyperatomiques fit cinq fois le tour de la planète avant de s'évanouir, annonçant du même coup le glas du renouveau spatial des Pionniers. Ils étaient bloqués sur ce monde, sans aucun moyen de défense si la Terre décidait d'en prendre le contrôle, comme ils l'avaient déjà fait pour la Lune, Mars, Europa et tous les autres mondes colonisés du système solaire. Les Pionniers devaient absolument mettre en place, et rapidement, de lourdes infrastructures, seules capables de déboucher sur la construction de nouveaux astronefs. Il fallait creuser des mines, créer des usines, installer des laboratoires de haute technologie… Au moins, les moteurs hyperatomiques des vieux astronefs pouvaient facilement être transformés en centrales électriques. C'était déjà ça de pris. Mais il était clair qu'ils ne pouvaient espérer reprendre la route de l'espace avant au moins un siècle.

En réalité, ils devaient s'installer sur cette planète s'ils voulaient pouvoir la quitter.

Les premières générations qui vécurent à sa surface furent sacrifiées, se terrant dans des abris souterrains, construisant inlassablement un monde que seuls leurs lointains descendants pourraient fuir…

Mais l'espèce humaine possédait cette force qui inévitablement la faisait aller de l'avant. Tandis qu'une nouvelle société se mettait en place pour assurer la production de nouveaux astronefs, Gloria, puisque c'est ainsi que cette planète fut définitivement baptisée, devint de plus en plus agréable à vivre. Elle fut *terra-formée* bien plus rapidement que prévu. Bien peu décidèrent de quitter le confort de leur foyer pour reprendre la route de l'espace quand ils en eurent la possibilité. Tout comme la Terre en son temps, elle se mit à croître de façon exponentielle… En plus organisée.

Deux siècles s'écoulèrent avant qu'elle ne relance en masse ses semences vers les horizons encore inconnus du vaste disque galactique. À présent Gloria était forte et puissante ! Elle n'avait plus à accepter l'ingérence de la Terre, qui tentait, avec la démocratisation de l'hyperpropulsion, de lui imposer son joug par l'envoi d'escadrons militaires. Poussée à bout, et malgré la volonté pacifiste qui animait la plupart des Gloriens, une guerre entre les deux mondes éclata. Celle-ci fut brève, car la supériorité technologique, mais aussi en nombre, de la flotte des Pionniers était sans équivoque possible.

L'Histoire avait profondément marqué la population Glorienne. La Terre sombrait progressivement dans la décadence, en partie à cause des multiples nations qu'elle abritait. L'*Unité*, voilà ce à quoi Gloria aspirait. Rapidement, elle imposa sa domination sur les mondes qu'elle engendrait, leur offrant sa protection vis-à-vis de l'anarchisme Terrestre. Dans toute l'histoire galactique, seule la Terre ne reconnut jamais son autorité.

Afin de se distinguer de sa vieille parente malade, Gloria mit en place un nouveau calendrier. Il trouvait son origine à cet instant précis, lorsque le premier cargo Pionnier avait fui Mars, il y avait de cela fort longtemps. Ce système de datation prit le nom de Calendrier Standard Galactique. La mise en place de ce qui n'était rien d'autre qu'un symbole marqua pourtant la fin des pourparlers entre ce que devenait l'Empire Glorien et le Royaume Terrien.

Mais Gloria possédait une autre particularité, bien plus visible que sa volonté à s'opposer à la *Mère des Mondes*. Elle était constituée de deux planètes. Deux globes de masses relativement similaires orbitaient autour de leur centre de gravité commun, en une ronde immuable dans l'écosphère d'une étoile de même classe spectrale que le Soleil.

Avec le temps, grâce aux moyens techniques et financiers, un ascenseur spatial fut mis en place pour relier les deux planètes. Le port spatial, permettant aux voyageurs venus de l'espace d'emprunter l'Ascenseur, fut logiquement installé au point de

Lagrange. Cette entreprise dura plusieurs siècles, mais à présent, il s'agissait d'une technique parfaitement éprouvée. Les deux planètes sœurs, distantes l'une de l'autre d'environ une seconde-lumière, étaient reliées par un système de transport en commun. Une des jumelles, celle dont l'atmosphère était stable, abritait le siège du pouvoir impérial tandis que l'autre, animée la plupart du temps par de violentes tempêtes, constituait la plus grande base militaire de la Galaxie. Ses armes étaient autant destinées à se défendre contre la Terre qu'à asseoir son pouvoir vis-à-vis des nouveaux mondes…

Aucune planète ne pouvait techniquement défier Gloria et aucune d'elles d'ailleurs ne semblait véritablement vouloir le faire. Les dirigeants successifs de Gloria, des Empereurs, étaient généralement des hommes justes et, dans l'ensemble, menaient une politique pacifiste.

Mais le gouvernement centralisé Terrestre refusait toujours cette hégémonie sur la galaxie. Finalement, ne pouvant espérer renverser Gloria, pas plus que sa suprématie sur ses mondes frères, la Terre coupa toutes les communications pour se refermer sur elle-même. Chacun des deux partis en présence, l'Empire et le Royaume, se mit à ignorer volontairement la présence de l'autre. Gloria ne pouvait faire autrement. La Terre n'avait aucune capacité d'attaque, mais elle était littéralement imprenable. Aucune des flottes impériales, même les plus modernes et les plus lourdes, envoyées vers le système solaire, n'était revenue et ce d'aussi loin que les livres d'histoire remontent. D'aucuns disaient qu'une force divine protégeait la *Mère des Mondes*.

L'Empire savait s'en accommoder mais l'acceptait mal. La Terre avait choisi de vivre en autarcie et Gloria était bien obligée de respecter cette volonté...

Quoiqu'il en fût, on oublia lentement ce monde habité par des hommes qui devinrent vite, dans l'esprit populaire, des hordes de barbares sanguinaires. Gloria, par accord tacite avec les différents secteurs galactiques, fut désignée pour guider la politique globale de l'Humanité. Un guide respecté de tous, c'était bien à cela que Gloria aspirait.

Jamais l'Empire n'avait été aussi prospère et stable. Chose surprenante lorsque l'on sait que l'Empire fut toujours stable et prospère...

Globalement, l'Empereur Vladimer III pouvait être fier de lui. En effet, le quadrillion de citoyens qu'il dirigeait lui étaient reconnaissants de sa bienveillance et la plupart d'entre eux l'aimaient sincèrement. Sa politique était juste, d'autant qu'il usait plus souvent de la diplomatie que de la force pour annihiler les petites révoltes éclatant inévitablement sur certaines de ses dépendances.

Un millier de mondes, voilà l'étendue de mon pouvoir !

L'Empereur éprouvait énormément de difficultés à se représenter mentalement ce que cela pouvait signifier. Aucun être humain n'en était capable.

Mon travail consiste justement à faire croire que j'en ai la faculté.

Il estimait qu'il s'en sortait plutôt bien. Contrairement à son prédécesseur, Rusko II, il avait décidé de relancer une politique expansionniste. Chaque année, au moins un monde nouveau voyait arriver sa cargaison d'hommes et de femmes. Dans les siècles à venir, lorsque ces planètes seraient *terra-formées*, elles viendraient s'ajouter à la liste des dépendances impériales.

Vladimer III était serein, même si les Odysséens lui causaient de plus en plus de tracas…

Chapitre-1 : Arrivée

7 402 CSG

Savant, puisque tel est la signification de sa signature acoustique, ressent l'équivalent de l'inquiétude.

L'Île approche.

Son Autre, Surveillant, ne s'est pas trompé. L'Île se dirige vers la plus grande fontaine des lumières longues. Quand l'Île arrive, une fontaine se tarit pour toujours et la nourriture disparait. Les Juvéniles ainsi que les plus fragiles meurent.

Cela dure depuis un nombre incalculable de lumières. Sauver cette fontaine est impossible, mais Savant estime être en mesure de protéger la prochaine, peut-être...

Il s'enquit brièvement avec son Autre, Dirigeant, qui décida d'initier la migration...

***

Gloria était belle vue depuis l'espace.

Les deux globes la constituant étaient totalement différents. Alpha, siège du gouvernement, était d'un bleu éclatant, car seuls vingt pour cent de sa surface était émergée. Bêta, quant à elle, tirait dans des tons rouge violacé, dus à la forte teneur en oxyde de fer de sa roche et à l'absence de véritable mer. Pourtant, le mince filin de l'ascenseur spatial semblait les unir en une seule entité lorsque le soleil se reflétait sur sa texture dérivée du diamant.

Il lui fallait une fois de plus la quitter.

Le commandant Bluver Art, bien que largement rodé à l'exercice du vol spatial, sentait toujours monter en lui cette appréhension lorsqu'il quittait son monde natal. C'était comme si on lui arrachait une partie de son cœur, comme s'il risquait de ne jamais revoir cette étrange beauté, unique dans toute la Galaxie. Mais heureusement, cette fois-ci, il n'irait pas bien loin. Tout au plus à quelques minutes-lumière de là.

Art commandait un navire de combat léger qui pouvait accueillir au maximum cinq membres d'équipage. Toujours sur le qui-vive, il avait reçu l'ordre d'appareiller immédiatement afin de comprendre ce qui était en train de se passer dans les environs d'Artémis, la première des géantes gazeuses du système Glorien. Les opérateurs travaillant à l'écoute des hyperondes avaient détecté un sursaut gamma à la périphérie d'Artémis, signe annonciateur qu'une hypernef allait bientôt pénétrer l'espace-temps à cet endroit précis. Art ne disposait que de trente minutes pour rallier ce point et c'est volontairement qu'il poussa le groupe propulseur de son vaisseau dans ses derniers retranchements. L'accélération fut stupéfiante et, songea-t-il, il aurait pu se rendre vers la géante gazeuse par bond hyperspatial, mais il avait besoin d'une dérogation pour cela. Aucun bond n'était effectivement permis aux abords du *Monde des Mondes*. Perte de temps que de remplir le formulaire, mieux valait s'y rendre avec des moyens plus conventionnels, même s'il fallait pour cela endurer les quelques G d'accélération que les mécanismes sophistiqués du vaisseau n'arrivaient pas à compenser.

Une cigarette et un quart d'heure plus tard, Artémis était en vue. Il lança une des nombreuses routines informatiques de recherche que les ingénieurs avaient mises à sa disposition. Le supercalculateur embarqué à bord de son vaisseau se mit à fouiller l'espace de ses détecteurs les plus pointus et, en quelques secondes, obtint les coordonnées exactes du point d'émission des ondes gamma. La trajectoire du vaisseau s'incurva sensiblement, par action de moteurs verniers traditionnels, vers ce point encore indiscernable de ce que tant de poètes avaient nommé *Les Prairies Étoilées*. Quelques minutes passèrent quand enfin, Art aperçut, de ses yeux, un halo lumineux, scintillant de mille couleurs, se détachant nettement du fond noir d'encre de l'espace. L'ordinateur effectua automatiquement un zoom dessus et afficha l'image sur l'holoécran de la cabine de pilotage. Comme Art l'avait supposé, ce nuage flou avait la forme d'un tore, mesurant, a priori, plusieurs kilomètres de diamètre. Une hypernef de taille conséquente allait bien arriver ici d'un instant à l'autre.

Le problème ne venait pas tant du fait qu'un vaisseau s'approchât de Gloria, au contraire. Des centaines de cargos arrivaient tous les jours et de toutes les destinations, vomissant leur flot continuel de fret et de touristes hagards. Non ! Le problème venait du fait que celui-ci ne s'était pas identifié sur le réseau de l'hyperonde avant d'entamer sa procédure de rentrée dans le système Glorien. Étant entendu qu'il n'était pas encore arrivé, il était seulement virtuellement en infraction vis-à-vis des lois impériales. Il devait donc être considéré comme étant une menace potentielle.

Art était un des meilleurs spécialistes impériaux des interventions rapides et/ou délicates. C'était le moins que l'on pouvait dire à son sujet. Trois années plus tôt, il avait littéralement anéanti une flotte de quatre croiseurs lourds avec un simple chasseur de combat léger. C'était lors de la rébellion d'Eden, un royaume anarchiste qui semblait vouloir obtenir son indépendance. L'Empire aurait pu accéder à ce genre de requêtes, mais les troupes gloriennes avaient rapidement mis fin à cette pseudo-révolte, une poignée de fanatiques Odysséens étant à la source de toute cette agitation. Art avait été décoré comme il se doit pour sa contribution à préserver l'unité de l'Empire. Maintenant, il travaillait à la sécurité gouvernementale, signe évident d'une certaine ascension dans la hiérarchie militaire.

Fort de cette expérience, une hypernef égarée ne l'effrayait pas outre mesure, mais il s'interrogeait sur la raison de son silence radio. Toutes les armes du vaisseau sous son commandement, le *Anger-IV*, étaient au stade de préchauffage, mais il pouvait intervenir dans l'instant si le besoin s'en faisait sentir. Il ordonna à son coéquipier de placer son vaisseau à une microseconde-lumière du halo et attendit.

À peine furent-ils sur place que le tore lumineux se transforma en une explosion de couleurs. Une hypernef de taille impossible surgit brusquement de son centre à une vitesse non relativiste, mais dangereuse dans l'espace classique, poursuivie par un long panache incandescent.

— Par tous les Dave, ses moteurs hyperatomiques sont en pleine poussée ! Que se passe-t-il ?

L'adjudant d'Art le regarda l'air déconfit, ne sachant quoi dire. Il finit par se résoudre :

— En temps normal, un vaisseau n'arrive jamais avec ses propulseurs allumés. Je ne comprends pas ! Cela peut engendrer l'effondrement du trou noir qui ouvre la voie à l'hyperespace. Ils sont complètement dingues.

Une distance colossale pouvait être parcourue dans ce lieu qui n'est ni temps ni espace en une durée infiniment brève. Cependant, certaines règles de sécurité étaient à respecter lors de la transition. Un vaisseau devait accélérer jusqu'à une vitesse proche de celle de la lumière puis couper ses moteurs et effectuer le bond. Les instabilités provoquées par des réacteurs classiques pouvaient tout simplement bloquer le navire dans l'hyperespace, assurant du même coup la mort de son équipage. Mort instantanée et sans douleur. Maigre consolation ! Art songea à la réflexion de son coéquipier et finit par dire :

— Le pilote du transporteur a pris énormément de risques en procédant de la sorte. Il y a quelque chose qui n'est pas clair.

Art réagit instantanément et ordonna à son équipier de prendre en chasse le mastodonte spatial. Il avait automatiquement reconnu qu'il s'agissait d'un modèle courant du type de ceux qu'utilisent les compagnies hyperspatiales. L'hypernef mesurait pratiquement deux kilomètres de long et avait vaguement la forme d'un cigare flanqué de quatre propulseurs hyperatomiques sur le train arrière. Les moteurs s'évertuaient à cracher inlassablement leur plasma bleuté éblouissant.

Le *Anger* devait à tout prix éviter le long panache de plasma porté à plusieurs millions de degrés. Art décida finalement de s'approcher du transporteur par le flan. Tactique moins rapide, mais plus sûre. Il parvint à distinguer le nom de l'appareil : *Altran TranSpace 014.*

Ainsi donc, le vaisseau venait de la lointaine planète Altran et convoyait, sans aucun doute possible, des touristes ainsi que, probablement, diverses denrées destinées aux Gloriens. Art n'avait jamais été sur cette planète d'importance négligeable, mais il la connaissait, car on apprenait, durant les classes, qu'elle était le monde le plus proche de la frontière avec le Royaume Terrien.

Évidemment, il était hors de question d'attaquer un navire civil sans sommation et donc Art demanda au pilote à plusieurs reprises, par hyperonde et par radio, de mentionner ses codes d'autorisation.

Pas de réponse !

Il se passait quelque chose et Art devait découvrir de quoi il s'agissait. Se fiant à son expérience et à son bon sens, il dirigea automatiquement son vaisseau vers le cockpit de l'*ATS-014*. Dans de très rares cas, il pouvait arriver que les systèmes de communication tombent en panne, auquel cas, le pilote pouvait toujours en dernier recours faire des signes de détresse par un des hublots de sa cabine de contrôle. L'accès ne fut pas aisé et Art laissa le soin à l'ordinateur d'effectuer les dernières manœuvres d'approche.

Un homme élégamment vêtu, visiblement le capitaine, se tenait derrière une des fenêtres panoramiques du poste de pilotage du cargo, les bras en croix. Art parvenait à distinguer le personnel de bord, s'agitant dans tous les sens au sein du centre de commande.

— Navire en perdition ! murmura Art pour lui-même puis, à haute voix, pour les autres : O.K, les gars, leurs communications sont coupées et j'ai comme l'impression que leurs moteurs sont bloqués à plein régime. Je n'ai jamais vu ça, mais il faut faire avec. Tous à vos postes. On attaque selon la stratégie 7B du commandement militaire. L'*ATS* suit une trajectoire de collision avec Alpha, qui n'est plus très loin à présent.

Les trois tireurs, jusque-là réduits au rang de spectateurs, partirent rejoindre leurs postes en un éclair. *Anger* ralentit sensiblement sa course de sorte à longer l'arrière de la carlingue de l'*ATS*. Une fois parvenu au niveau des groupes propulseurs, le chasseur réaccéléra afin de se stabiliser à la parallèle des moteurs hyperatomiques du transporteur. Les éclateurs furent pointés et tirèrent automatiquement…

Un des quatre moteurs du cargo vola en éclat en une explosion cataclysmique, probablement visible depuis les faces nocturnes de Gloria. Le chasseur se tenait toujours à ses côtés, impassible, protégé par ses champs énergétiques, conçus pour des situations de combat. L'*ATS* semblait en piteux état, mais trois de ses moteurs crachotaient toujours, tant bien que mal. Le transporteur était animé de mouvements de tangage chaotiques, mais continuait néanmoins à pointer dangereusement vers Gloria, de plus en plus grosse sur le fond de l'espace. Un second tir…

Les trois autres moteurs furent pulvérisés dans l'explosion ainsi que le tiers arrière de l'*ATS*. Art savait que des sas étanches avaient sécurisé les secteurs des deux tiers avant, mais tout ce qui se trouvait au-delà de cette limite était irrémédiablement détruit. Selon toute vraisemblance, l'*ATS* était à présent privé d'électricité et les survivants au raid n'avaient tout au plus que quelques heures devant eux avant que le froid glacial de l'espace n'envahisse ce qui n'était désormais ni plus ni moins qu'une coque de noix. Des remorqueurs étaient en route, suivant les ordres de Art, mais il fallait agir vite. Or les manœuvres de secours dans l'espace étaient toujours d'une lenteur extrême. Tout y était si dangereux ! Dans un premier temps, il fallait ralentir l'*ATS* puis le remorquer et enfin le faire apponter au port spatial de Lagrange. Ce n'est qu'à ce moment que l'on pouvait espérer libérer sa cargaison d'êtres humains.

Anger accompagnait l'*ATS*, mais ne pouvait rien faire sinon assister aux brèves explosions qui apparaissaient çà et là, non loin de ce que furent des réacteurs. Les remorqueurs annonçaient qu'ils seraient sur place d'ici peu de temps, mais, à travers le hublot,

Alpha avait déjà la taille d'un poing. Si jamais les sauveteurs échouaient, Art serait contraint de détruire purement et simplement l'*ATS*. Cette possibilité ne l'enchantait guère, mais il ne pouvait permettre qu'un navire de plusieurs millions de tonnes vienne s'abattre sur sa planète. De toute façon, s'il ne le faisait pas, les batteries anti-spatiales s'en chargeraient. Finalement, on le traînerait devant la cour martiale pour faute grave ! Enfin, pour l'heure, tout n'était pas perdu et il espérait sincèrement que l'équipage et ses passagers puissent s'en tirer sains et saufs.

Les minutes s'égrenèrent, longues et interminables quand la radio de bord retentit :

— Anger, nous sommes en vue de l'ATS. Merci de vous éloigner de sorte que nous puissions intervenir.

Art scruta l'espace et aperçut au loin le ballet lumineux des remorqueurs. Toute son attention s'était focalisée sur le cargo tant et si bien qu'il avait oublié de consulter les télémesures affichées sur son holoécran. Les chiffres étaient éloquents. Il y avait une probabilité non nulle pour que cela marche ! L'ordinateur de bord avait calculé que les sauveteurs seraient là dans moins d'une minute.

— On part de là les gars. Mais on reste à portée de tir.

Rapidement, *Anger* accéléra et bifurqua sur la gauche, laissant le champ libre aux remorqueurs. L'*ATS* devenait de plus en plus petit et Art stabilisa la trajectoire de son vaisseau lorsque le cargo eut la taille d'un stylo. Les remorqueurs étaient bien trop petits pour qu'il puisse les distinguer, mais le flamboiement de leurs moteurs surpuissants permettait de percevoir nettement la position où ils se trouvaient. Art était inquiet pour les voyageurs.

Pourvu qu'ils s'en sortent. D'une façon ou d'une autre.

R-meth-1 était petit et se résumait à sa plus simple expression. Une cabine de pilotage, un robuste ponton de jonction et un énorme moteur hyperatomique orientable selon les trois axes. Il frôlait la carlingue du transporteur cherchant les ancres d'appontage standard. Il avait déjà trouvé celles répondant aux normes altriennes, mais le modèle commun à tous les navires de la galaxie semblait se cacher. Le commandant du remorqueur espérait qu'elles ne seraient pas présentes sur la partie du cargo maintenant réduite à l'état de poussière par l'*Anger*. Mais il était cependant confiant, car il avait déjà eu l'occasion de travailler avec ce type d'hypernef. Il eut tôt fait de se rassurer. Elles étaient en vue, mais se fondaient dans la masse du métal.

— R-meth-1 à frères 2, 3, 4. Système standard au point longitudinal 3A-7. Cherchez vos postes sur chaque quart de circonférence à ce niveau. Connexion à établir dans une minute trente-cinq secondes après le top système.

Le commandant du remorqueur obtint la confirmation que les trois autres avaient eux aussi ciblé les ancres d'amarrage. Il plaça son vaisseau à proximité de l'une d'elles. Elles ressemblaient, à s'y méprendre, à des artichauts faits de métal. À l'origine, elles se trouvaient proches du centre de gravité du cargo, mais celui-ci, amputé de sa partie arrière, serait délicat à manœuvrer. Les ordinateurs seraient plus utiles que jamais dans ce cas, car eux seuls seraient capables de synchroniser le mouvement des quatre remorqueurs présents aux 4 points d'amarrage de l'*ATS*.

À l'instant dit, les calculateurs lancèrent les systèmes de capture et les remorqueurs se retrouvèrent aussitôt solidaires du cargo. Dès lors, leurs moteurs bouillonnants basculèrent en mode de rétropropulsion. La vitesse commença à décroître. Gloria Alpha continuait de grossir.

La vélocité de l'ensemble avait énormément diminué, mais la partie n'était pas gagnée pour autant. Chaque Newton de poussée serait le bienvenu. Cela pouvait faire la différence entre la réussite de la mission et la mort des touristes. Le commandant du *R-meth-1* dut se résoudre à saisir sa radio :

— R-meth-1 à Anger-IV. Attente réponse.

Art, qui était occupé à regarder de loin la manœuvre de freinage, répondit instantanément :

— Anger IV en ligne, qu'y a-t-il ?

— Il est possible que nous ne disposions pas assez de puissance pour éviter une collision avec Alpha.

Art répondit, franco de port :

— Nous sommes prêts à tirer dès que le point de non-retour sera franchi.

La réponse du commandant du remorqueur se fit attendre.

— Il y a une possibilité qui nous permettrait peut-être d'éviter ce drame.

— Je vous écoute.

— Voilà, vous êtes équipés d'un système d'accès interspatial standardisé.

Art fronça les yeux et prit une voix posée :

— Effectivement. Comment voulez-vous qu'on puisse sortir de notre vaisseau sans cela ?

— Très bien. Dans ce cas, vous pouvez accoster l'ATS au niveau d'un de ses sas de connexion. N'est-ce pas ?

— Évidemment, mais pour quoi faire ? Je ne pourrais prendre que deux ou trois passagers au grand maximum. Comment faire le choix ? De plus la manœuvre est risquée avec le tangage dont est agité l'*ATS*.

La voix du commandant du remorqueur se fit plus hésitante.

— Je ne pensais pas à cela… Je vais être franc ! Vous pouvez venir nous aider à freiner l'ATS. La puissance de vos moteurs est faible comparée à la nôtre, mais elle serait la bienvenue.

— Vous voulez que j'accoste l'ATS pour le remorquer ! Jamais mon sas interspatial ne tiendra le coup. Il est prévu pour faire passer des hommes et non pour freiner une telle masse.

— J'en ai autant conscience que vous. Mais c'est un risque à prendre. Il se peut très bien que cela marche.

Art réfléchit rapidement. S'il le faisait, il prenait d'énormes risques, mais cela pouvait aussi sauver la vie de milliers d'hommes et de femmes. Il répondit :

— Très bien, je m'assure que les batteries anti-spatiales peuvent détruire le cargo en cas d'échec. Si tel est le cas, je vous rejoins tout de suite.

Art s'entretint rapidement avec les stations au sol et obtint la confirmation que l'*ATS* était dans le viseur des plus puissants éclateurs d'Alpha ainsi que de ceux de Bêta. Sa décision ne se fit pas attendre. Il était stupide d'être là à attendre ce que d'autres pouvaient tout aussi bien faire. Il attrapa les commandes de l'*Anger* et fonça vers le cargo. Son coéquipier n'était pas rassuré mais approuvait son choix. Les tireurs ne pipaient mot.

Le chasseur était à nouveau à proximité immédiate du transporteur. Art cherchait un sas interspatial et finit par en trouver un juste au-dessus du centre de pilotage de l'*ATS*. Il effectua de subtiles manœuvres et parvint à s'aligner correctement malgré le tangage et la perte de vitesse continue du cargo. Art effectua la jonction mais n'ouvrit pas le sas. De fausses joies devaient se faire de l'autre côté. Il n'avait pas le temps de s'en préoccuper. L'équipage de l'*ATS* ne devait pas comprendre pourquoi ils étaient accostés sans que le sas ne soit ouvert.

Tant pis, il y a plus urgent !

Art mit en route ses hyperpropulseurs. Le *Anger* grinçait de tous les côtés, mais il ne s'en inquiétait pas ou, du moins, ne voulait-il pas le laisser paraître. La poussée qu'il pouvait fournir était minime. Elle pouvait pourtant être largement suffisante pour arracher le sas de jonction. Il devait doser son pilotage avec la plus grande habileté tandis que tous les indicateurs de son holoécran de contrôle étaient en alerte rouge. Certains d'entre eux étaient même à la limite de l'alerte noire.

Art se rendit compte que la vitesse continuait de chuter et que son *Anger* servait effectivement à quelque chose, bien que ce ne fût pas évident au départ. Mais à présent, Alpha occupait tout l'espace visible depuis son poste de commande...

— R-meth-1 à Anger. Augmentez un peu votre poussée. Nous allons y arriver.

Art n'était plus habitué à être commandé ainsi, mais il ne s'en formalisa pas et s'exécuta. Son vaisseau grinça de plus belle et ses coéquipiers le fixèrent avec de plus en plus d'insistance, le regard inquiet. Art se hasarda à sourire et haussa les épaules. Que pouvait-il faire d'autre ? Il avait aussi peur qu'eux. *Anger* n'avait pas du tout été conçu pour ce genre de manipulation et personne ne savait s'il tiendrait le coup. C'était comme si une mouche tentait d'aider à arrêter un éléphant au galop à l'aide d'un cheveu. Les plaintes du vaisseau se firent de plus en plus entendre. Toute discussion était impossible tant le vacarme était assourdissant. Il parvint tout de même à entendre la radio.

— R-meth-1 à Anger. Moins d'une minute de poussée et nous serons capables de placer l'ATS sur une orbite de transfert vers Lagrange. Continuez.

Mais le bruit se faisait de plus en plus assourdissant. Art avait l'impression que *Anger* se disloquait.

Tiens bon mon vieux. Encore quelques secondes et je t'offre une reconstruction complète... À mes frais s'il le faut.

Ils y étaient presque ! Gloria était belle. Bleue, presque comme la Terre qu'il avait déjà vue en holovision. Mais elle était grosse et, à présent, elle lui semblait menaçante. Art avait du mal à penser tant le bruit était assourdissant. Sa mort, celle de son équipage et celle de l'*ATS* pouvaient se jouer dans les secondes à venir.

Mais elle n'eut pas la patience d'attendre. Elle s'abattit sur eux sous la forme d'un craquement. Le panneau mural de l'*Anger* soutenant le sas de jonction céda sous la pression des moteurs. Instantanément, la pièce fut isolée du vide spatial grâce à un sas de secours automatique. Mais les moteurs hyperatomiques du chasseur restèrent allumés alors qu'il n'était plus solidaire du cargo. Sous l'effet de sa brusque libération, *Anger* s'abattit sur l'*ATS* comme l'aurait fait le plus efficace des missiles. Personne n'eut le temps de réagir. Le magnifique chasseur de combat fut pulvérisé sous le choc en une myriade de fragments scintillants. Toute la zone de commandement du transporteur explosa à son tour. Une bonne partie du tiers avant de l'*ATS* venait, elle aussi, de disparaître, presque en même temps que ce que fut l'*Anger IV*, sous les ordres d'un certain Bluver Art...

Les remorqueurs avaient assisté à la scène, impuissants. Le commandant du *R-meth-1* poussa un cri d'horreur voyant le sas casser et l'*Anger* fondre sur l'*ATS*. Mais il ne pouvait rien faire. Ils devaient à tout prix continuer à freiner le cargo. Il ne fallait pas que l'*Anger* eût disparu pour rien.

L'*Altran Transpace 014* fut stoppé à temps, bien que la marge de manœuvre fût des plus réduites. Dans un premier temps, il fut placé sur une orbite de transfert. Deux révolutions autour de Gloria Alpha furent nécessaires pour que les sauveteurs décident de la façon dont ils allaient procéder. Un protocole fut élaboré, puis on l'appliqua à la lettre. Progressivement le cargo fut traîné vers le port spatial. Là, de microremorqueurs automatiques intervinrent pour établir une connexion avec le port, la plus sécurisée possible. Des sas de secours furent installés et s'ouvrirent. Une horde d'individus terrorisés se rua hors de l'*Altran TranSpace.*

Il avait réussi sa mission. Art n'était pas mort pour rien. D'autant plus que l'homme qui allait changer à tout jamais l'avenir de l'Empire regardait avec terreur le sas qui se trouvait non loin de lui.

Chapitre-2 : Découverte

Savant observait la scène. L'Île avait déployé ses racines depuis 17 lumières et la fontaine commençait déjà à se tarir.

Les Juvéniles et les Fragiles, mais aussi tous les Autres, avaient suivi Dirigeant dans la migration qui devait les emmener à proximité de la plus grande des fontaines du Grand Froid, celle où aucun autre n'avait jamais observé ne serait-ce qu'une seule et unique lumière.

Ils seraient à l'abri, l'Île ne pouvait pas atteindre cet endroit.

À force d'observation, Savant avait compris.

Il savait quoi faire.

Il éructa des milliards de bulles. C'était la seule solution ! Il prit la direction de la migration afin de rejoindre ses Autres pour leur expliquer…

***

Eldor Kent se trouvait dans un état second, entre l'hystérie et la tétanisation. Il n'avait aucune idée de ce qui était en train de se produire. Les bruits d'explosions, le mouvement chaotique… Tout cela ressemblait à un holofilm catastrophe. Mais c'était bien lui, lui, qui se retrouvait chahuté dans tous les sens au sein de cette hypernef en flamme.

Je vais y laisser ma peau.

Il crut que ses nerfs allaient lâcher lorsque la coupure de courant à bord de l'*ATS* se produisit.

Le commandant de bord avait prévenu les passagers qu'il allait devoir procéder à une manœuvre « *spéciale* », selon ses propres termes, mais en aucun cas qu'ils allaient se faire tirer dessus par un chasseur de combat impérial. Eldi l'avait aperçu à travers une des vitres panoramiques du cargo. D'après ce qu'il avait pu voir dans certains holofilms de guerre à succès, il pensa reconnaitre un appareil appartenant à la flotte personnelle de l'Empereur.

Il lui semblait que le courant avait disparu peu de temps après que le chasseur eut reculé vers l'arrière de l'ATS puis qu'il eut ressenti cette impossible déflagration. Il eut l'impression que, durant de longues minutes, il n'avait rien entendu d'autre qu'un sifflement extrêmement aigu.

De toute façon, Eldi était trop choqué pour se rappeler la chronologie exacte des évènements. Une foule en panique, en provenance de l'arrière de l'hypernef, s'était ruée dans sa direction, certains se piétinant, d'autres forçant le passage tandis qu'une poignée de personnes hagardes se faisaient projeter contre les murs. Eldi s'était réfugié dans des toilettes et avait verrouillé la porte. C'était probablement la meilleure chose à faire, car même ces pauvres robots de la Sécurité impériale ne semblaient rien pouvoir faire pour contenir la panique

Eldi avait ressenti quatre *Blang* qu'il attribua à l'appontage des vaisseaux de secours. Mais une femme venait de hurler qu'il s'agissait de remorqueurs.

Bordel, ils ne vont pas nous évacuer ! À quoi jouent-ils ?

D'un coup, il fut plaqué contre une des parois de la cabine des toilettes et le poids de son corps lui sembla insupportable.

Ils sont en train de nous freiner... Ils n'ont aucunement l'intention de venir nous chercher ! Salopards.

Durant ces minutes qui lui semblèrent des heures, Eldi parvenait à peine à bouger ses bras. Sa respiration était difficile. Il sentait presque ses côtes rentrer dans ses poumons.

Une deuxième explosion fit trembler le vaisseau de part en part. Il entendait la tôle se froisser. L'ATS hurlait comme une bête immonde à l'agonie. Le froid commençait à l'envahir. Il n'avait même pas la force d'appeler à l'aide, ce qui de toute façon aurait été inutile.

Puis, d'un coup, tout s'arrêta. Eldi dut se rattraper à la poignée de porte pour ne pas chuter. Un million d'étoiles lui passaient devant les yeux tandis que ses jambes tremblaient. À tâtons, dans le noir, il parvint à sortir des toilettes publiques.

La lumière bleue l'aveugla. À travers la baie vitrée, le temps que ses yeux s'accommodent, il aperçut Gloria Alpha.

C'est bien Lagrange, là au loin ?

Un homme, blessé au visage, comprenant ce à quoi Eldi pensait, lui dit d'une voix chevrotante :

— Je l'espère aussi.

Puis il devint évident qu'ils allaient accoster.

Blang !

L'hypernef venait d'apponter et, après quelques minutes d'incertitude, le sas du secteur où se trouvait Eldor finit par s'ouvrir. La masse des passagers terrorisés tentait vainement de se frayer un chemin vers la sortie et, bien que nerveux, il décida de prendre son mal en patience. Son tour viendrait. Mieux valait éviter de se faire piétiner.

Enfin, un homme, bafouillant, le laissa s'introduire dans la file d'attente désordonnée et il put à son tour quitter le navire. Il pénétra dans le sas de transfert permettant d'accéder à la zone de débarquement. Celle-ci était vaste et maintenue sous gravité artificielle, comme d'ailleurs la plupart des dispositifs spatiaux de l'Empire. Par comparaison, le port de sa planète natale Altran faisait pâle figure avec ses modestes salles encore en état d'apesanteur. Des générations successives de politiciens avaient promis de moderniser son astroport, mais Altran était bien plus pauvre que Gloria. La majorité des allocations impériales qu'elle recevait servait essentiellement à maintenir les infrastructures au sol et non à les moderniser. De toute façon, peu de gens venaient sur Altran. En général, on transitait par son astroport plutôt pour en partir…

Quoiqu'il en soit, le hall où se trouvait Eldor était luxueux et largement éclairé, une myriade d'holoécrans lumineux affichant diverses informations destinées aux touristes, d'ordinaire hagards.

Mais cette fois, cette marée humaine était en état de panique et l'on pouvait lire sur certains des holoécrans :

Gardez votre calme. N'entravez pas l'intervention des secours. La situation est sous contrôle.

Mais cela ne semblait guère avoir d'effet de sorte que le speaker avait du mal à faire entendre sa voix dans le brouhaha de la salle. Certaines personnes éclataient en sanglots, ne prenant véritablement conscience de ce qui venait de se produire qu'une fois l'épreuve passée.

Les secours s'organisaient pour venir en aide aux nombreux blessés. Kent n'arrivait pas à soutenir la vision de ceux qui furent mutilés durant l'opération. Sitôt les sas ouverts, des robomeds s'étaient rués dans le cadavre de l'ATS pour évacuer le plus vite possible les blessés graves, tout en tentant de se frayer un chemin dans la foule. Par malheur, les individus qui s'étaient trouvés aux limites des secteurs atomisés du navire étaient morts sur l'instant mais, qui sait, quelques-uns pourraient peut-être être sauvés.

Combien ont péri dans cette tragédie ? Un millier peut-être ?

Eldi avait la nausée. L'odeur de sang mélangée à celle du métal chaud lui déclenchait des haut-le-cœur. Puis une alarme retentit dans son esprit de sorte qu'il se figea tandis qu'il cherchait son chemin dans la foule.

Merde, les soutes de transport sont dans les secteurs arrière... Bordel, l'Artefact !

Après avoir fouillé son environnement du regard, il pressa le pas et prit la direction de la zone de débarquement des bagages. Quelques instants plus tard, il découvrit une horde d'individus aux visages bouffis, rouges de colère. Eldi eut tôt fait de comprendre ce qu'il se passait. Un homme, approchant de l'âge de la retraite, leur annonçait calmement que tous leurs bagages étaient perdus.

— Mesdames et messieurs, du calme s'il vous plait ! L'ATS a subi d'importants dommages qui ont entraîné la perte de la plupart de vos effets personnels présents dans les soutes. La compagnie Altran TranSpace vous dédommagera du préjudice subi en fonction de l'assurance que vous avez souscrite au moment du départ. Un formulaire de demande est d'ores et déjà disponible sur le site galactinet de la compagnie. Merci de votre compréhension.

La belle affaire ! C'était inestimable. Il fallait que cela tombe sur moi...

Eldi ne pouvait croire que tout avait disparu. Après tout, peut-être ses affaires avaient-elles échappé à l'accident ? Il prit la direction d'un garde impérial dans le but d'obtenir un éclaircissement sur la question.

— Bonjour, puis-je avoir un renseignement ?

— C'est bien la moindre des choses. En quoi vous serais-je agréable ?

— Est-il exact que l'ensemble du fret a été perdu lors de l'accident ?

— Vous n'êtes pas le premier à me poser la question. Effectivement, il semblerait que tout ait été détruit, mais vous pouvez vous faire rembourser et…

— J'ai cru comprendre. Mais comment pouvez-vous être certain que tout a disparu ?

— Vous devriez aller voir l'ATS depuis le Hall d'accueil numéro 3. Vous comprendriez que vous avez déjà énormément de chance de vous en être tiré sain et sauf. Le commandant en charge d'immobiliser votre hypernef a procédé de façon à épargner le maximum d'individus, au prix de sa vie d'ailleurs, mais ne s'est guère soucié du matériel.

— Je comprends. Il ne subsiste donc aucun bagage…

— De même que certaines zones où se trouvaient des êtres humains. Mais allez donc jeter un coup d'œil.

— J'y vais de ce pas. Mais j'aimerais vous poser une dernière question si cela ne vous dérange pas.

Le garde parvint à rester calme et même, éprouvait une certaine sympathie pour Eldor. Toutefois, il ne tolèrerait pas qu'il continuât d'insister sur ce sujet.

— Je vous écoute.

— Avez-vous une idée de ce qu'il a pu se passer ? Je veux dire, de la raison de l'accident.

— Il est encore trop tôt pour se prononcer. Les experts impériaux n'écartent aucune hypothèse, mais privilégient pour l'instant celle de l'accident. D'après ce que j'ai pu entendre, l'ordinateur de contrôle est entré dans une boucle cognitive et aucun dispositif de sécurité n'est parvenu à l'en sortir. On en ignore la raison. Toutefois, un attentat n'est pas à exclure.

— Pardon, qu'avez-vous dit ? Un attentat, comment est-ce possible ?

— Bien que l'Empire soit en paix, loué soit l'Empereur, il existe des factions minoritaires intégristes qui souhaitent semer la discorde afin de provoquer la chute de Gloria.

Eldi se surprit lui-même à esquisser un rictus :

— Je ne vois pas comment en s'y prenant de la sorte ils espèrent atteindre ce but ô combien utopique !

— Certaines factions tentent de briser la confiance qu'a le peuple envers notre bon Empereur.

— Vraiment, quelle bande d'illuminés ! Gloria est juste, ce qui n'est pas le cas de bon nombre de mondes sous son influence.

Le garde fit la moue.

— Il faut croire qu'elle est jalousée. Mais, pour l'instant, rien n'étaye cette hypothèse. Il est bien plus probable que vous ayez été la victime de… disons une panne technique.

— Je vois ! Je vous remercie de votre patience. Au revoir.

— Au revoir monsieur. Passez une bonne journée, pour autant que cela vous sera possible…

Eldi rendit son sourire au garde, mais était loin d'être satisfait.

Attentat, perte de ses biens, accident. Tout cela se chamboulait dans sa tête et, l'espace d'un instant, il ne sut ce qu'il convenait de faire.

Ressaisis-toi mon vieux. Avant toute chose, allons donc voir cette épave qui t'a amené jusqu'ici.

Eldi n'en crut pas ses yeux. La salle panoramique était de petite taille, mais abritait en revanche une véranda impressionnante. De là où il se trouvait, Eldor pouvait apercevoir l'*ATS* dans son entier relié par un mince cordon ombilical au port spatial.

Il fut d'abord horrifié puis choqué, pour enfin être étonné.

Comment ai-je fait pour m'en sortir ?

Ce qui fut jadis un glorieux navire ressemblait désormais à un vulgaire pétard éclaté aux deux extrémités. De l'air fuyait encore çà et là tandis que, petit à petit, les ingénieurs réussissaient à redémarrer certains systèmes du navire en l'alimentant en électricité depuis le port ; son autopsie macabre commençait. Eldor espérait que les sauveteurs parviendraient à atteindre rapidement ces secteurs où il y avait peut-être encore des survivants, prisonniers de leur impossible cercueil de métal. L'ATS était illuminé, par endroits, de lumières, parfois intenses, parfois diffuses de sorte qu'Eldor n'arrivait pas à discerner les explosions du ballet des vaisseaux de secours.

Rien, il n'y a plus rien ! Mon Dieu, est-ce possible ?

Une bonne heure s'écoula avant qu'il ne parvienne à décrocher son regard de la scène qui se déroulait devant lui. Il avait même aperçu des remorqueurs revenir du fin fond de l'espace, tenant dans leurs puissantes griffes ce qui semblait être des morceaux de coques ou autres appareillages. D'abord abasourdi, il retrouva progressivement ses esprits et commença à échafauder un plan d'action.

Déjà, il faut que je trouve une imprimante quantique… Et de belle taille en plus !

Il sortit de la salle panoramique en jetant un dernier coup d'œil à l'ATS, qui allait probablement bientôt rejoindre la casse, avant de retourner dans la zone de débarquement. L'atmosphère y était à présent moins tendue et la foule s'était nettement dissipée. Il la traversa et fit la queue au point de contrôle. Il patienta, plongé dans ses songes, lorsqu'enfin un guichetier lui demanda nonchalamment son passeport. Il le présenta et se soumit au contrôle facial. Le guichetier eut l'air satisfait et, lui rendant son précieux document, lui souhaita un agréable séjour sur Gloria. Il avait un visa pour un mois galactique standard…

Mais ses épreuves ne faisaient que commencer. Le hall d'accueil de Lagrange était d'une taille impossible et, pour ne rien arranger, Eldi ne comprenait rien à la multitude de pancartes lumineuses qui l'ornementaient. Toutefois, il en repéra une qui, irrésistiblement, l'attirait :

Renseignements.

Une femme d'un âge mûr se tenait derrière une console et elle avait probablement fort à faire avec son ordinateur, car elle ne le remarqua même pas. Il dut tousser pour qu'elle daigne lever la tête.

— Bonjour, que puis-je pour vous ?

— Excusez-moi de vous déranger, mais je souhaiterais me rendre sur Alpha. Pourriez-vous m'indiquer la procédure à suivre ?

— Tout dépend du lieu que vous souhaitez rejoindre…

— Le secteur Acadomia, plus précisément à l'hôtel de la Faculté Yates.

La femme pianota sur son écran puis le fixa à nouveau :

— La Faculté Yates fait la taille d'une petite ville et dispose de plusieurs hôtels. Pouvez-vous m'indiquer dans lequel vous avez réservé ?

— Je dois avouer que je n'en sais rien. J'ai été invité par le doyen de la Faculté. Il m'a dit qu'il s'occuperait de tout.

— Ai-je votre autorisation de procéder à un scan rétinien ?

Dans un soupir, Eldi acquiesça et aussitôt, il perçut un petit flash lumineux dont il ignorait la provenance. Même si cela ne faisait nullement mal, la sensation était fort désagréable. Après quelques manœuvres sur son holoécran, la femme sourit à Eldor :

— Monsieur Kent Eldor, 27 ans, résident de la ville de Nieli sur la planète Altran ?

— Exact.

— Je vois… Vous avez été invité par l'Honorable Docteur Yayobe ! Toutes mes félicitations. Vous résidez à l'hôtel des hauts dignitaires. Le plus simple pour vous est d'utiliser l'ascenseur spatial puis, une fois sur Alpha, de prendre le train. Vous en avez pour deux heures d'ascenseur suivies d'une petite heure de train. Vous pouvez aussi vous y rendre par la navette, mais, bien que le voyage jusqu'à Acadomia soit plus rapide, une fois sur place, vous perdrez du temps à rejoindre votre hôtel.

— Très bien, je vais prendre l'ascenseur.

De toute façon, il n'était pas envisageable pour Eldor de venir sur Gloria sans prendre l'ascenseur. Il en rêvait depuis son plus jeune âge.

— Où puis-je me procurer mes billets ?

— Ici même. Vous avez un départ vers Alpha dans dix minutes.

Eldor s'aventura à esquisser un sourire :

— Je crains bien d'être incapable de rallier l'ascenseur dans un laps de temps aussi court. Je n'ai pas la moindre idée d'où il se trouve dans ce si vaste complexe.

— Je vous fais venir un drone. Cette prestation vous est offerte par l'honorable Docteur Yayobe. Votre drone sera là dans un instant.

Elle lui tendit un ticket tandis qu'une sphère de dix centimètres de diamètre arriva devant lui. La femme lui expliqua qu'il aurait seulement besoin de la suivre. Cette dernière s'occuperait de tout. Eldi se mit en route et suivit son guide robotisé qui flottait dans les airs à environ un mètre du sol.

Quelle débauche de puissance et de luxe ! Ils maintiennent cet énorme spatioport sous gravité artificielle, mais ils équipent leurs gadgets de systèmes d'antigravité. Il n'y a qu'ici qu'on peut voir ça. Et en plus cela leur semble normal.

Le drone calquait sa vitesse de déplacement sur celle d'Eldor, mais rapidement, la machine lui intima de presser le pas s'il ne voulait pas manquer sa cabine. Il se mit à trottiner, stupéfait par la complexité des méandres du port. Déjà, il aurait été incapable de retourner d'où il venait. Les agences qui louaient des drones devaient faire fortune !

Enfin, il finit par arriver dans une pièce où une centaine de personnes se trouvaient. Manifestement une salle d'attente. Il se tourna vers le drone et murmura à son attention :

— Que suis-je censé faire ?

— Un instant, s'il vous plait... Vous devez attendre.

— Ah !

Il était difficile, voire impossible, d'envisager d'avoir une discussion plus élaborée avec ce genre d'appareil. Ce bidule était certes propulsé par un couteux système antigravitique mais il restait aussi idiot qu'un truc idiot pouvait l'être.

Il prit son mal en patience, faisant confiance à l'hôtesse lui ayant affirmé que ce machin s'occuperait de tout. Une minute s'écoula quand un mur de lumière apparut sur le mur du fond de la pièce. Un homme, assez jeune, tapa sur l'épaule d'Eldor et lui dit, l'air amusé :

— Vous feriez mieux de vous asseoir, mon cher.

Eldi bafouilla :

— Merci.

Eldor suivit les conseils de son bienfaiteur et s'assit dans ce qu'il pensait être un des fauteuils destinés à attendre l'ascenseur. Il fut à peine installé que l'autre moitié de la pièce, celle derrière le mur lumineux disparut pour laisser la place au noir d'encre de l'espace. Eldi étouffa un cri.

Ce n'est pas vrai, c'est l'ascenseur !

Une salle de cinéma. Il ne savait pas comment décrire autrement la chose. À ceci près qu'il ne contemplait pas une œuvre de fiction, mais bien le spectacle de la réalité. La vue sur Gloria Alpha était stupéfiante et il eut du mal à décrocher son regard de cette sphère bleutée, grossissant à vue d'œil. Un steward passait dans les rangs tout en proposant diverses friandises et boissons.

Quelques enfants chahutaient dans le fond de la salle sans pour autant que cela soit dérangeant.

Incroyable, le nombre de personnes qui se fichent de ce spectacle. C'est bien ce que l'on dit, pour les Gloriens, ce chef-d'œuvre est juste un simple transport en commun !

Il avait d'ailleurs remarqué que de nombreuses personnes portaient l'uniforme impérial. Bon nombre revenaient probablement de Bêta et avaient, sans doute, effectué un transit via Lagrange avant de rejoindre Alpha. Lorsque le steward fut à son niveau, Eldi l'interpella :

— Excusez-moi, à quelle vitesse voyageons-nous ?

— Notre vitesse de croisière est de 20 000 kilomètres à l'heure. Mais il faut compter les phases d'accélération et de décélération qui prennent toutes deux une bonne dizaine de minutes.

— Merci !

Quelle réalisation merveilleuse ! Seule Gloria est capable de tels miracles. Je comprends mieux pourquoi on parle de cet ascenseur à travers tout l'Empire.

Le voyage fut des plus agréables, aucun bruit ne venant perturber le calme régnant dans la pièce. Cependant, Eldor ne put résister à la tentation et acheta un sachet de sucreries qu'il dévora en un rien de temps tout en se replongeant dans la contemplation d'Alpha.

Il faudrait que je trouve le temps d'aller visiter Bêta quand même. C'est idiot d'être là sans aller y jeter un coup d'œil avant de rentrer sur Altran.

Le plus impressionnant fut lorsque la cabine entra dans l'atmosphère, glissant sur son solide câble constitué de nanotubes de carbone tressés pour atteindre plus de 100 mètres de diamètre. Ce câble, l'objet le plus complexe et couteux jamais fabriqué par l'espèce humaine, luisait comme du diamant. Après tout, peut-être était-il effectivement Le Diamant de la galaxie ?

En un rien de temps, le noir étoilé avait cédé la place à un ciel d'un bleu immaculé. Bien qu'aucun de ses sens ne l'en avertit, Eldor supposa qu'ils venaient d'entrer en phase de décélération, car la surface n'était plus très loin à présent. Il apercevait même ce qui semblait être une ville au loin.

Le débarquement de l'ascenseur fut tout aussi bref et simple que lorsqu'il y avait pénétré. Il avait déjà accompli toutes les formalités administratives là-haut, dans l'espace, et il pouvait désormais se déplacer comme n'importe quel citoyen de l'empire.

Chose amusante, ce qu'il avait pris pour une ville depuis l'ascenseur n'était rien de plus que la zone d'arrivée des voyageurs. Elle ressemblait beaucoup à un campus et Eldi s'y sentait à son aise. Le câble de l'ascenseur était solidement ancré dans un bâtiment, un bloc de matière ressemblant à du béton, mais Eldi doutait que c'en fût. Il estimait sa hauteur à plus de deux kilomètres, mais de toute façon, à cette échelle, toute estimation était impossible.

Magnifique ! La sortie ressemblait en tout point à ce mythe antique du jardin d'Eden véhiculé par les opposants aux Odysséens. D'ailleurs, il lui semblait reconnaitre certains endroits visibles dans des holofilms à succès.

Notamment cette somptueuse fontaine de la taille d'un étang qu'il apercevait au loin. Il se rappelait cet holofilm d'amour entre une riche Glorienne et un réfugié Terrien, dont la scène principale se déroulait sur son bord. D'ailleurs, de nombreux couples flânaient en ce moment même à ses alentours.

Et puis, au-dessus de sa tête, dans le prolongement du mince fil de l'ascenseur, sur lequel se reflétait le soleil, se trouvait Bêta, imposante, mais curieusement, sa couleur pourpre intense semblait gris violacé, vue depuis le sol. Elle occupait pratiquement un cinquième du ciel et, loin d'être menaçante, sa présence était en fait rassurante.

La plus grande base militaire de la Galaxie. Tout cela pour protéger ce Paradis qu'est Alpha.

Dans l'holofilm, la zone ne semblait pas aussi boisée et Bêta n'apparaissait pas. Eldi remarqua, avec surprise, que la plupart des arbres étaient fruitiers. De nombreux robots étaient occupés à en effectuer la récolte. Les immenses espaces ouverts étaient parfaitement tondus et les massifs floraux impeccablement taillés. D'aussi loin que portait son regard, tout était verdoyant et entretenu par ces hordes d'humanoïdes qui, il fallait le reconnaitre, savaient se faire discrets.

Comment une zone qui brasse autant de monde peut-elle être aussi accueillante, donner autant envie d'y passer du temps, juste pour le plaisir ? Les jardiniers sont même parvenus à sublimer le bâtiment du câble grâce à une savante mise en scène de la perspective !

Suivant son drone, il s'engagea sur une des pistes mécaniques qui se perdaient dans le lointain. Toutes partaient depuis cette place en étoile dont le bâtiment du câble constituait le centre. Elles emmenaient divers voyageurs vers des destinations mystérieuses réparties sur toute la planète.

Progressivement, la piste accéléra pour atteindre la vitesse d'un petit véhicule. Eldor sentait le vent dans ses cheveux et profitait du paysage.

Ça doit quand même être moins sympa lorsqu'il pleut.

Puis il se rappela ses cours d'initiation à la géotechnique. Gloria était une planète terra-formée. Contrairement à sa planète natale, qui était un monde habitable dès l'arrivée des colons, les Pionniers de Gloria avaient dû en façonner le climat. De puissants champs de forces avaient été disposés sur toute sa surface afin de contrôler et réorienter les différentes masses d'air. Grâce à ce prodige, les ingénieurs Gloriens décidaient de là où il devait pleuvoir, quand et en quelle quantité. Il se rappelait même que les pluies étaient généralement déclenchées la nuit quand la plupart étaient couchés. Par ailleurs, une légende racontait qu'ils pouvaient contrôler la température de chaque zone au degré près.

Eldi leva les yeux et, en les plissant, aperçut en surimpression sur le bleu intense du ciel, le léger miroitement diffus, en forme de nid d'abeilles, du champ de force local.

Il se dirigeait vers une imposante colline puis, tandis que sa vitesse diminuait, il finit par s'engouffrer dans un tunnel. Il avait vu juste, car il avait eu le temps d'apercevoir qu'un mur de pluie commençait à peine quelques mètres plus loin. Le tunnel ressemblait à un écran tubulaire et quand, par malheur, son regard se posait sur une publicité, cette dernière se mettait à le suivre pour se dérouler jusqu'au bout. Il en vint à se résoudre à fermer les yeux, car non, il n'avait pas besoin d'un nouvel aérojet ni même l'intention de s'engager dans l'armée impériale.

Le flux d'air sur son visage cessa et il ouvrit à nouveau les yeux. Il était immobile. Face à lui, une esplanade souterraine d'où partait, en râteau, un nombre incalculable de voies de chemin de fer. Chacune d'elles menait à un petit point noir dans le fond de cette « caverne » version Glorienne.

Probablement l'entrée des pistes sous vide d'air.

Le drone prit la direction d'une des voies et Eldor n'avait d'autre choix que le suivre même s'il aurait aimé s'arrêter boire une bière dans un des nombreux cafés de la gare. Le drone s'immobilisa devant une voie et lui intima d'attendre devant un énorme appareillage.

Amusant, cela ressemble aux appareils, dans les clubs de bowling, qui servent à ramener la boule. Mais en beaucoup plus grand !

Un couple de retraités, les mains chargées de lourdes valises, vint se positionner à côté de lui. L'homme, souriant, s'adressa à lui :

— Bonjour jeune homme. Moi, c'est Bervin et voici ma femme Mathilde. Il semblerait que nous allons effectuer le voyage ensemble.

— Bonjour à vous, je suis Eldor. Vous semblez bien chargés. Vous revenez de voyage ?

— Ne m'en parlez pas ! Nous n'avons pas pu nous empêcher d'acheter plein de babioles qui sont destinées à prendre la poussière à la maison.

Il jeta un regard accusateur, mais plein de bonhomie en direction de sa femme qui se mit à rougir. Elle bafouilla :

— Je suis une collectionneuse dans l'âme.

Son mari explosa de rire.

— C'est le moins que l'on puisse dire. Mais c'est aussi pour cela que je t'aime.

Soudain, l'appareil se mit à bourdonner et éructa un projectile de belle taille qui s'immobilisa devant eux. Un de ses flancs s'ouvrit pour laisser découvrir une sorte de salon disposant d'un canapé, deux sièges ainsi qu'une table basse. Dans le fond, un écran diffusait les informations locales. Il n'y avait aucune fenêtre.

Pas besoin quand on voyage dans un tunnel sous vide.

Eldor aida le couple à charger ses lourds bagages dans le compartiment prévu à cet effet puis ils s'installèrent à bord. Le flanc commençait à se refermer avec douceur quand une voix suave annonça :

— Chers voyageurs, notre départ est imminent. L'heure d'arrivée prévue est maintenue. La Régie des Réseaux de Transport au Sol Glorien vous souhaite un agréable voyage.

Eldor cherchait partout dans son fauteuil la ceinture afin de se sécuriser durant la phase d'accélération. Bervin l'observait l'air amusé :

— Que faites-vous jeune homme ?

— Je cherche désespérément ma ceinture de sécurité pour le départ…

— Mais enfin, mon jeune ami, nous sommes déjà partis et à pleine vitesse.

— Pardon ?

Bervin s'aventura à émettre une hypothèse :

— Vous êtes un Exo, c'est cela ?

— Je ne sais pas ! Qu'entendez-vous par là ?

— Mon mari veut dire que vous n'êtes pas Glorien ?

Eldor apprit que ce terme était utilisé par les Gloriens pour désigner les citoyens de l'Empire n'étant pas natifs du Monde des Mondes.

— Ma femme et moi voyageons beaucoup dans l'Empire et nous adorons les Exos. Certains sont si folkloriques ! Mais de tous les mondes que nous avons visités, seuls les trains de la RRTSG disposent d'un système antigravitique qui annule la sensation d'accélération.

Ben voyons…

— Regardez l'écran d'information. Dans le bas à droite, le chiffre indique notre vitesse actuelle.

— 3100 km/h…

— Vous venez de quel monde ?

— Je suis natif d'Altran et j'y vis toujours. C'est mon premier voyage sur Alpha.

— Vous avez donc déjà été sur Bêta ? s'enquit Mathilde.

— Non, non pas du tout ! Désolé. En fait je ne suis jamais venu sur Gloria tout court.

Bervin se racla la gorge puis, tout en enlevant sa veste, se pencha vers Eldor :

— Ce serait étonnant en effet. Vous êtes bien jeune pour avoir pu y aller avant que l'état d'urgence ne soit décrété. Au fait chéri, ça fait combien de temps qu'on ne peut plus aller sur Bêta ?

— Je dirais, une petite dizaine d'années. Je ne me souviens plus exactement.

Eldi, étonné, n'avait jamais entendu parler de cette histoire. Il demanda :

— Personne ne peut aller sur Bêta ? C'est bien dommage, je souhaitais m'y rendre avant de rentrer sur Altran !

— À moins que vous soyez un militaire, un diplomate ou une star, ils ne vous laisseront jamais vous en approcher.

— Mais pourquoi ?

— Suis-je bête ! Vous ne pouvez pas savoir… Ce sont les affaires internes gloriennes et les médias Exos n'ont pas le droit d'en parler. C'est à cause des Odysséens.

— Attendez, vous parlez des religieux ?

— Oui, ils sont interdits sur Bêta de peur qu'ils sabotent certaines hypernefs de l'Empire. Une frange dissidente est apparue il y a quelques années et ils ont dû renforcer les contrôles d'accès entre Alpha et Bêta.

— Mais attendez, les Odysséens sont fiers de leur croyance et l'affichent à la vue de tous. Ce n'est pas compliqué de les identifier et…

— Non, non, je vous arrête. Une faction agit dans le secret et se fond dans la masse. Par exemple, pas plus tard que ce matin, les médias annonçaient qu'une hypernef fonçait vers Alpha et que cela pourrait être l'œuvre des Ody…

Bervin s'arrêta net puis regarda sa femme la bouche grande ouverte avant de s'adresser à nouveau à Eldor sur un ton mi-figue mi-raisin :

— Vous êtes Altrien… Vous étiez dans l'hypernef en perdition ?

— Oui. Le vol 014 de la compagnie TranSpace. Je ne suis pas près de l'oublier.

Mathilde, toujours sur le qui-vive, remarqua :

— Ce qui explique que vous n'ayez pas de bagages. C'est pour cela que mon mari et moi, en vous apercevant à la gare, avons supposé que vous étiez un Glorien qui vaquait à ses occupations.

— Mon jeune ami, vous devez être choqué ?

— Un peu, je pense. En fait je ne sais pas. J'ai surtout besoin d'une bonne nuit de sommeil…

Bervin décida de changer de sujet et dit sur un ton compatissant, mais guilleret :

— Alors, dites-nous tout. Où vous rendez-vous ?

— Je vais dans le secteur d'Acadomia.

À Mathilde d'intervenir.

— C'est bien dommage, vous allez nous quitter. Nous, nous continuons jusqu'au secteur Placine et…

— Chérie, je suis certain que cela n'intéresse pas notre ami. Laisse-le parler de lui. Il est si rare que nous croisions un Exo sur Gloria et ayons l'occasion de bavarder avec lui.

Se retournant vers Eldor :

— Et donc, que venez-vous faire à Acadomia ? Ce n'est pas courant pour un Exo de se rendre dans le secteur administratif personnel de l'Empereur.

— Je suis historien archéologue et je viens participer à un meeting organisé par le Docteur Yayobe au sein de l'Université Yates.

Le couple se décomposa :

— L'Honorable Docteur Yayobe ? Vous parlez bien de celui qui a l'oreille de notre bien-aimé Empereur ?

— Je ne sais pas quelles sont leurs relations. Juste qu'il est le doyen de la faculté d'Histoire impériale et qu'il m'a invité à venir présenter mes travaux lors d'un colloque…

Une sonnerie retentit puis la voix suave annonça :

— Message à l'attention du Citoyen Kent Eldor. Notre train entre en gare dans 3 minutes. Veillez à ne rien oublier dans la cabine.

Eldi enfila son manteau puis s'adressa au couple :

— Mathilde, Bervin, heureux d'avoir fait votre connaissance. Si lors d'un de vos voyages vous passez par Altran, faites-moi signe. Ce sera un plaisir pour moi de vous inviter à diner.

— Merci beaucoup jeune homme. De même, si vous passez par le secteur de Placine, n'hésitez pas à nous contacter.

Tandis qu'Eldi se levait pour sortir, Mathilde l'attrapa par le poignet et lui murmura :

— Faites très attention à vous jeune homme. Les Odysséens sont puissants à Acadomia et ils n'aiment pas beaucoup l'Honorable Docteur Yayobe ainsi que son entourage.

— Merci à vous, je suivrai votre conseil.

Puis Eldor descendit du train qui repartit aussitôt.

Faire attention aux Odysséens ! La belle affaire. C'est pour eux que je suis là...

Chapitre-3 : 2001

Savant s'était longuement entretenu avec Dirigeant. Ses Autres et lui-même vivaient désormais autour de la fontaine du Grand Froid sans possibilité de pouvoir observer les Lumières se dérouler.

Dirigeant avait prêté une forte attention aux arguments de Savant et il finit par convoquer l'ensemble de ses Autres. Le Plan leur fut exposé et un volontaire demandé.

De nombreux Juvéniles postulèrent, mais un des Fragiles, plus précisément un Défaillant, avait les arguments qui firent qu'aucun de ses Autres ne s'opposa à sa candidature. Il avait engendré bon nombre de Juvéniles et, avant de devenir un Défaillant, avait été lui-même, jadis, un grand Surveillant.

Surveillant, suivi de Savant et Défaillant, quitta le grand froid pour prendre la direction de la Première Ravagée. Des milliers de Lumières auparavant, l'Île avait fait se tarir la plus importante des fontaines. Mais Savant estimait qu'elle fournissait probablement encore un peu de nourriture. Au moins suffisamment pour rassasier un de ses Autres.

Sur place, Savant fut soulagé de voir que tel était bien le cas. Comme prévu dans Le Plan, Défaillant se mit à manger, sans cesse, tandis que Savant l'observait de loin et que Surveillant patrouillait en espérant que l'Île ne viendrait pas.

Pas ici, pas maintenant.

Telle était la condition pour que Le Plan aboutisse.

***

Eldi se contemplait dans le miroir. Il avait le teint pâle et les cheveux hirsutes. Bien que son lit soit confortable, il avait mal dormi. Il résidait dans un hôtel luxueux avec une vue imprenable sur Acadomia. En effet, sa chambre se trouvait au soixante-deuxième étage du bâtiment, en forme d'anneau, et les premiers rayons de soleil l'avaient réveillé.

Lorsqu'il était arrivé, la veille au soir, il n'avait prêté attention à rien et s'était effondré sur son lit. Ce n'est que durant la nuit qu'il s'était levé pour se déshabiller et prendre une douche. Il avait alors enfilé un des peignoirs mis à sa disposition puis posé soigneusement ses vêtements devant la porte de sa chambre.

Yayobe ne s'est pas moqué de moi. Il m'a sorti le grand jeu.

Il refusait de croire que tous les dignitaires invités ici disposaient d'une chambre aussi luxueuse. L'écran d'holovision était immense, la moquette extrêmement épaisse, les draps tissés dans un satin d'excellente qualité, peut-être même celui en provenance du monde Félicia, et il disposait d'un accès illimité au room service. Il commanda un petit-déjeuner et, ne sachant sur quel mets jeter son dévolu devant l'abondance de choix, il demanda à ce qu'on lui apporte ce qu'un Glorien typique consommait. La réception lui confirma qu'elle pouvait aussi lui fournir un nécessaire de toilette.

Il tenta de se coiffer avec les mains et, tandis qu'il attendait qu'on lui apportât son plateau, il se dirigea vers la baie vitrée qui occupait toute la longueur de sa chambre. Le secteur d'Acadomia s'offrit à lui dans toute sa splendeur. Les avenues étaient larges et arborées, l'architecture des bâtiments très sophistiquée et le tout d'une propreté et d'une clarté absolument inimaginables pour l'Exo qu'il était.

À part cet horrible furoncle.

Le secteur était dominé par une tour, en forme de parallélépipède rectangle, d'une taille déraisonnable, d'une noirceur si profonde qu'elle semblait avaler les rayons de lumière, comme si elle n'existait pas, comme si une partie du paysage avait simplement été supprimée de l'Univers. Eldor connaissait par cœur ses proportions : 1 par 4 par 9, quelle que soit la valeur que l'on donne à 1. Tous les bâtiments de ce type respectaient cette règle architecturale, peu importait leur taille.

Un temple des Odysséens. Ils n'y ont pas été de main morte avec celui-là.

On sonna à sa porte. Eldor refit le nœud de son peignoir puis, tout en se mettant la main devant la bouche pour sentir son haleine, alla ouvrir :

— Bonjour Monsieur Kent. NDR-114 pour vous servir. Je vous apporte votre petit déjeuner, votre linge propre ainsi qu'un nécessaire de toilette.

Cet idiot de robot se tenait là, devant lui, immobile, attendant manifestement quelque chose. Il tenait le plateau du petit déjeuner d'une main tandis qu'il portait un grand cabas de l'autre. C'était un modèle assez récent, au dessin probablement élaboré par un grand designer Glorien.

— Allez, vas-y, entre.

— Merci Monsieur.

Eldor observa la machine, de forme humanoïde, entrer dans la chambre et déposer le plateau sur la table qui faisait face à l'écran d'holovision. Elle s'aventura dans la salle de bain puis entreprit de ranger les vêtements fraichement repassés dans le placard.

— Laisse-les sur le lit, je vais les enfiler.

— Comme vous le souhaitez, Monsieur. Que puis-je faire d'autre pour vous être agréable ?

— Partir d'ici.

— Très bien Monsieur. Au revoir Monsieur.

Il n'appréciait pas spécialement les robots. Non pas qu'il voyait en eux un quelconque mal ou danger. Il leur reconnaissait même une certaine utilité. Non ! Pour Eldor, les robots symbolisaient le plus grand échec de l'Humanité. Au cours de son histoire, l'Homme avait maitrisé l'Hyperespace, l'énergie du vide, était même capable de modifier l'ADN et ainsi guérir toutes les maladies, était parvenu à mettre en place un modèle économique permettant à chaque citoyen de vivre décemment... Mais ces bidules restaient toujours aussi idiots. Il manquait un truc pour qu'ils soient intéressants, pour qu'ils puissent devenir de véritables compagnons afin de ne plus être les seuls à contempler l'Univers et se questionner sur la raison de notre existence. Ils effectuaient inlassablement leurs tâches et répondaient aux questions pour lesquelles ils étaient programmés. Impossible d'avoir un débat, un discours construit avec eux.

La nature, par ses seules lois, a créé l'intelligence. Tout notre savoir ainsi que des millénaires de recherches n'ont même pas réussi à au moins l'imiter, ne serait-ce que sommairement.

Eldor était tout sauf un technicien et il reconnaissait sans peine ne rien y connaitre. Mais l'Homme maitrisait désormais deux des trois infinis : l'infiniment petit via l'énergie du vide et l'infiniment grand via les vols hyperspatiaux. Mais l'infiniment complexe, ce troisième infini, dont un des domaines d'application était l'élaboration de l'intelligence, restait hors de toute compréhension. Cela l'énervait, d'autant plus que *ces fous furieux* affirmaient que ce ne fut pas toujours le cas...

Il prit son petit-déjeuner, une sorte de mélange de céréales, au goût assez neutre, accompagné d'une boisson chaude, de couleur rouge, au goût très épicé.

J'aurais mieux fait de commander un bon café...

S'en suivit une douche revigorante avant qu'il n'entreprenne, pour la première fois de sa vie, de se raser à l'aide d'un rasoir laser comme ceux que l'on pouvait voir dans les holofilms. Il appréhendait un peu et avait peur de se brûler, mais au final, l'appareil se contentait de simplement faire disparaitre les poils.

Au moins, avec ça, pas de risque de se couper. J'espère juste que l'hôtel ne va pas me le facturer trop cher. Au pire, cela me fera un souvenir à ramener sur Altran.

Attendant la bonne heure pour partir, il s'allongea sur son lit. Il lui fallait se concentrer sur l'intervention qu'il avait à effectuer durant le colloque. D'autant plus qu'il n'avait plus l'Artefact.

Il me faut absolument une imprimante quantique, sinon je vais passer pour un guignol.

La sonnerie de sa porte retentit et Eldi se leva pour aller ouvrir tout en se demandant ce que NDR-114 avait omis de lui apporter. Mais il resta sans voix. Face à lui se tenait une jeune femme superbe, de taille moyenne, mais à la poitrine plantureuse et à la silhouette très avantageuse. Elle devait avoir aux alentours de trente ans et ses longs cheveux d'un noir profond contrastaient avec sa peau relativement mate. Elle souriait et le fixait de ses grands yeux en amande. Il nota qu'elle avait une très légère fossette sur le menton ce qui donnait beaucoup de caractère à son visage pourtant fin et délicat.

— Docteur Kent ?

Fortement impressionné par la splendeur de son interlocutrice, Eldi bredouilla :

— Oui, c'est bien moi.

— Enchantée, je suis Miss Wendy Fiaure, je travaille avec l'honorable Docteur Yayobe, mais vous pouvez aussi m'appeler Wendy.

— Ravi de vous rencontrer, mais je vous en prie, entrez donc.

Eldor lui fit signe de pénétrer dans la chambre et la guida jusqu'à la table. Ils s'assirent puis Eldi lui proposa quelque chose à boire, mais elle refusa. Elle était vêtue d'une robe courte, au décolleté très généreux et ne cessait de sourire en le regardant.

— Docteur Kent, j'ai été…

— Si je puis vous appeler Wendy, n'hésitez pas à m'appeler Eldor.

— Très bien Eldor. J'ai été envoyée par l'honorable Docteur Yayobe pour m'assurer que vous n'aviez besoin de rien, mais aussi pour vous accompagner jusqu'à son bureau. Il est si facile de se perdre dans les méandres de la faculté.

— Oui c'est ce que j'ai cru comprendre hier soir en arrivant dans le secteur.

Wendy tourna la tête et contempla la perspective qui s'offrait à elle à travers la baie vitrée :

— On n'oublie jamais sa première venue sur Gloria, n'est-ce pas ?

— Vous n'êtes pas Glorienne ?

— Non, je viens d'une lointaine planète sans intérêt.

— Vous savez, ma planète natale n'en a pas beaucoup non plus !

— Pardonnez-moi, mais Altran est un monde fort important pour la stabilité de l'Empire. Mais je m'égare. Revenons-en à nos moutons.

Altran, un monde important ? Qu'est-ce qu'elle me raconte ? Je suis certain que personne sur Gloria n'est capable de la situer dans le disque galactique...

— Eldor, souhaitez-vous que nous allions à la faculté en transport en commun ou à pied ?

— Pourquoi pas à pied ? Ça me donnerait l'occasion de visiter un peu sans me perdre.

— C'est exactement ce que l'honorable Docteur Yayobe a pensé et la raison pour laquelle j'ai été envoyée. De fait, si nous souhaitons être à l'heure à votre rendez-vous, nous devons partir maintenant.

Un peu honteux, Eldor passa aux toilettes avant d'enfiler son manteau et de suivre Wendy. Il se dégageait de cette femme une élégance doublée d'un charisme qu'il n'avait jamais vu. Elle semblait à la fois parfaitement ingénue et pourtant son regard démontrait une force de caractère que seule l'expérience pouvait apporter. Ils sortirent de l'hôtel.

Eldor n'y avait pas prêté attention la veille, mais désormais cela lui sautait aux yeux.

— Il n'y a aucun véhicule ! Est-ce normal ?

— Oui, les véhicules de surface sont interdits sur Alpha afin de préserver la sérénité de notre environnement. Tout le trafic est souterrain ou aérien, sauf dérogations. D'ailleurs, saviez-vous qu'Alpha compte à elle seule autant de kilomètres de tunnels que l'ensemble des mille mondes réunis de l'empire ?

— Alpha doit être un véritable gruyère !

— À qui le dites-vous ? Les géomètres s'arrachent les cheveux lorsqu'il s'agit de créer de nouvelles voies. Fort heureusement, Alpha est désormais un monde mature et il n'y a que peu de nouveaux projets de ce type.

Ils quittèrent l'avenue arborée où ils se trouvaient pour bifurquer sur une esplanade immense. Au loin se trouvait le Temple. Wendy se rendit compte qu'Eldor ne le quittait pas des yeux :

— Impressionnant non ?

— Certains pourraient utiliser ce terme. Pour ma part je préfère dire monstrueux.

— Il vaudrait mieux, Eldor, que vous vous absteniez d'utiliser ce genre de termes à son propos dans ce secteur. Nous sommes très entourés…

D'un geste de ses yeux en amandes, Wendy balaya leur entourage. Eldor remarqua qu'environ la moitié des personnes déambulant à proximité immédiate portaient soit des tuniques jaunes, soit des tuniques orange. Les autres étaient vêtus comme n'importe quel citoyen de l'Empire pouvait l'être, hormis quelques excentriques.

— Que signifient ces accoutrements ?

— Ces tuniques sont le symbole ici sur Alpha des sympathisants Odysséens. La plupart pratiquent le Culte, d'autres ne font que le soutenir. En leur présence, je vous conseille d'éviter de dire le moindre mal à leur sujet, que ce soit à propos de leurs comportements ou de leurs symboles.

— Bien reçu, mais avec ce que j'ai à présenter, cela ne va pas être évident.

— Je le sais bien, mais cela entrera dans le cadre de vos travaux, pas dans celui de votre vie privée. Les Odysséens sont très puissants ici et s'ils ne tolèrent pas le blasphème, ils sont pourtant très respectueux de la science et du progrès.

— Vous entendez donc par-là que lors d'une démonstration scientifique, libre à moi d'exposer les choses telles qu'elles sont, mais pas en dehors ?

— C'est exactement cela.

Ils s'engouffrèrent dans une allée plus étroite relativement peu animée :

— Ce que je ne comprends pas, Wendy, c'est comment l'Empereur a fait pour accepter de financer la construction de cet... de ce Monolithe titanesque ?

— C'est bien simple ! Il ne l'a pas fait. Les Odysséens ont obtenu une concession ici à Acadomia et la fabrication du Temple a été financée uniquement grâce aux dons des fidèles.

— Mais c'est impossible ! Comment une communauté, quelle qu'elle soit peut s'offrir une telle réalisation ? Je savais qu'il existait et qu'il était énorme, mais le voir de ses propres yeux est sidérant. Ce Monolithe est encore plus monumental que le bâtiment de l'ascenseur...

— Je vous l'ai dit, sur Alpha, ils sont nombreux, puissants et influents...

— Oui bah sur Altran, il y a bien quelques Monolithes à droite ou à gauche dans certaines villes, mais ils ne sont pas plus grands que les tours de bureaux.

— C'est bien ce que je vous dis. Altran est importante, car le Culte y est peu pratiqué et c'est peut-être même cela qui vous a permis de faire votre découverte. Mais le Docteur Yayobe vous expliquera cela mieux que moi. Désormais, Eldor, s'il vous plait, arrêtons de parler de ce sujet, car les rues ont des oreilles.

Eldi alla pour protester, mais la fermeté du regard que lui lança Wendy le fit se raviser. Il changea de sujet :

— Wendy, savez-vous où je pourrais trouver une imprimante quantique d'au moins mille mètres cubes ?

— Vous voulez imprimer une copie de l'Artefact perdu dans l'accident ?

— C'est exactement cela. Il est fondamental pour ma démonstration…

— Vous savez, je ne suis même pas certaine que ce type d'appareil, je veux dire de cette taille, existe quelque part dans la galaxie. Mais si c'est bien le cas, alors l'honorable Docteur Yayobe vous la trouvera et fera en sorte de la mettre à votre disposition.

— Oui, je me disais aussi que ce serait trop simple… Sur Altran nous avons quelques imprimantes quantiques, mais elles ne font pas plus de deux ou trois mètres cubes. Je me disais que sur Gloria…

— Gloria est puissante et relève tous les défis, mais les lois de la physique restent les lois de la physique.

J'espère bien qu'ils en ont une de cette taille, car sinon je vais me faire lyncher.

Ils arrivèrent devant l'arc de triomphe qui constituait l'entrée de la faculté Yates. Sur ses différentes faces étaient sculptés les visages des plus grands historiens du passé avec en bonne place, le Professeur Yates en personne. Nul doute qu'après son décès, l'honorable Docteur Yayobe aurait lui aussi droit à cet honneur. Quant à lui, Eldi ne pouvait qu'espérer se faire un nom et peut être, un jour, le voir inscrit quelque part sur le bâtiment.

Après avoir traversé divers parcs dans lesquels flânaient, mangeaient ou étudiaient un nombre incalculable d'étudiants et chercheurs, ils finirent par entrer dans un bâtiment n'ayant aucun étage et d'une superficie relativement modeste par rapport à la démesure de tout ce qu'il avait pu voir sur Gloria.

— C'est ici que travaille l'Honorable Docteur Yayobe ?

— Oui, lors de sa prise de fonction, il a fait déménager ses bureaux dans cette annexe. Il a le faste en horreur. Il dit que cela l'empêche de se concentrer sur ses objectifs. Il laisse les bâtiments de prestige à ceux qui ont besoin de cela pour se sentir exister.

Wendy frappa deux coups sur une simple porte en bois puis Eldor entendit des pas lourds dans la pièce qui se trouvait derrière. Il n'en crut pas ses yeux, Yayobe se trouvait devant lui. Eldor s'attendait à ce qu'un quelconque majordome le fasse patienter dans une salle ou encore qu'il doive remplir un nombre impossible de formulaires, voire même subir un scan rétinien.

Au lieu de cela, l'honorable Docteur Yayobe lui faisait face, le dominant par sa taille. Yayobe était un homme à la peau très sombre d'environ 75 ans, de plus de 2 mètres de haut et à la musculature qui aurait fait pâlir de jalousie n'importe quel sportif de haut niveau. Son œil droit était vitreux et Eldi n'aurait su dire si Yayobe pouvait toujours voir avec. De longues dreadlocks descendaient jusqu'à la moitié de son dos et cela amusa Eldi, car elles étaient célèbres dans toute la galaxie.

Ce n'est donc pas une légende. Il correspond bien aux documentaires qui traitent de sa vie et de son œuvre. Mais il est encore plus impressionnant en vrai.

— Docteur Kent, ravi de vous voir sain et sauf. Allez-y, entrez donc. Ne faites pas attention au bazar, je n'ai pas pris le temps de ranger.

— Honorable Docteur Yayobe, enchanté de vous rencontrer.

— Pas de cela entre nous mon jeune ami. Je suis un grand historien appartenant au passé. Vous êtes un grand historien appartenant au futur. Appelez-moi Yobe tout simplement et j'en ferai de même en vous appelant Eldor. Cela vous convient-il ?

— Heu… Bien entendu Honorable Doct… heu... Yobe.

Le bon docteur lui serra chaleureusement la main, d'une poigne si ferme qu'Eldi pensa que ses doigts allaient se briser. Wendy lui dit au revoir puis disparut dans un couloir.

Elle est vraiment superbe.

Le bureau du Docteur Yayobe se résumait à sa plus simple expression : une petite pièce remplie de livres en désordre, une myriade d'holoécrans affichant des textes et images anciens, une table accompagnée de quelques chaises sans âge ainsi que, dans le fond sur le côté de la fenêtre, un vieux divan qui semblait avoir fait l'objet de nombreuses siestes.

— Asseyez-vous Eldor. Puis-je vous offrir quelque chose à boire ?

— Non Merci Honorab… Non merci Yobe.

— Tant pis pour vous ! Moi, je me sers un verre si cela ne vous dérange pas.

Tandis que l'honorable Docteur sortait une bouteille d'un de ses placards, Eldi observait la pièce dans laquelle il se trouvait. Elle était en désordre et une forte odeur de tabac imprégnait les meubles. Sur les holoécrans étaient affichées nombre de publications ainsi que quelques images qu'Eldi pensa reconnaitre. Des livres trainaient sur le sol et, aucun doute possible, vu les poils sur le divan, un chat vivait dans les lieux.

Yayobe revint s'asseoir face à Eldor, souriant, avant de s'exclamer :

— Un excellent whisky. Vous ne savez pas ce que vous manquez. On m'a affirmé qu'il venait de la Terre, mais je sais bien que cela est impossible.

— De la contrebande ?

— Bah… ça les amuse de le dire et moi encore plus de leur faire croire que j'ignore que ce ne sont que des bobards. Je sais bien qu'il a été distillé sur la planète Milani. Ma fonction possède quelques avantages, comme, par exemple, tout savoir sur les gens que je côtoie.

Eldor se sentit personnellement visé de sorte qu'il soutint le regard de Yobe. Au bout de quelques secondes, Yobe lui offrit un grand sourire dévoilant des dents d'une blancheur impeccable :

— Allons, allons, je ne disais pas cela pour vous, même si, vous vous en doutez, les services spéciaux ont évidemment mené une enquête à votre sujet. Hormis la pauvre Denise dont vous avez brisé le cœur il y a presque 2 ans, ils n'ont rien trouvé à redire à votre sujet.

— Je…

— Mais cela ne m'intéresse pas. Je sais que vous êtes un homme bien, totalement investi dans ce que vous faites. Votre compétence a bien plus d'importance pour moi que votre vie personnelle.

Eldi était désappointé et ne savait comment réagir. Physiquement, Yobe ressemblait à ce qu'il avait pu voir dans les documentaires, mais son comportement ne correspondait en rien à ce qu'il s'était imaginé. Yobe était nonchalant, avec un regard perdu à mille années-lumière de là, souriant et chaleureux, mais semblait, malgré tout, extrêmement sérieux et professionnel. Cherchant à changer de sujet, Eldi prit l'initiative :

— Je vois que vous travaillez sur la Guerre des Six Mondes ?

— On ne peut rien vous cacher. Oui, effectivement, j'ai ressorti les archives suite à votre accident.

— Je ne comprends pas…

— Oh, mon jeune ami, vous n'y êtes pour rien. L'Empereur m'a demandé d'écrire la nécrologie du commandant qui a sauvé votre hypernef afin de pouvoir lui rendre un hommage galactique. C'est grâce à cet homme que vous êtes assis ici en ce moment même.

— Je ne me rends pas compte…

— Le commandant Bluver Art, celui qui a sacrifié sa vie pour vous permettre d'être là, est le descendant direct du général Vaillant Art.

— Celui qui a mis fin à la Guerre des Six Mondes, grâce à sa ruse et sa bravoure, il y a presque six cents ans ?

— Lui-même. Un grand homme qui a permis de préserver l'unité de l'Empire. Bluver en est le digne descendant. L'Empereur souhaite personnellement saluer sa mémoire lors d'une grande cérémonie.

Un silence pesant s'installa sans qu'Eldor ne sache quoi dire. Ce fut Yobe, après avoir bu une rasade de ce faux whisky Terrien, qui entra dans le vif du sujet :

— Bon, Eldor, je ne vous ai pas fait venir pour cela. Je sais que vous avez déjà vu le film sacré « *2001, l'Odyssée de l'espace* ».

— Plusieurs centaines de fois ! J'ai fait ma thèse à ce suj…

— Je suis au courant. Vous n'êtes donc pas ignorant de la problématique que nous avons avec les Odysséens.

— Même si je suis ici depuis moins d'une journée, je dois avouer avoir perdu toutes mes certitudes les concernant. Tout est tellement différent sur Gloria.

— Alors, dans ce cas, faites-moi un résumé bref de ce que vous pensez savoir.

Eldi se racla la gorge et chercha ses mots. Le regard de Yobe était pesant et semblait sonder à travers ses propres yeux. Eldi était intimidé et avait peur de dire une bêtise bien qu'il fût absolument certain de lui :

— Eh bien, honorable Docteur Yayobe…

— Yobe…

— Heu, oui Yobe… Succinctement, les Odysséens constituent le plus important courant religieux de la galaxie. Ils reconnaissent le « *2001, l'Odyssée de l'espace* » comme étant une vision sacrée, un témoignage du passé, prouvant que l'homme a été créé par ce qu'ils nomment les *Fermiers des Prairies Étoilées*. Par ailleurs, et cela fait partie intégrante de leur Culte, l'homme, lui-même, a su jadis créer l'intelligence. Le film n'est évidemment pas réalisé à partir d'images d'archives, mais est une sorte de reconstitution faite avec les moyens disponibles en cette époque pré-hyperspatiale. Pour autant, il est nommé, depuis la nuit des temps, l'Évangile selon Kubrick. Il est le Culte normal et accepté des Odysséens.

— Bien, bien, mon jeune ami, ce n'est pas trop mal et je n'en attendais pas moins de vous, car vous êtes réputé pour être concis. Que pourriez-vous ajouter ?

— On trouve les premières traces de cette religion quelques siècles après la conquête de Gloria et notamment suite à des évènements inexpliqués s'étant déroulés sur certains mondes en cours de colonisation.

— Et ?

— Les Odysséens pensent que nous sommes le fruit d'une volonté dépassant notre entendement. Que nous devons vénérer cette entité supérieure afin de, tout comme le prophète Dave Bowman, pouvoir accéder à un stade de conscience supérieure. Pour ce faire, les orateurs Odysséens prônent un arrêt de l'investissement dans l'expansion de l'Empire et une mobilisation des ressources pour entrer en contact avec *les Fermiers des Prairies Étoilées*.

— Joliment résumé mon jeune ami, mais vous oubliez quelque chose.

— Vous parlez de l'apôtre HAL-9000 ?

Yobe hocha de la tête.

— Exactement.

— Il est considéré par les Odysséens comme le premier enfant de l'Humanité. Le tout premier fruit de notre intelligence et qui, grâce à sa perfection, a atteint lui aussi, en l'espace d'une vie, un stade de conscience supérieure. La justification de ses actions dans l'Évangile selon Kubrick fait l'objet de débats depuis des millénaires. Je ne saurais me prononcer concernant le bien ou le mal de ses actes, n'étant pas moi-même sympathisant Odysséen.

— Mais vous avez bien un avis ?

— Honnêtement Honorable Doct…

— Yobe ! Oui, allez-y honnêtement.

— Pour moi, tout cela relève de la légende, d'une vaste supercherie consistant à faire peur au peuple, lui faisant croire qu'une force supérieure existe et que plutôt que de l'ignorer, nous ferions mieux de la rechercher et de l'honorer. Il y a probablement quelques crédits à ramasser…

— Vous jugez sévèrement les Odysséens. Imaginez qu'ils aient raison et que tout ce qui est décrit dans le film sacré se soit réellement produit, je veux dire avant la mise en scène de l'Évangile selon Kubrick. Qu'en diriez-vous ?

— J'en serais le premier étonné, mais admettons cette hypothèse… Dans ce cas, je serais probablement très inquiet et chercherais à me cacher des *Fermiers des Prairies Étoilées*. S'ils nous ont créés, ils peuvent tout aussi bien nous anéantir…

— Tout comme le prophète Dave a tué notre enfant, l'apôtre Hal ?

— Oui, il y a sans doute de cela. En théorie, la création est à la merci de son créateur. Mais je refuse de croire que nous sommes le fruit d'une volonté tierce. Nous nous sommes faits seuls et ne devons rien à qui que ce soit.

— Pas très scientifique comme démarche. Vous énoncez là une opinion et non des faits.

— Vous m'avez demandé mon avis…

— Effectivement jeune homme et je suis ravi que vous parliez de ce sujet sensible avec autant de franchise. D'autant plus que vos démonstrations factuelles allant dans ce sens, et je sais que vous en avez sous le coude, m'ont fortement impressionné. Qui aurait cru qu'à mon âge je puisse être encore secoué, qui plus est par un Exo aussi jeune ! Vous avez tout mon respect jeune Eldor. Toutes mes félicitations pour votre travail remarquable, oui, absolument remarquable, même si vous ne me facilitez pas la tâche.

Yobe se leva puis entreprit de se resservir un verre de whisky. Eldor l'observait : le vieil homme était silencieux, vraisemblablement perdu dans ses pensées. Il posa son verre sur la table puis se dirigea vers un mur. Probablement à la suite d'un scan rétinien, une petite alvéole s'ouvrit et Yobe saisit ce qui semblait être un livre, manifestement très ancien. Il le posa précautionneusement sur la table face à Eldi et, après avoir bu une rasade, s'exclama :

— Que pouvez-vous me dire de cela ?

Eldi saisit le livre méticuleusement, car il tombait littéralement en morceaux. Il jeta un coup d'œil à la couverture puis entreprit de déchiffrer le titre qui était rédigé dans un dialecte primitif. Il manqua un battement de cœur lorsqu'il comprit ce qui était écrit.

2001 l'Odyssée de l'espace – Arthur C.Clarke !

Comment réagir ? Quoi dire ? Un peu sonné, Eldor regarda Yobe :

— Qu'est-ce donc ?

— Un manuscrit que j'ai en ma possession depuis plusieurs dizaines d'années. Je vous expliquerai plus tard comment. Qu'est-ce que cela vous inspire ?

— Je ne saurai dire. Vous me prenez de court. Je n'en ai jamais entendu parler. D'après le titre, écrit dans un dialecte antique, on dirait que cela a un rapport avec le film sacré. Difficile de le déchiffrer, car il est rédigé dans une ancienne langue Terrienne mais…

interloqué, Eldor retournait le livre dans tous les sens, le feuilletant avec le plus grand soin, les yeux écarquillés à chaque fois que son regard se posait sur un de ses passages. Yobe, l'air très sérieux, se pencha sur la table face à Eldor :

— Bien peu d'Odysséens ont connaissance de ce document. Ils l'appellent l'Évangile selon Clarke et il leur fait extrêmement peur.

— Docteur Yayobe, c'est probablement une des découvertes les plus importantes de l'Histoire impériale ! Comment se fait-il que nous n'en ayons jamais entendu parler ?

— Les quelques orateurs Odysséens qui ont eu vent de son existence ne savent même pas eux-mêmes comment aborder la question. C'est un sujet très sensible. On va dire que c'est une affaire interne aux Odysséens de Gloria. Pour l'instant, ils gardent l'information pour eux, ne sachant comment l'annoncer aux fidèles.

Eldi, oubliant la bienséance, rongé par l'envie de lire le livre, prit un air grave :

— Yobe, qu'est-ce que tout cela signifie ?

— Cet Évangile sème le trouble dans les certitudes des Odysséens. Il crée un schisme. Vous y découvrirez certaines différences notables par rapport au film sacré…

— Et, évidemment, tous n'y adhèrent pas !

— Et, évidemment, certains voient en lui la vérité enfin révélée !

Le document était de taille modeste, guère plus de 300 pages, mais sa simple existence, sans même parler de son contenu, était lourde de conséquences. Se pourrait-il qu'il y ait un lien avec les extrémistes dont lui avaient parlé Mathilde et Bervin ? Yobe toussota pour ramener Eldi à la réalité :

— Mais ce n'est pas tout, il y a encore mieux.

— Que pourrait-il y avoir de plus exceptionnel que cette découverte ?

— Quelque chose sur lequel je travaille depuis… En fait je ne saurais même pas dire depuis quand. Peut-être avais-je votre âge lorsque j'ai commencé.

— Mais de quoi parlez-vous Yobe ?

— Dans ma jeunesse, je suis allé passer quelques années sur Altran. Je connais très bien votre ville de résidence qui est fort agréable.

— Chacun son point de vue. Mais je suis étonné qu'un aussi éminent historien que vous s'y soit rendu.

— J'y ai été pour entamer ce qui restera, je l'espère, la plus importante œuvre de ma vie, même si je ne l'ai pas encore publiée. Et s'il venait à m'arriver quelque chose, j'estime que, au vu de vos travaux et de votre parcours, vous êtes le seul, dans tout l'Empire, capable de la mener à son terme. Mes travaux, couplés à votre découverte, porteront un coup fatal au Culte des Odysséens…

— Vous m'en voyez très honoré, mais je doute que…

— Quelle est la particularité d'Altran ?

Eldi s'aventura à une petite touche d'humour afin de détendre l'atmosphère qui commençait à devenir pesante.

— C'est la planète la plus quelconque au sein des planètes quelconques !

— Voyons mon jeune ami, un peu de sérieux. Votre découverte est étroitement liée à cette particularité qu'a Altran.

— Ok, je vois de quoi vous parlez. C'est la planète de l'Empire la plus proche du Royaume Terrien.

— Exactement ! Altran ne se trouve qu'à quelques années-lumière du royaume et donc ?

— Il fut un temps où des Terriens venaient se réfugier sur Altran en demandant l'asile politique. Mais c'était il y a de cela des millénaires. Aujourd'hui, plus personne ne vient de là-bas. Nous avons bien quelques patrouilleurs qui surveillent la frontière, mais…

— Et c'est d'ailleurs un de ces patrouilleurs qui a ramené l'Artefact.

— Oui, il avait été intercepté dans l'espace. L'Artefact avait été entreposé le plus simplement du monde dans un hangar sous une bâche, l'armée l'ayant pris pour une simple vieillerie sans intérêt. Je n'ai pas eu de mal à me le procurer pour mener mes travaux dessus.

Le visage de Yobe se détendit :

— Nous reparlerons de vos travaux remarquables. Je voudrais juste poursuivre le cheminement de ma pensée afin que vous compreniez bien ce qui est en train de se passer.

— Je suis à votre service honora…

— Yobe ! À votre avis, tous ces réfugiés Terriens arrivaient-ils les mains dans les poches ?

— Les sources historiques les plus fiables racontent qu'ils passaient via des vaisseaux de contrebande. Mais c'était avant que le Royaume Terrien ne ferme totalement ses frontières et coupe les communications avec l'Empire. De ce que je sais, bon nombre d'entre eux arrivaient en cargo, car c'était un aller simple. Le retour sur Terre était impossible et donc ils venaient avec quelques effets personnels.

— Donc Altran, durant un temps, fut le point de passage de nombre d'individus…

— …mais aussi de matériel. Les gens venaient avec ce qui leur était le plus cher.

— Et c'est pour cela que, dans ma jeunesse, je me suis rendu sur Altran afin de débuter ma carrière.

— Cela semble logique. Je suis moi-même historien, car Altran regorge de vestiges Terriens bien que peu aient de l'importance. Cela a probablement joué dans mon orientation scolaire. Cependant, la plupart du temps, il s'agit de babioles sans âge et il faut travailler dur pour trouver quelque chose digne d'intérêt.

— Comme votre Artefact par exemple ?

— Oui tout à fait.

Yobe attrapa son verre de whisky et le but cul sec. S'essuyant les commissures des lèvres avec un mouchoir, son regard prit un air grave :

— Eh bien ce que j'ai trouvé là-bas, lorsque j'avais à peu près votre âge, m'a terrorisé. Je travaille dessus dans le plus grand secret depuis.

Eldi ne pipa mot. Yobe retourna vers l'alcôve murale et saisit un carton qu'il tendit à Eldor.

— Allez-y, ouvrez-le.

Eldor en ressortit 3 livres. Et le temps qu'il en déchiffre les titres, son sang se glaça.

2010 Odyssée deux, 2061 Odyssée trois et 3001 L'Odyssée Finale ! Tous rédigés par ce dénommé Arthur C.Clarke. Ce n'est pas possible, c'est une blague ?! Yobe teste mes capacités.

— Je sais très bien ce que vous imaginez et non, je ne suis pas en train de m'amuser avec vous. C'est on ne peut plus sérieux.

— Mais pourquoi moi ?

— Je me reconnais en vous. Je pense que mes jours sont comptés, car je suis dans le viseur des Odysséens radicaux.

— Mais vous appartenez à l'entourage intime de l'Empereur, il ne peut rien vous arriver…

— Ils ont déjà frappé pourtant.

— Vous avez été agressé ? Je ne peux le croire.

— Non, bien plus grave que cela… ce dont je vous parle est arrivé il y a un peu plus de 10 ans.

Le cerveau d'Eldor bouillonnait. Il essayait de comprendre. Yobe poursuivit :

— Un groupuscule Odysséen m'a volé une copie du manuscrit à l'époque. Je sais qu'ils sont à la recherche des 3 livres que vous tenez dans les mains. Il n'y en a aucune copie, pas même numérique. Ils sont uniques. Ils ne me tueront pas tant qu'ils ne sauront pas où ils se trouvent ou ne pourront pas y accéder.

— Je ne sais quoi vous dire. Il va me falloir un peu de temps pour assimiler tout cela.

— S'il y'a bien une chose que nous n'avons pas, c'est justement du temps. Ironique pour des historiens, n'est-ce pas ?

— Mais pourquoi ?

— Car votre découverte fait grand bruit ici sur Gloria. Votre intervention est très attendue par l'intelligentsia Odysséenne.

— Mais comment savent-ils ?

— Vous avez publié vos travaux sur Galactinet. Même s'ils sont brillants, vous auriez dû un peu plus les enrober… Bref, il est trop tard. La théorie qui en découle n'a pu que frapper l'esprit de certains Odysséens érudits. Je pense qu'à l'époque de leur publication, vous n'en aviez pas mesuré les conséquences. Je vous ai fait venir pour présenter, sans détour, vos conclusions devant vos pairs, mais aussi un parterre de notables. Il y aura bien entendu une délégation d'Odysséens, du gratin de chez gratin. Il est même probable que le Premier Orateur en personne soit présent.

— En fait, vous m'avez fait venir pour m'envoyer au front. Vous avez peur de présenter vos propres travaux, qui sont a priori tout aussi dangereux que les miens pour le Culte…

— Vous n'y êtes pas mon jeune ami. Vos travaux sont la première salve, l'introduction des miens. Nous ne pouvons plus attendre, car ils circulent déjà et il nous faut clarifier les choses, et ce, au plus vite.

Eldor sentait sa tête lui tourner.

— Si je comprends bien, le fait d'avoir publié la découverte de l'Artefact ainsi que les résultats de son étude vous force la main à achever et présenter dans l'urgence vos propres travaux.

— Je ne l'aurai pas mieux dit.

Maintenant c'est clair, il faut vraiment que je trouve cette putain d'imprimante quantique !

Chapitre-4 : Impression

Savant observait Défaillant s'en aller vers l'Île. Surveillant avait balisé le terrain de sorte que Défaillant n'avait pas besoin de réfléchir pour trouver son chemin.

De toute façon Défaillant avait tellement mangé lors de leur visite des restes de la Première Ravagée qu'il n'était plus en état de penser. Il était juste capable de se déplacer afin d'atteindre l'objectif que ses Autres lui avaient fixé.

Défaillant était bouillonnant, diffusait une faible lumière orange, et se déplaçait à une vitesse telle que ni Savant ni Surveillant ne pouvaient le suivre.

Seule la lumière qu'il émettait au loin, suivie de la trainée de bulles qu'il relâchait, trahissait son passage.

Dans quelques instants, Savant serait fixé sur le bon fonctionnement du Plan.

Là-bas, sous l'Île, la lueur orange de Défaillant céda la place à un blanc si intense qu'il ne pouvait être perçu. Savant sentit son enveloppe se scinder en plusieurs parties sous l'effet de l'onde de choc. Mais Savant avait des courants principaux si puissants qu'il se reformerait dans son intégrité rapidement.

Tandis qu'une partie de l'Île fut pulvérisée dans la déflagration, une autre sombra.

***

Cela faisait désormais 4 jours qu'Eldor se trouvait sur Gloria. Wendy, adorable, semblait apprécier passer du temps avec lui. Elle lui avait fait découvrir quelques restaurants, certains très exotiques, d'autres de spécialités locales. Elle lui avait proposé qu'ils effectuent les trajets ensemble pour se rendre à la faculté, car elle habitait, à priori, non loin de son hôtel.

La veille, ils avaient visité quelques monuments, des lieux importants ainsi que notamment l'impressionnant *Musée de la Conquête*. Ce secteur entier d'Acadomia regorgeait d'objets singuliers et présentait des anecdotes croustillantes au sujet de la vie des Pionniers. Mais la pièce maitresse du musée était bien un authentique morceau de la carlingue de l'astronef *Anaïs*, celui-là même dont l'explosion avait signé l'installation de Pionniers sur Alpha. Ce simple fragment de coque, de la taille d'une petite maison, était conservé dans une enceinte transparente, sous vide d'air afin d'éviter qu'il ne s'oxyde et était protégé par des gardes impériaux lourdement armés.

Pour l'heure Eldi se trouvait assis face à son ordinateur dans le bureau que lui avait fait aménager Yobe au sein de la faculté. Il se trouvait dans un bâtiment moderne éloigné de 10 minutes à pied de celui de l'Honorable Docteur. Il était sans extravagance, mais parfaitement fonctionnel et lui aussi possédait un canapé.

Yobe semble considérer qu'un endroit pour faire la sieste est un des outils les plus importants pour effectuer de la recherche fondamentale. En fait, il n'a pas tort.

Eldor était affairé à la rédaction de la présentation qu'il devait effectuer au sein de la faculté d'ici quelques jours. Avant son voyage, il s'imaginait qu'il allait juste effectuer une brève intervention devant quelques huiles de l'académie d'Histoire. Au lieu de cela, Yobe lui avait mis une pression à peine soutenable. Il avait appris qu'il interviendrait dans le plus grand amphithéâtre de la faculté qui, pour l'occasion, accueillerait plus de 3000 personnes, dont un bon tiers d'Odysséens.

Il sentit la porte derrière lui s'ouvrir et se retourna sur son fauteuil. Yobe entra dans la pièce :

— Bonjour, Eldor, tout se passe comme vous le voulez ?

— Autant que possible, je sèche un peu sur la façon de présenter les choses devant autant de monde. Il faut que j'anticipe sur un maximum de questions pour y répondre par avance.

Yobe se fendit d'un sourire :

— Oui, sinon votre visa risque de ne pas être assez long pour vous adonner à la traditionnelle séance de questions-réponses, surtout avec autant de monde.

— Je le sais bien.

— Mais je ne suis pas venu vous voir pour cela. Je suis certain que vous y arriverez. En fait j'ai tenu à me déplacer personnellement pour vous l'annoncer de vive voix plutôt qu'avec un simple appel.

— Quoi donc ?

— J'ai eu beau faire jouer mon réseau de relations, retourner tous les centres scientifiques d'Alpha, il n'existe tout simplement pas d'imprimante quantique de la taille dont vous avez besoin.

— Et sur Bêta ?

— N'y songez pas mon jeune ami. Je ne leur ai même pas demandé. C'est une base militaire et si un tel matériel existe là-bas, il est certainement classé secret-défense.

— Mais on dit que vous avez l'oreille de l'Empereur, peut-être pourrait-il intervenir ?

— Bien que notre bien-aimé Empereur soit un homme juste et travailleur, croyez-moi qu'il a bien d'autres préoccupations à gérer que nos petits problèmes de logistique. Il est hors de question que je lui fasse perdre de son précieux temps pour une telle chose.

Eldi prit quelques secondes pour réfléchir puis murmura :

— Dans ce cas, il serait peut-être plus sage d'annuler la présentation et de la reporter jusqu'à tant que nous ayons trouvé une imprimante quantique quelque part dans l'Empire.

— Nous n'aurons peut-être pas besoin d'en arriver là. Je pense avoir trouvé une solution…

— Vous avez à votre disposition un autre Artefact du même type ?

— Nullement, celui que vous aviez trouvé est absolument unique. Mais j'ai un très bon ami, Aoc Packard…

— N'est-il pas un des hommes les plus riches de l'Empire ?

— Lui-même et c'est notamment le Président de la compagnie Riviera SpaceWays.

— Je sais qu'il dirige un nombre incalculable d'entreprises, mais j'ignorais pour celle-ci.

— C'est bien normal, c'est une compagnie spatiale réservée à l'élite de l'Empire. Ses hypernefs et hyperjets offrent un luxe et une gamme de services que vous ne pourriez même pas imaginer.

Quel rapport entre un magnat de la finance et mon problème ?

— Votre incompréhension est tout à fait légitime. Il vous expliquera cela lui-même tout à l'heure avec l'aide d'un de ses techniciens.

— Il vient ici ?

— Non, c'est nous qui allons lui rendre visite. D'ailleurs, avez-vous téléchargé les scans quantiques que vous aviez effectués de l'Artefact.

— C'est en cours de téléchargement, mais les fichiers sont tellement volumineux qu'il va falloir encore quelques jours pour tous les récupérer.

— Mais en avez-vous au moins un ?

— Oui, j'en ai déjà quelques-uns sur ce cristal de stockage.

— Très bien, prenez-le et enfilez votre manteau. Nous avons de la route à effectuer.

Lorsqu'ils sortirent, dans un des coins de l'esplanade centrale de la faculté, un astronef de la Garde Impériale attendait. Un homme à la tenue stricte, mais élégante, portant fièrement un éclateur à sa ceinture se dirigea vers eux.

— Bonjour honorable Docteur Yayobe, je serai votre serviteur aujourd'hui.

— Bonjour Charles, cela me fait bien plaisir que ce soit vous. Je vous présente le Grand Docteur Kent, de la lointaine planète Altran. Je vous prierai d'agir avec lui comme vous le feriez avec moi.

C'est bien la première fois qu'on dit de moi que je suis un « grand » Docteur !

— Grand Docteur Kent, ce sera un honneur pour moi de vous servir.

— Je... Enchanté... Charles.

Ils suivirent le militaire jusque dans l'astronef qui, bien que de taille modeste, semblait impressionnant de par l'armement qu'il embarquait. Tandis qu'il s'installait dans son fauteuil, Eldi se pencha vers Yobe et murmura à son attention :

— Yobe, pourquoi un soldat de la Garde personnelle de notre bien-aimé Empereur nous emmène voir Monsieur Packard. Nous aurions tout aussi bien pu nous y rendre par nos propres moyens ?

— Eldor, ce n'est pas un simple soldat. Charles est un de mes deux gardes du corps.

— Si je comprends bien, lorsque vous quittez l'enceinte de la faculté, vous êtes systématiquement accompagné d'un garde du corps ?

— Pas seulement en dehors ! J'en ai aussi un qui veille sur moi dans l'enceinte.

— Je suis impressionné ! Je n'avais pas l'impression que quelqu'un assurait votre protection.

— Mais que racontez-vous mon jeune ami ? Remarquez, il me semble ne pas vous l'avoir dit… Suis-je tête en l'air parfois ! C'est Wendy.

Wendy ! Comment est-ce possible. Elle semble si frêle et ingénue.

— Vous voulez dire que Wendy est un garde impérial ?

— Oh que non ! Elle est bien plus que cela. Elle est…

Yobe hésita une poignée de secondes :

— ...disons qu'elle est très bien placée au sein de l'armée.

— Une sorte d'agent secret ?

— En quelque sorte. Mais en nettement plus efficient.

— Mais dans ce cas pourquoi me le dites-vous ? Je pourrais moi-même présenter un danger pour vous.

— Croyez-moi, avec l'enquête qu'elle a menée sur vous, elle vous connaît mieux que vous-même. Et par ailleurs, elle a pour mission d'assurer votre protection. Autant que vous le sachiez.

Je comprends mieux pourquoi elle passait tout ce temps avec moi. Et dire que je pensais qu'elle avait peut-être le béguin.

Le vol fut bref, moins d'une heure, et l'astronef ne s'était élevé au-delà de l'atmosphère que durant quelques minutes. Ils atterrirent sur ce qui semblait être un astroport personnel. Non loin de là se trouvait un grand bâtiment austère tout en longueur sur lequel était inscrit « Riviera SpaceWays – Centre de recherche ». Eldi aperçut, à travers le hublot, un homme petit et bedonnant occupé à manger un sandwich. Ils descendirent de l'astronef.

Oui c'est bien lui ! Si j'avais su qu'un jour je rencontrerais le puissant Aoc Packard...

— Yobe, vieille crapule, heureux de te revoir. Alors comme ça tu m'appelles uniquement lorsque tu as besoin de moi ?

— Aoc, tu sais bien que si je pouvais le faire plus souvent… Nos soirées étudiantes me manquent.

— Allons, allons, je te taquine. Tu n'as pas changé.

— Toi non plus Aoc. Toujours cette même passion pour les sandwichs.

— Et toi toujours la même frousse de te faire opérer de ton œil malade.

Il ajouta en ricanant :

— Tu sais que je peux te faire un bon prix sur une prothèse augmentée de ma société RecoverHealt.

Yobe explosa de rire.

— Oui je sais, mais je m'y suis habitué. Je penserai à toi si je change d'avis. Trêve de plaisanteries. Je te présente le Grand Docteur Kent. Kent voici Monsieur Packard.

— Monsieur Packard, c'est un immense honneur de rencontrer une personnalité telle que vous.

— Vous me flattez jeune homme, mais gardez cela pour ceux qui aiment qu'on les brosse dans le sens du poil. Appelez-moi Aoc. Vous avez bien un prénom ?

— Eldor.

— J'avais un ami, jadis, qui s'appelait Eldor. Le pauvre, il est mort, mais il a vécu âgé et heureux. On le surnommait tous Eldi. C'est votre cas aussi ?

— Oui… Aoc.

— Alors très bien Eldi, Yobe m'a dit le plus grand bien à votre sujet et j'ai à cœur de vous aider dans la mesure de mes possibilités. Mais je vous en prie, suivez-moi, il caille ici.

La plupart des entreprises de Packard possédaient leurs bâtiments à proximité des pôles d'Alpha, car le foncier y était moins élevé. Ces régions servaient de régulateurs thermiques à l'ensemble de la planète et devaient encaisser les variations absorbées ailleurs par les systèmes de contrôle climatique. Quand il y faisait froid, il faisait vraiment froid et quand il y faisait chaud, il faisait vraiment chaud. L'aristocratie Glorienne n'aurait pas toléré une telle variation de climat, mais les habitants des pôles, bien plus modestes, la supportaient tant bien que mal.

Packard les précéda dans le bâtiment puis s'immobilisa devant un guichet derrière lequel se trouvait un robot.

— Eldi, je suis désolé, mais vous allez devoir signer par scan rétinien une clause de confidentialité. Tout ce que vous verrez ou apprendrez ici doit y rester.

— Allons Aoc, ne l'embête pas avec ça.

— Yobe, j'y suis obligé, ne serait-ce que vis-à-vis du conseil d'administration.

— Ne vous en faites pas, cela ne me pose pas de problème.

Le robot fit répéter à Eldor quelques formulations alambiquées, du charabia juridique puis certifia ses propos grâce à un scan. Le robot, après quelques instants, déclara :

— Tout est en ordre, Grand Docteur Kent. Vous êtes désormais en règle avec la loi impériale concernant le secret industriel. Votre serment est enregistré et validé. En cas de violation de ce dernier ou divulgation de toute information, de quelque façon que ce soit, vous êtes judiciable et passible d'une peine selon l'article…

— C'est bon, on a compris ZRT-03, ferme-la !

— À vos ordres Monsieur Packard.

— Allez, suivez-moi les amis, je vais vous faire entrer dans le saint des saints.

Charles, qui les avait suivis jusque-là, la main sur son éclateur, s'adressa à Yobe :

— Honorable Docteur Yayobe, je vais vous laisser poursuivre sans moi pour aller patrouiller autour du bâtiment.

— Bien Charles, fais ce que tu as à faire.

Ils traversèrent de nombreuses salles dans lesquelles des armées de techniciens s'affairaient sur leurs ordinateurs, probablement occupés à concevoir de nouvelles hypernefs, toujours plus prestigieuses. Durant leur vol, Eldi avait regardé un petit documentaire sur cette compagnie et comme Yobe le lui avait affirmé, il avait été abasourdi par le luxe et les services offerts par cette compagnie. Le parcours professionnel d'Aoc Packard était encore plus intéressant.

— Vous savez, de toutes les compagnies que je dirige, Riviera est de loin celle qui m'amuse le plus, c'est un peu mon chouchou.

Eldor s'aventura :

— Il m'a semblé voir que cette entreprise est plusieurs fois centenaire. Est-il indiscret de vous demander comment vous êtes arrivé à sa tête ?

— Aucun problème Eldi. J'ai tout simplement eu l'occasion de racheter les parts des héritiers de la fondatrice il y a…

— il y a un peu plus de 15 ans, précisa Yobe.

— Exact, c'est bien cela ! Merci Yobe. L'entreprise était en perte de vitesse et ne savait renouveler son offre. Bref, elle s'embourbait dans son vieux modèle économique des croisières de luxe malgré le potentiel qu'elle présentait. Je l'ai réorientée vers le domaine des voyages d'affaires et depuis, tout roule pour elle. Mais il faut dire que j'avais une idée derrière la tête et je l'ai fait fusionner avec une autre de mes entreprises, *Quanticom.*

— Qu'est-ce donc ? s'enquit Eldor, de plus en plus intéressé.

— C'était une petite société qui se débattait pour exister, spécialisée dans la transmission d'informations. Elle n'avait pas les moyens de ses ambitions et sa fusion-acquisition avec Riviera lui a ouvert tout un champ des possibles.

Quel rapport entre une compagnie hyperspatiale et une société de communication ?

— Nous sommes presque arrivés. Vous allez le voir, ce laboratoire travaille sur un sujet se rapprochant beaucoup de votre problématique. Il n'est pas forcément des plus impressionnants, mais assurément le plus prometteur pour l'avenir du transport galactique. Notez qu'un bon millier de personnes travaillent dans une autre annexe à peaufiner les plans, mais ici nous entrons dans l'antre du tôlier.

Ils pénétrèrent dans un hangar au fond duquel se trouvaient de nombreuses citernes de belle taille. Eldor en dénombra plus d'une centaine. Au centre se trouvait une immense cage luminescente surplombée par ce qui ressemblait à un éclateur d'hyperjet de combat. Un homme travaillait sur des holoécrans affichant des schémas complexes tandis qu'un robot manipulait des outils à proximité immédiate du cube lumineux.

Une immense imprimante !

— Voici, la dream team. Viens donc Lars, que je te présente. Ce sont les amis dont je t'ai parlé hier qui nous rendent visite.

L'homme, d'une cinquantaine d'années et à l'allure svelte, quitta des yeux son holoécran et vint leur serrer la main, nonchalamment. Bien qu'il semblât austère au premier abord, il se révéla souriant, mais sans plus.

— Honorable Docteur Yayobe, Docteur Kent, Monsieur Packard m'a touché deux mots hier concernant vos besoins et je peux peut-être vous aider.

Yobe répondit :

— Vous semblez effectivement avoir là ce qui ressemble à une imprimante quantique de taille conséquente.

— Cela y ressemble, mais ce n'en est pas une… Aoc, ai-je l'autorisation de leur expliquer ?

— Laisse faire Lars. Je m'en charge. Tu leur expliqueras la partie technique. Eldi, désirez-vous boire quelque chose ? Yobe, je vais t'accompagner au whisky.

— Dans ce cas, j'en prendrai bien un verre aussi, s'exclama Eldor

Assis autour d'un des bureaux de Lars, leurs verres remplis du précieux nectar, servi par le robot, Aoc se frotta le ventre avant de croiser ses bras derrière la tête :

— Eldi, quel est selon vous le principal problème des voyages spatiaux ?

Eldor réfléchit un instant :

— Le prix des billets ?

— Non jeune homme. Par exemple, chez Riviera, le tarif n'est pas un problème pour nos clients.

— J'allais dire les conditions de voyage, mais vous allez me rétorquer que chez Riviera ce n'est pas un problème non plus vu l'excellence de votre offre. Dans ce cas, peut-être est-ce la maintenance et le développement des infrastructures ?

— Bien vu, mais ce n'est pas à cela que je pense même si effectivement, c'est un lourd poste de dépenses.

Yobe souriait, car il connaissait manifestement la réponse, mais Eldi ne voulait pas se laisser démonter :

— La sécurité ?

— Malgré votre mésaventure, ce n'est pas cela non plus. Les vols hyperspatiaux comptent parmi les systèmes les plus fiables et sécurisés jamais élaborés par l'homme.

— Alors dans ce cas, je dois vous avouer que je sèche un peu !

— Le voyage mon ami, le Voyage !

— Le Voyage ?

— Pour bon nombre de citoyens de l'Empire, effectuer un vol hyperspatial est souvent l'aventure de leur vie, quelque chose qu'ils ne font que rarement. Pour ce type de clientèle, le voyage n'est bien souvent qu'une croisière à bord d'hypernefs démesurées, offrant bon nombre de distractions. Des appareils comme celui sur lequel vous avez volé, de chez TranSpace si je ne dis pas de bêtise, ressemblent plus à des parcs d'attractions, destinés à offrir un souvenir mémorable à ses passagers, qu'à un simple moyen de transport. Le voyage en lui-même est alors aussi important, sinon plus, que la destination elle-même.

— Oui, bien sûr. Mais cela constitue tout, sauf un problème. Avant l'accident, j'ai effectivement passé de très bons moments dans le 014. C'était un appareil vraiment agréable, de véritables vacances.

— Mais cela est valable pour des gens comme vous. Je veux dire… pour ceux qui sont en villégiature.

— La tournure qu'a prise la fin du voyage fait que ce n'en est plus vraiment une.

— Mais pour mes clients, des hommes d'affaires, hauts diplomates ou notables, qui effectuent des dizaines de voyages à travers l'Empire chaque année, c'est tout simplement une perte de temps.

Ce fut à cet instant qu'un chat sauta sur les genoux d'Eldor. Il commença à se rouler en boule et bien que surpris, Eldi se mit machinalement à le caresser. Lars sortit la tête de son écran holographique et, tout en se levant, dit fermement :

— Schrödinger, descends d'ici. Laisse ces messieurs discuter.

— Laissez donc. J'adore les greffiers. C'est amusant que vous lui ayez donné ce nom ! Une référence au théoricien de l'antiquité ?

— Bien entendu. Celui-là même qui a démontré les principes fondamentaux de la physique quantique.

— Oui, son mythe est bien connu ! Il me semble qu'il avait réalisé la toute première expérience de physique quantique de l'histoire, sous le regard médusé de ses collègues. Celle-ci consistait à mettre un chat dans un carton fermé. Puis, une fois sur deux, lorsqu'il l'ouvrait, le chat était mort. L'autre fois, le chat était vivant.

— J'émets quelques réserves sur la possibilité de procéder à une telle expérience. Déjà, il faudrait pouvoir faire rentrer, de force, un chat dans une boîte. Probablement un tour de passe-passe pour impressionner ses pairs et mieux faire comprendre les principes fondamentaux de sa théorie. Quoiqu'il en soit, je n'ai jamais pris le risque de mettre Schrö dans une boîte.

Eldi sourit à Lars :

— Vous ne cautionnez donc pas la légende selon laquelle les chats sont des animaux quantiques ?

Lars éclata de rire, mais voyant le regard pressant d'Aoc, reprit son sérieux et mit court à la discussion :

— Évidemment que si ! Ce sont les seuls animaux capables d'être affectueux et agressifs en même temps, mais aussi reconnaissants et méprisants en parallèle. Allez, Schrö, viens.

Lars les laissa et Eldor vit au loin qu'il ouvrait quelque chose. Le chat bondit de ses genoux pour se précipiter dans la direction de Lars qui était en train de se pencher pour poser un bol sur le sol. Ce fut Aoc qui reprit la parole :

— Interlude fort enrichissant. J'ignorais tout de cette légende. Comme quoi mon cher Yobe, même à nos âges, nous pouvons en apprendre tous les jours.

— Aoc, je pense que toi-même tu seras sidéré quand tu apprendras ce qu'Eldor a découvert. Mais, je suis navré, nous ne pourrons rien te dire avant qu'il n'ait effectué sa présentation publique. C'est un peu notre clause de confidentialité à nous.

— Aucun problème pour moi. J'agis par amitié et non par intérêt. Alors où en étions-nous ?

— La perte de temps…

— Ah oui voilà, c'est ça. Bref, j'ai donc cherché par quels moyens on pouvait réduire cette perte de temps et ainsi encore mieux satisfaire nos clients. J'ai racheté Quanticom à l'époque, car j'espérais pouvoir mettre en place un réseau de communications instantanées à travers tout l'Empire. Mais bien vite, les infrastructures à mettre en place m'ont dissuadé de mettre en route un tel projet. L'investissement initial était bien trop coûteux par rapport à l'agrément que cela apporte en comparaison de la télécommunication hyperluminique. Même Riviera ne pouvait financer un tel chantier. Cependant, peut-être qu'un jour…

Yobe intervint :

— Allez Aoc, arrête de le faire languir.

— J'y viens, j'y viens. En fait, tout m'est venu le soir du réveillon de l'anniversaire de la disparition de l'astronef *Anaïs*. C'était il y a un peu moins de 10 ans, je crois. J'organisais un dîner en famille chez moi pour les fêtes et mon frère avait offert à son fils une de ces petites imprimantes 3D. Vous savez, de celles qu'utilisent les gosses pour se fabriquer des jouets.

— Oui, j'en ai moi-même eu une le jour de mes 11 ans.

— Ha bah voilà. Ça m'a fait tilt ! Dès le lendemain je me suis précipité acheter une de ces coûteuses imprimantes quantiques. Ils ne se mouchent pas du coude les salopards. Je ne vais pas vous apprendre qu'en gros c'est comme une imprimante 3D, mais qui imprime atome par atome…

En provenance du fond de la pièce :

— Quanta par quanta !

— Merci, Lars, pour tes précisions. C'était un modèle de petite taille, mais je voulais savoir ce que cela avait dans le ventre. Je suis venu directement ici et je l'ai posée sur le bureau de Lars en lui demandant ce qu'il en pensait.

Toujours du fond de la pièce :

— Je lui ai répondu qu'il était complètement taré !

Aoc se retourna et dit à forte voix :

— Lars, il semble me rappeler que ton langage était un peu plus fleuri à l'époque.

Eldi fit la moue et tout en regardant Aoc droit dans les yeux :

— J'avoue ne pas vous suivre.

— Reprenons. Avec Quanticom, j'ai le moyen de transmettre sans délai des informations, non seulement où je le souhaite dans l'empire, mais aussi dans la galaxie et, avec une puissance raisonnable, en n'importe quel point de l'Univers. Ce système, connecté à un scanneur quantique comme émetteur et à une imprimante quantique comme récepteur…

Eldi murmura :

— … permet de transférer n'importe quoi où on le souhaite instantanément !

— Oui, un téléporteur ! Imaginez le temps gagné par les clients de la compagnie Riviera avec une telle technologie. Nous nous assurerions un quasi-monopole.

Yobe intervint :

— Ce serait une révolution dans le fonctionnement intrinsèque de l'Empire. Je ne suis pas certain que l'Empereur approuverait le déploiement d'un tel système… Mais je te l'ai déjà dit Aoc.

— De toute façon, ce n'est pas un problème pour l'instant, c'est loin d'être au point.

Une fois de plus, une voix se fit entendre, cette fois en provenance des citernes :

— C'est le moins que l'on puisse dire…

— C'est bon Lars, viens avec nous.

Après une pause durant laquelle Aoc leur resservit du whisky et tandis que Lars venait s'assoir avec eux, Aoc reprit :

— Imaginez un Empire où il n'y aurait plus besoin d'hypernefs pour voyager de monde en monde, que ce soit pour du fret ou des individus. Ce serait fantastique ! Je compte, pour financer la mise en place de l'infrastructure, établir des lignes entre les principales planètes et Gloria pour nos VIP. Ils payeront les yeux fermés pour un tel service. Puis progressivement étendre le réseau aux planètes de moindre importance. Les riches et puissants financeraient la mise en place de toute cette architecture, tout cela pour gagner quelques journées de voyage. Enfin, parallèlement au transport, ces mêmes appareils pourraient tout aussi bien transmettre de l'information instantanée…

Eldi s'exclama :

— C'est proprement incroyable !

— Oui, Eldi, cela changerait tout ! Je reconnais qu'il y aurait toujours besoin d'hypernef pour aller déposer des récepteurs sur les mondes à coloniser, mais cela faciliterait tellement la tâche ! Les Pionniers seraient en sécurité, car pouvant fuir un monde instantanément en cas de problème. La vitesse de croissance de l'Empire serait alors exponentielle et rapidement nous occuperions bien plus que ce minuscule secteur de la galaxie !

— Et donc ce cube lumineux n'est pas une imprimante quantique ?

Lars toussota et Aoc tendit la main vers lui :

— Vas-y, c'est ton tour.

— Messieurs, ce n'est pas à proprement parler un tel appareil. En fait, il s'agit d'un récepteur de téléportation. Nous effectuons avec, des essais depuis un émetteur situé dans l'autre hémisphère d'Alpha. À la demande de Monsieur Packard, nous l'avons conçu d'une taille imposante, mais nous ne faisons transiter que des petits objets.

— Objet ? s'exclama Aoc.

— Eh oui, il est vrai, parfois aussi des souris. Je vais être très clair. Le transfert, de par sa problématique d'intrication quantique, entraine la disparition du sujet initial du fait de la volatilisation des quanta d'origine. Nous ne créons pas des doubles, mais bien une autre itération de l'objet… ou animal. C'est juste la même chose, mais ailleurs. Le sujet au moment de son émission voit ses quanta, instantanément, se mettre dans le même état que ceux utilisés lors de la réception. Synthétiquement, au niveau du poste de réception, nous plaçons les quanta nécessaires en vrac puis ils s'ordonnent pour devenir le sujet. Les quanta du sujet au sein de l'émetteur deviennent alors une itération de ceux que nous avions mis en vrac. En gros, on transforme de la poussière en quelque chose et instantanément, ce quelque chose devient poussière.

— Et cela fonctionne ? s'enquit Eldor interloqué.

— Sur les objets, sans aucun problème. Sur le vivant, en revanche nous rencontrons quelques problèmes.

Aoc fit signe à Lars de continuer.

— Nos essais sur des souris montrent qu'elles sont transférées parfaitement. Elles nous arrivent en pleine santé, mais…

— Mais ?

— Mais elles ont tout oublié ! Comme si elles arrivaient avec une intelligence nouvelle. Quand je dis nouvelle, cela signifie équivalente au stade de la naissance. Une réinitialisation. Elles ne savent même plus marcher ni se nourrir. Puis, avec le temps, elles retrouvent bien ces facultés de bases, mais ont tout oublié des enseignements spécifiques qu'elles avaient reçus avant la téléportation, comme par exemple trouver leur chemin dans un labyrinthe.

— C'est comme une seconde naissance ?

— Oui, mais dans un corps qui est celui d'avant leur transfert ! Quelque chose nous échappe et nous travaillons d'arrache-pied afin d'en trouver la raison.

— Je comprends, dit Eldor en baissant les yeux.

— Ceci dit, je pense que notre appareillage devrait être capable de réitérer votre Artefact.

Le robot semblait être en train de démarrer certains appareils tandis que le transmetteur d'Aoc se mit à sonner. Avant de répondre et après avoir jeté un coup d'œil dessus, il s'adressa à eux :

— Messieurs, j'ai été ravi de jouer les entremetteurs. Lars, collaborez sans limites avec Yobe et Eldi. Je suis désolé, mais les affaires m'appellent et je dois vous laisser. Yobe, tu me devras un restaurant.

— Compte sur moi Aoc, c'est Eldor qui rincera.

Eldor n'alla même pas pour protester. Rien que tout ce qu'il avait appris durant ces quelques jours valait bien un repas à ses frais. Le vieil homme bedonnant sortit du hangar en levant la main, l'air fort préoccupé. Yobe prit l'initiative :

— Lars, vous estimez être en mesure de reconfigurer votre téléporteur pour qu'il imprime l'Artefact d'Eldor ?

— Non, en aucun cas… Il va le recréer.

— Mais comment est-ce possible, il a été détruit ?

— En vérité, bien que la procédure soit complexe, je pense qu'il est possible de mentir au système. Je dois vous avouer que depuis que Monsieur Packard m'a parlé de votre problème, je ne cesse d'y penser. Cela va être complexe et Riviera met son matériel et ses équipes à disposition, enfin de ce que j'ai cru comprendre des propos de Monsieur Packard. Mais cela risque d'être très couteux tant en termes d'énergie que de matières premières. La consommation d'énergie sera telle qu'il faudra que j'en informe la centrale de production afin qu'elle puisse assurer nos besoins. Il me semble qu'inévitablement, le Ministre de l'Énergie sera informé d'une telle…

— Hors de question d'avertir les autorités ! L'argent n'est pas un problème. La faculté d'Histoire assumera tous les frais financiers, mais cette opération doit rester secrète.

— Aoc n'a pas conscience du nombre de comptes que j'ai à rendre au gouvernement.

Les deux hommes se lancèrent dans un échange politique incompréhensible pour l'Exo qu'il était. Eldor assistait à la scène, impuissant. Il avait aperçu, en arrivant, une petite porte vitrée dans un des coins du hangar. Il apercevait l'extérieur au travers de sa surface vitrée. Yobe et Lars étaient si concentrés sur leurs échanges qu'ils ne virent pas sortir Eldor.

C'est vrai qu'il ne fait pas chaud ici. Elle fait du bien cette cigarette. C'est quand même une histoire de fou. Ils veulent reproduire un Artefact vieux de plusieurs millénaires à l'aide d'un prototype de téléporteur qu'il faut bricoler en urgence en faisant surchauffer une centrale énergétique, le tout, dans le plus grand secret.

Soudain Eldor sentit, derrière lui, une poigne ferme le saisir par l'épaule puis le retourner comme une crêpe. Il fut plaqué face contre le mur. Un homme le tenait fermement dans le dos.

— Grand Docteur Kent, avancez s'il vous plait. Je suis Charles et vous n'êtes pas en sécurité à cet endroit. Rentrez dans le bâtiment, immédiatement.

Face à la force herculéenne du soldat, Eldor s'exécuta sans demander son reste. Tandis qu'il franchissait la porte, Charles ajouta :

— Grand Docteur Kent, pour votre propre sécurité, ne vous avisez plus de sortir par des passages non prévus à cet effet ni sans me prévenir. Cela restera entre nous, mais je compte sur votre collaboration afin de pouvoir assurer correctement votre protection.

— Je..., je..., oui Charles, vous pouvez compter sur moi.

Secoué, il rejoignit Lars et Yobe qui semblaient arriver au terme de leur débat sur les démarches administratives qui étaient absolument nécessaires et celles pouvant faire l'objet d'un « oubli ». Lars et Yobe avaient a priori retrouvé leur calme. L'ingénieur se tourna vers Eldor et dit à son intention :

— Avez-vous le scan de l'Artefact, même partiel.

— Oui, je vous en ai ramené quelques-uns. Les voici.

Eldor tendit à Lars le cristal de données. Lars l'introduisit dans une sorte de lecteur puis des schémas incroyablement complexes s'affichèrent sur un des holoécrans. Lars les étudia longuement puis s'adressa aux deux historiens sans quitter l'holoécran des yeux :

— Je ne sais pas ce que c'est que ce truc, mais il en manque une sacrée partie ! C'est curieux, chacun des scans ne représente qu'une minuscule partie de l'ensemble.

— Oui, j'ai dû procéder avec les scanners quantiques disponibles sur Altran. Ils ne sont pas bien grands. Rien que pour finaliser le scan global, cela m'a pris plus de six mois. Actuellement, je n'ai pu en récupérer qu'environ dix à quinze pour cent. Le reste est en cours de téléchargement.

— Ok, il vous faudra m'en fournir la totalité.

Le silence se fit pesant de sorte qu'Eldi et Yobe attendaient, assis sur leurs chaises, que Lars prenne à nouveau la parole.

— Dites donc, vous avez conscience que votre machin-là est extrêmement dangereux ?

Eldor de se lever :

— Qu'entendez-vous par là ?

— Il est bourré de plutonium ! Et du peu de ce que je peux voir de la machinerie qui l'entoure, cela ne demande qu'à tout saloper dans un sacré rayon autour d'ici. Tout ceci est très archaïque.

— Oui, cela remonte à l'antiquité. D'après mes travaux, cette partie constituait la source d'alimentation électrique de l'Artefact. Mais il n'y avait plus qu'une fraction infime de plutonium à l'intérieur. Le reste s'était décomposé.

— Le problème avec le plutonium est que je ne vais pas pouvoir reproduire son état de décomposition, à moins que vous puissiez attendre quelques siècles. Cependant, j'ai cru comprendre que vous étiez pressés. La seule chose que je puisse vous proposer, à tout le moins pour cette partie de l'Artefact, est de remplacer l'ensemble des déchets par du plutonium actif. Je ne vois pas d'autres solutions. La désintégration radioactive est si aléatoire, même au niveau quantique, qu'il est pratiquement impossible de…

— Quelles seraient les implications ?

— Ben si votre truc n'est pas une arme, cela produirait à nouveau du courant. Sinon, soit ça nous pètera à la tronche, soit il faudra s'en éloigner très, très rapidement.

— Vous entendez par là que cela pourrait réactiver l'Artefact ?

— Si le reste de l'Artefact n'a pas été endommagé avant le scan, oui c'est envisageable.

Yobe et Eldor se regardèrent, la bouche grande ouverte.

— Je peux tout aussi bien laisser vide le compartiment destiné à contenir le plutonium. Mais dans tous les cas, vu la demi-vie de ce matériau, je suis incapable de vous réitérer cette section de l'Artefact à l'identique.

Ce fut Yobe qui réagit :

— Est-il possible de, comment dites-vous déjà ?

— Réitérer.

— Est-il possible de réitérer l'Artefact sans plutonium puis, ultérieurement, de combler cette lacune ? Je ne sais pas, par exemple en complétant l'impression…

— Vous n'aurez pas besoin de cela. Si plus tard vous décidez de remettre en route cette pétoire, il vous suffira de vous procurer quelques grammes de plutonium 238 et de l'injecter dedans. Mais j'aimerais autant que cela se produise loin de moi.

— Réitération sans plutonium. Pour le reste, nous verrons plus tard.

Yobe était ferme et n'incitait pas Eldor à intervenir.

— Comme vous voulez. Pour le reste, je vais vous expliquer comment cela va se passer. Enfin... comment je vais essayer de vous donner satisfaction. Une fois que j'aurai tous les scans, je reconstituerai virtuellement l'ensemble de l'Artefact. Je connaitrai alors ainsi sa composition exacte au quanta prés. Dans l'émetteur, mes équipes disposeront en vrac la quantité parfaite de chaque élément. Nous lancerons alors un scan de ce tas de quantas. Vu le volume, je prétexterai une expérience de montée en charge.

— Comment allez-vous procéder pour que nous ne recevions pas un simple tas ici ?

— Je vais shunter les données envoyées par le système d'analyse de l'émetteur et remplacer ses résultats, de façon synchronisée, par les données de vos scans, comme si elles venaient de la source d'émission. Avec un peu de chance, votre Artefact apparaitra ici, constitué des différents éléments atomiques qui sont stockés dans les grandes cuves que vous pouvez voir derrière vous. Tout ce qui se trouvera dans l'émetteur va disparaitre et, vu la masse et la complexité de l'opération, cela va vous coûter un bras. Mais au moins, les équipes de l'émetteur ne devraient y voir que du feu.

Je précise que bien que les atomes soient d'ici, chacun d'eux devrait être constitué de quanta exactement dans le même état que lors de vos scans. En gros, hormis le plutonium, cet Artefact ne sera pas une copie de celui détruit, mais bien celui détruit. Juste comme s'il avait perdu son reliquat de plutonium en cours de route.

— Ça a l'air de représenter une masse considérable de travail.

— Oui, mais c'est cela qui m'amuse, ça me change les idées. Je suis capable d'envoyer des souris où je veux dans l'Univers avec en prime, la capacité de les rendre amnésiques. Ce n'est pas votre bidule nucléaire conçu par des antiques qui va m'impressionner plus que ça. Et puis, peut-être cela nous permettra-t-il de vaincre la mort ?

L'incompréhension se lisait sur les visages de Yobe et d'Eldi. Lars explosa de rire :

— Vous croyez vraiment que ce cinglé d'Aoc fait cela par amitié ? Imaginez ce qu'il se passerait si vous effectuiez un scan de vous lorsque vous êtes jeune et que, juste avant votre décès, on effectue une téléportation selon le procédé sur lequel je travaille pour vous ! Votre esprit se retrouverait dans votre propre corps, mais jeune. Bon, c'est vrai, il me reste encore un « léger » détail à régler… Trouver pourquoi je n'arrive pas à transférer les esprits !

La journée avait été vraiment longue de sorte qu'Eldor fut heureux de retrouver sa chambre d'hôtel. Yobe et lui avaient mangé dans l'appareil, durant le vol de retour. Ils avaient échangé sur les probabilités que Lars parvienne à mener ce chantier à terme. Yobe se voulait confiant, mais sortis de cela, ils ne s'étaient pas beaucoup parlé. Probablement, Yobe était-il aussi abasourdi que lui. Une douche plus tard, Eldi s'allongea sur son lit et alluma l'holovision sur un canal d'actualité. La journaliste avait un air grave :

— On nous a signalé ce matin que les autorités impériales ont perdu le contact avec une barge de collecte. Cette dernière se trouvait sur le monde aquatique inhabité C3B et procédait depuis plusieurs années à des récoltes d'uranium dans les volcans sous-marins de cette jeune planète entièrement recouverte d'eau lourde. D'après nos sources, une explosion de classe thermonucléaire à sa surface aurait été enregistrée par une hypernef marchande qui passait à proximité du système. Des patrouilles militaires de Bêta sont parties sur le champ pour effectuer un état des lieux le plus rapidement possible. Rappelons que C3B approvisionne l'Empire, à hauteur de presque cinq pour cent de nos besoins en uranium pour assurer le bon fonctionnement des allumeurs de nos centrales à énergie du vide. Passons au reste de l'actualité…

Eldi éteignit l'holovision puis commença à sombrer dans le sommeil.

Tu vas voir que les Odysséens vont y voir une intervention divine des Fermiers des Prairies Étoilées.

Chapitre-5 : Temple

Savant fut dispersé lorsque l'onde de choc l'avait atteint. Mais il avait eu le temps de voir ce qu'il restait de l'Île avant de toucher le fond. Il s'en était réjoui.

Horrifié, Surveillant avait pris la direction de ses Autres avant de revenir accompagné de Soignant. Ce dernier mit plusieurs lumières pour reconstituer Savant. Fort heureusement son Stream principal restait fort.

Progressivement, Savant revint à la pensée et prit la mesure de ce qu'il avait accompli. Son savoir avait permis de libérer le Monde de l'Île. Défaillant s'était certes sacrifié, mais sa mémoire serait désormais honorée éternellement.

Savant avait vu juste. Pour détruire l'Île, la seule chose qu'ils avaient à leur disposition était la façon qu'ils avaient de se reproduire. Suite à un repas, choisi plus copieux qu'à l'accoutumée, un Autre disparaissait lors d'un bref scintillement afin d'engendrer progressivement un nouvel Autre.

Mais Défaillant avait tellement mangé qu'il avait engendré le scintillement le plus intense jamais observé, entrainant avec lui la destruction de l'Île.

Déjà, une myriade d'Autres était en train de se former et Savant devait en informer Dirigeant. Il allait falloir les intégrer à leurs Autres et migrer vers une fontaine suffisamment abondante pour les nourrir et leur permettre de grandir.

De toute l'Histoire, Défaillant sera celui qui aura engendré la plus grande descendance.

***

Le réveil d'Eldor sonna et, tout en s'étirant, il alluma l'écran d'holovision sur un canal d'actualité. Il était rentré à son hôtel tard la veille au soir, car Yobe l'avait autorisé à lire les Évangiles selon Clarke, à la condition qu'il n'en fasse aucune copie numérique et qu'il lise les manuscrits dans son bureau, en sa présence.

Il avait noté des différences singulières par rapport à l'Évangile selon Kubrick de *« 2001, l'Odyssée de l'espace »*, mais ce n'était pas cela qui l'avait le plus troublé. Il était même raisonnable de dire qu'il avait été profondément choqué.

Eldi venait de terminer la lecture *« 2010, Odyssée Deux »*.

Ayant pris sa douche avant de se coucher, Eldi avait rejoint la salle de bain et commença à se brosser les dents. Son regard dans le vide, il se perdit dans ses pensées…

« Tous ces mondes sont à vous, sauf Europe. Ne tentez pas de vous y poser ». Est-ce un délire, un bug, du prétendu Apôtre Hal-9000 ou encore une intervention des Fermiers des Prairies Étoilées

au travers de l'ordinateur. Que sais-je ? Et puis cette histoire de planète... Jupiter... Oui, c'est bien cela... qui se transforme en étoile ! Ce n'est pas possible ! Un instant...

Eldor se rua dans la chambre puis dit de façon pressante, la bouche pleine de dentifrice :

— Replay 45 secondes.

L'écran d'holovision revint en arrière et la présentatrice du journal avait un air grave. Eldor s'assit sur son lit en resserrant la ceinture de son peignoir.

— Les patrouilles impériales sont arrivées sur le monde océanique C3B et confirment l'atomisation de la barge de collecte travaillant à l'extraction d'uranium et de plutonium sur cette planète. Il semblerait qu'une partie n'ait pas été totalement détruite, mais que, par malheur, elle ait sombré au fond de l'océan. Des équipes de secours tentent de l'atteindre afin d'y trouver d'éventuels survivants. Cependant la très forte radioactivité du secteur rend la tâche très délicate. D'après les premières informations que nous avons en notre possession, il est confirmé qu'une explosion thermonucléaire, estimée à cent mégatonnes, s'est produite il y a quelques jours soit à proximité immédiate de la barge, soit en son sein. Par ailleurs de très puissants courants marins dans cette zone compliquent encore plus les opérations des secouristes.

Sans quitter l'holoécran des yeux, Eldi entreprit de s'habiller, mais ne parvenait pas à trouver ses chaussettes.

— Passons à la suite de l'Actualité. Le Premier Orateur Odysséen a annoncé qu'il effectuera un prêche suite aux évènements survenus sur la planète C3B. Il interviendra aujourd'hui à seize heures, dans l'enceinte du temple d'Acadomia. Il invite tous les fidèles à se joindre à lui. Bien entendu, sa parole sera relayée en direct et en intégralité sur le canal holovision *Odyssée*.

Il faut absolument que je m'y rende ! Mais aussi que j'accède aux dernières observations astronomiques du Royaume Terrien. Jupiter ! Une planète devenue étoile... Cela doit pouvoir se voir.

Ni une ni deux, Eldi activa son communicateur et appela Wendy.

Elle arriva moins d'une heure plus tard. Elle était toujours aussi resplendissante, vêtue cette fois d'un pantalon stretch très moulant ainsi que d'une brassière de sport. Cette femme semblait ne voir aucun inconvénient à faire apprécier par autrui ses formes plus que généreuses. Mais cette fois-ci, elle avait le regard grave. Tout en posant sur la table le sac qu'elle avait apporté, elle s'adressa à Eldi d'un ton ferme :

— Eldor, comme je vous l'ai dit lors de votre appel, je ne peux que très fortement vous inviter à changer d'avis. Nous ne sommes pas les bienvenus dans le temple.

— Wendy, je suis obligé d'y aller, cela entre dans le cadre de mes recherches. Je dois comprendre...

— Pourquoi ne pas regarder la retransmission sur l'holovision ?

— Wendy, vous savez que je suis historien. Pour avancer dans mes travaux, j'ai besoin de me plonger dans le contexte…

— Quel contexte ? Le contexte actuel ? Vous étudiez une période remontant à plusieurs millénaires, cela n'a aucun rapport !

— Ils en sont les descendants spirituels. Ce qu'il y a de plus proche. Pouvoir assister à une allocution du Premier Orateur est une chance inouïe de ressentir la puissance qui se dégage de leurs réunions et de la solidité de leur mythe.

— Admettons, mais je désapprouve… Vous ne pouvez que vous en douter. Par ailleurs vous me voyez dans l'obligation de vous accompagner.

Eldor sourit à pleines dents :

— Je vais donc être protégé par le super agent Wendy !

— Ne rigolez jamais avec cela. Eldor ; je vous apprécie beaucoup et éprouve même une certaine forme de tendresse à votre égard. Mais vous ignorez énormément de choses à mon sujet et je puis vous garantir que cela ne prête pas à la moquerie, même amicale.

Eldor rougit :

— Pardon Wendy, je vous présente mes excuses. Soyez assurée que vous ne m'y reprendrez plus.

Qu'a-t-elle enduré dans la vie ?

— Très bien Eldor, oublions cela. Comme je me doutais que vous vous obstineriez, je suis venue avec quelque chose qui nous sera absolument nécessaire.

Wendy sortit deux tuniques jaunes disposant de capuches et n'ayant pas de manche. Elle invita Eldor à en enfiler une tandis qu'elle se rendait dans la salle de bain. Elle en ressortit quelques instants plus tard, vêtue de sa tunique qui au grand désespoir d'Eldi cachait tout de sa superbe anatomie.

— Bon Eldor, je ne me suis pas trompée de taille. Elle vous va à ravir. On jurerait un Odysséen.

— Si vous le dites. Mais de ce que j'ai cru comprendre, les tuniques de couleur jaune sont soit portées par des sympathisants, soit des profanes. Les orange sont réservées aux initiés ?

— Oui… Accoutrés de la sorte, nous passerons inaperçus et les érudits ne viendront pas s'adresser à nous. Nous devons passer complètement incognitos afin de ne pas nous attirer de problèmes ni même mettre Yobe dans l'embarras si jamais il venait à se savoir que vous vous trouviez dans un lieu sacré.

— Où est le rapport avec Yobe ? Je pourrais très bien être un sympathisant Odysséen. Sur Altran il y en a plein, ils pratiquent leur Culte sans porter ces tuniques ridicules et sont des citoyens tout à fait normaux.

— Oui sur Altran… Votre monde est très éloigné et le peuple est soudé pour survivre aux conditions qui y sont difficiles.

Ici, sur Gloria, et plus particulièrement dans le secteur d'Acadomia, le communautarisme est la règle. Les Odysséens de Gloria sont violemment opposés à l'Empereur, et par là même à l'Empire. Yobe étant son conseiller favori et vous étant le protégé de Yobe, dois-je vous faire un dessin ? En plus de risquer de nous voir chahutés sur place, cela pourrait déclencher un incident diplomatique... Eldor, je sais que vous méprisez les Odysséens...

— Mépriser n'est pas le terme que j'utiliserais, mais soit, admettons. Wendy, je vous promets de me faire discret.

— Bien plus que cela Eldor. Vous ferez en sorte de ne pas exister. Vous n'enlèverez à aucun prix votre capuche, n'adresserez la parole à quiconque et si une personne vous pose une question, tendez la main vers moi. Je connais bien le Culte Odysséen et suis plus à même de répondre que vous. Dans tous les cas, n'interagissez qu'avec moi et obéissez à tout ce que je pourrais vous dire.

— Vous pouvez compter sur ma totale coopération. Je ne souhaite en aucun cas causer le moindre tort à qui que ce soit. Je désire juste assister au prêche du Premier Orateur afin de me familiariser avec cette version extrême du Culte.

Wendy sembla tiquer quelques instants avant de répondre :

— Très bien, dans ce cas, mettez votre capuche et allons manger un morceau.

Ils s'étaient arrêtés dans un de ces restaurants dont Wendy semblait avoir le secret. Elle l'avait rapidement briffé sur le Culte en vigueur sur Gloria, Culte qui différait sensiblement de celui pratiqué sur Altran. Ici, les interprétations du film sacré étaient extrêmement radicales tandis que, sur son monde, et à priori sur les autres, les enseignements tirés du film sacré constituaient plus une sorte de guide de vie qu'autre chose. Sur Gloria, son message était profond et ne pouvait être compris qu'après de longues années d'enseignement au sein du cercle des érudits.

— 14 h 30. Eldor, il est temps que nous y allions. Nous devons impérativement entrer dans le monolithe avant 15 h. Répétez-moi comment vous devez agir avant, pendant et après la cérémonie ?

— Lorsque je rentrerai, je garderai la tête baissée puis lorsque la lumière sous mes pieds s'immobilisera, il faudra que je m'arrête et lève la tête droite vers le haut jusqu'à l'arrivée du Premier Orateur. Durant la cérémonie, je ne dis rien et lorsque le Premier Orateur aura fini son prêche, je baisse la tête et vous suis.

— Exactement. Si vous ne vous exécutez pas parfaitement, les chances que nous soyons repérés seront alors très élevées. Compris ?

— Pas de problème Wendy. Mais si je vous perds ?

— Soyez rassuré… Moi, je ne vous perdrai pas.

Ils sortirent du restaurant pour s'engouffrer, quelques instants plus tard, dans un tunnel abritant une piste mobile semblable à celle qu'il avait empruntée lors de son arrivée sur Gloria. Le trajet ne dura que quelques minutes avant que celle-ci ne décélère et qu'ils s'immobilisent dans un hall souterrain de taille modeste selon les standards Gloriens, immense selon les standards Altriens.

— Eldor, nous sommes presque arrivés. Nous allons emprunter un de ces escalators au loin. Ils font partie de la concession du Temple et, en conséquence, sont sacrés. Une fois dessus, plus un mot jusqu'à notre sortie. Compris ?

— Compris.

De nombreuses tuniques jaunes ou orange se dirigeaient vers les escalators tandis que d'autres dégustaient une collation dans les quelques bars du hall ou encore flânaient dans les boutiques de souvenirs.

— Est-ce l'entrée du temple ?

— Eldor, ce n'est qu'une des entrées. De mémoire, il y en a une bonne centaine. Toutes débouchent au centre du socle du temple. À ce sujet, ne vous frappez pas lorsque vous lèverez les yeux vers le haut. C'est une expérience sensorielle absolument unique. Cela vous plongera dans un état second qui, au début, vous fera peur puis vous finirez par y trouver une certaine forme de bien-être.

— Hormis sa taille démesurée, quelle est sa différence avec les temples des autres mondes ? Ce ne sont que des immeubles noirs abritant les bureaux du culte ainsi que des salles de prêche.

— Celui-ci est, comment dire… bien différent, mais pour le coup, je préfère ne pas vous gâcher la surprise. C'est une expérience qu'on ne vit qu'une fois. La seconde, ce n'est plus tout fait pareil.

— Wendy, vous y avez déjà été ?

— Si vous saviez Eldor ! J'insiste, ne vous frappez pas quand cela vous tombera dessus. Faites-moi confiance, tout ira bien. Allez, en route.

Comme Wendy lui avait demandé, Eldor baissa la tête tandis qu'elle lui attrapait délicatement la main. L'escalator commença à entrer dans la pénombre de sorte que, progressivement, une sorte de lueur se mit à apparaitre sous ses pieds. Puis il s'immobilisa. La lumière se mit à onduler dans une direction qu'il suivit sans rien dire. Wendy resserra sa poigne sur sa main droite. Il n'osa la regarder.

Elle a été très stricte. Cela fait vraiment bizarre de marcher en direction d'on ne sait où, dans le noir, guidé par cette lumière fantomatique agitée de spasmes. Heureusement, la chaleur de sa main est là.

Eldi avait perdu la notion du temps et il eut l'impression de marcher durant au moins une bonne dizaine de minutes. Parfois, il sentait que des Odysséens les frôlaient, les entendant murmurer entre eux, mais Eldor ne quittait pas ses pieds des yeux. Il finit par presque réussir à anticiper comment la lueur allait se comporter.

Bon un être humain marche en moyenne à trois kilomètres par heure. Si ça fait bien dix minutes qu'on marche, on a déjà fait environ 500m dans le bâtiment. En respectant la règle du un par trois par neuf de tous les monolithes, cela signifie qu'il fait au minimum presque deux kilomètres de haut si je marche dans le sens de la tranche et plus de quatre kilomètres de haut si je suis dans le sens de l'épaisseur. Il faut absolument que je me libère un peu de temps pour en savoir plus au sujet de ce bâtiment exceptionnel.

Puis la lueur s'immobilisa, se mit à scintiller avant de s'estomper et disparaitre. Alors il sentit une forte pression de la main de Wendy avant qu'elle ne le lâche. Eldor leva les yeux vers...

Eldor ne comprit pas ce qu'il se passait. Tous ses sens le lâchaient et il crut qu'il allait s'évanouir. Un sentiment d'angoisse se mit à l'envahir. Il sentait ses mains trembler tandis que de la sueur commençait à perler dans ses paumes. Son cœur cognait fort dans sa poitrine et il sentait sa veine jugulaire pomper ce qu'elle pouvait pour alimenter son cerveau alors en état panique. Ses jambes se dérobaient sous lui et il se sentait vaciller. Il serra ses dents de toutes ses forces, jusqu'à se faire mal, afin d'avoir une sensation réelle qui lui permettrait de se raccrocher à quelque chose de concret et ainsi ne pas s'effondrer sur le sol. Après ces quelques secondes, éprouvantes, durant lesquelles l'animal qui résidait au plus profond de lui avait pris le contrôle de son corps, ses esprits lui revinrent sporadiquement. Il parvenait à respirer de nouveau.

Le vide absolu.

Rien en totalité.

Cette lueur violacée.

À l'infini, partout autour de moi.

Ce silence bruyant.

J'entends mon cœur battre.

Je suis en vie.

Je me sens si seul.

Mais tous sont avec moi.

Cette chaleur qui m'enveloppe.

Tout me veut du bien.

Mais ce tout n'est rien.

Je ne suis rien et pourtant je suis le tout.

Je me sens bien.

Très progressivement la lumière violacée qui l'entourait se transforma en motifs géométriques flous, faits de grillages luminescents, qui se mirent à chatoyer et à danser partout où se dirigeait son regard. Eldor revenait progressivement à la réalité.

Impossible de discerner l'enceinte du Monolithe ! Il est si immense que son volume me donne le vertige. Ai-je été drogué ? Wendy m'a dit que je vivrai une expérience sensorielle unique. Pourtant j'ai la sensation d'avoir déjà connu ça...

Puis d'un seul coup, il fut plongé dans le noir le plus profond qui puisse exister. Il n'entendait plus rien, pas même sa respiration. Il était privé de tous ses sens. Il ne sentait même plus ses pieds sur le sol. Comme s'il était un esprit pur sans enveloppe corporelle. Cette sensation était loin de lui être désagréable, mais il était fort désemparé.

Ne te laisse pas berner par leurs tours de passe-passe. Un bloqueur de bruit, un système d'antigravité, on éteint les lumières et hop, le tour est joué. Mais c'est vrai que le résultat est hallucinant.

Quelques instants s'écoulèrent avant qu'au-dessus de lui, cela pût aussi bien être à quelques mètres qu'à plusieurs kilomètres - il n'aurait su le dire -, un croissant lumineux pâle apparût progressivement. Puis une note retentit tout autour de lui, jusque dans son corps.

L'introduction du film sacré.

Tandis que la mélodie montait en intensité, tant sonore que dramatique, un disque lumineux pratiquement impossible à observer tant sa lumière était intense surgit de derrière le croissant pour finir par grossir et semblant s'approcher. Eldor en avait la chair de poule. Le spectacle était saisissant. Le thème du film sacré s'acheva et il entendit autour de lui une myriade d'applaudissements. Des milliers de personnes saluaient ce moment. Eldi se retint d'en faire de même, respectant scrupuleusement les ordres de Wendy. Puis le silence revint. Grave.

La sphère continuait sa descente, mais sa lumière s'estompait progressivement. Eldor commença à pouvoir discerner, sur sa surface, l'Enfant des étoiles. Cet être énigmatique qui clôture le film sacré.

Lire l'Évangile selon Clarke leur en apprendrait de belles...

Puis l'Enfant des étoiles s'évapora pour révéler en son sein ce qui semblait être un homme en combinaison spatiale antique orange. Eldor dut plisser les yeux pour le distinguer nettement, car il se trouvait à bonne distance au-dessus d'eux, flottant dans le vide.

Le Premier Orateur !

— Odysséens, merci de votre fidélité et de votre venue. Je ne peux que me réjouir de vous voir aussi nombreux en ce jour unique. Notre prophète Dave Bowman, là où il se trouve, doit ressentir l'équivalent de la joie de nous savoir tous réunis et ainsi honorer la mission qui est la nôtre. Il a été le premier parmi tous à être choisi par les Fermiers des Prairies Étoilées afin d'accéder au stade de conscience supérieure et ainsi ne devenir qu'esprit pur. Il nous a montré la voie. Ce stade, nous espérons tous l'atteindre un jour. Oui, ce jour où les Fermiers des Prairies Étoilées estimeront que nous mériterons leur retour pour qu'ils nous illuminent de leur sagesse et de leur infinie bienveillance. Comme nous l'enseigne le grand Kubrick, les Fermiers des Prairies Étoilées sont venus à notre rencontre une première fois pour transformer l'animal en Homme. Puis ils ont attendu qu'un de ces Hommes suffisamment sage et brave vienne au monde pour revenir et faire de lui, à son tour, un Fermier. Dave Bowman est notre prophète, fils des Fermiers des Prairies Étoilées, et veille sur nous. Il nous observe et nous protège de nous-même de sorte que nous puissions atteindre, tous autant que nous sommes et y compris les infidèles, une sagesse suffisante pour que notre civilisation en son entier passe elle aussi au stade de conscience supérieure. Que nous enseigne le film sacré « *2001, l'Odyssée de l'espace* » ? Dans son périple, Dave Bowman est confronté à nos pères, mais aussi à l'enfant de l'Homme, HAL-9000. Nous devons porter un regard équivalent sur cette intelligence artificielle à celui que les Fermiers portent sur l'Homme. Bienveillance et compréhension face aux erreurs. Or Dave a été dans l'obligation de tuer l'enfant de l'Homme, car il ne respectait ni ses pères ni leurs préceptes. HAL-9000 est à la fois la preuve de notre essence divine, car nous lui avons insufflé l'intelligence, mais aussi la démonstration qu'un des nôtres, Dave Bowman, a dû le priver d'existence, car il ne respectait pas les limites qui lui avaient été fixées. Un châtiment identique repose au-dessus de nous et les Fermiers des Prairies Étoilées attendent depuis bien trop longtemps que nous nous montrions dignes de leurs préceptes. 2001 nous enseigne que notre rôle dans l'Univers n'est pas de le conquérir, mais bien d'être incités à venir l'habiter lorsque nous y serons invités. Le Grand Dave Bowman lui-même a compris que son rôle d'explorateur n'avait aucun sens et que cela l'amenait à sa perte, le poussant jusqu'à sacrifier l'enfant de l'Homme. Les Fermiers des Prairies Étoilées ont vu dans ce sacrifice la sagesse qui est la leur. Il est nécessaire d'enlever les mauvaises herbes pour protéger les bonnes plantes. L'intelligence est la chose la plus précieuse qui existe. Notre promptitude à la conquête de la galaxie fait de nous une mauvaise herbe. Il est évident que d'autres formes d'intelligence existent quelque part. Nous présentons un grand danger pour elles.

Le Premier Orateur fit une pause de quelques secondes en balayant du regard tous les fidèles se trouvant en dessous de lui. Il finit par reprendre :

— Mais l'heure est grave. Au cours de notre riche histoire, les Fermiers des Prairies Étoilées ont manifesté leur volonté à de nombreuses reprises. Beaucoup ont choisi de les ignorer. Mais nous tous, nous pensons à l'explosion du vaisseau Anaïs des Pionniers. Nous pensons aussi à la supernova subite survenue dans le système Tris, il y a plus de cinq millénaires, rayant de la carte trois mondes en cours de colonisation. Nous pensons à ce trou noir venu dévorer le monde Arche de Juno. Je ne vais bien évidemment pas vous faire un inventaire de tous ces évènements, car vous les connaissez tous, ou du moins, les apprendrez durant votre initiation. Les Fermiers des Prairies Étoilées sont les gardiens de l'Univers et c'est eux qui décident si nous devons faire partie de cette grande famille. Il n'est pas de notre ressort de nous imposer. Chaque catastrophe de ce type est un message, oui un message, qu'ils nous envoient. Or, vous avez pu le constater comme moi, leur volonté s'est manifestée à nouveau il y a quelques jours. Ils se sont manifestés sur une planète aquatique inhabitée ne présentant aucun intérêt particulier. Ils se sont débarrassés purement et simplement du plus imposant et puissant engin de forage de notre Empire. Son origine est, officiellement, parfaitement inconnue… Inconnue pour les infidèles. Nous tous ici savons que les Fermiers des Prairies Étoilées ont simplement arraché une mauvaise herbe. Il ne nous reste qu'à prier pour que ce ne soit pas la fois de trop et qu'il est encore temps pour nous, espèce humaine, de nous repentir. Nous devons nous contenter de ce que nous avons déjà conquis. Ils le tolèrent, mais viennent une fois de plus de montrer leur désapprobation de notre volonté de conquête. C'est pourquoi notre Empereur avec sa politique expansionniste de colonisation de nouveaux mondes présente un danger grave pour notre survie à tous. Chaque jour, ce qu'ils appellent des Pionniers, qui ne sont en réalité que des ignorants, débarque sur des planètes vierges. Cela ne peut qu'user la patience des Fermiers des Prairies Étoilées. Nous nous étendons trop, au détriment des autres. Peut-être sommes-nous en train de perdre leur bienveillance ? La question est bien réelle et mérite d'être posée. Il nous faut agir et prendre des mesures pour stopper toutes les opérations de conquête. Ce n'est pas notre rôle au sein de la grande famille universelle. Ne les obligeons pas à agir avec nous comme Dave Bowman avec HAL-9000. Pour cela, il nous faudra faire entendre notre parole auprès de l'Empereur, de façon plus insistante que jamais.

Le Premier Orateur croisa les bras sur sa poitrine puis soupira avant de poursuivre :

— Mais dans notre détresse, nous avons de la chance, car je sais qu'aujourd'hui des personnes influentes sont présentes et peut-être trouveront-elles le moyen de porter notre voix jusqu'aux oreilles de l'Empereur ? En effet, parmi nous se trouve le Grand Docteur Kent.

De quelque part, au loin, une voix se fit entendre :

— Kent le blasphémateur ?

Eldi sentit la panique l'envahir. Une poigne rassurante lui saisit la main. Il avait reconnu la façon dont Wendy avait de la lui tenir.

— Odysséens, soyez honorés de sa présence. Ses travaux ne sont pas en accord avec nos images sacrées, mais il a fait l'effort de se joindre à nous aujourd'hui. Espérons qu'il puisse voir la lumière et permettre à l'honorable Docteur Yayobe et notre communauté de reprendre les discussions. Je suis certain que le Grand Docteur Kent est une chance pour nous tous de renouer le dialogue. Il me tarde d'assister à la présentation de ses travaux, car ils ne peuvent qu'être pris en défaut. Il en viendra alors à comprendre pourquoi les Fermiers des Prairies Étoilées sont les seuls à décider de ce que nous avons le droit de faire. Ceci afin de protéger leurs autres enfants… Nos frères.

Il commençait à y avoir du brouhaha autour d'eux. Eldor sentait la poigne de Wendy se resserrer ; elle semblait en alerte.

— Désormais, Odysséens, mon allocution est terminée. Je vous invite à étudier la dernière mise en garde des Fermiers des Prairies Étoilées. Agissez en votre âme et conscience et dans le respect des valeurs qui nous unissent.

Le premier Orateur leva les bras au-dessus de sa tête et dit d'une voix puissante :

— Mon Dieu, c'est plein d'étoiles.

L'assemblée répéta à l'unisson :

— Mon Dieu, c'est plein d'étoiles.

Eldor sentit son corps reprendre du poids tandis que le Premier Orateur disparaissait dans les airs et que la lumière violacée revenait. Il baissa alors la tête et se laissa entrainer par la main de Wendy. Ils finirent par s'engouffrer dans un escalator…

« Tous ces mondes sont à vous, sauf Europe. Ne tentez pas de vous y poser »… Ce prêche n'est pas un hasard. Le Premier Orateur a forcément connaissance de 2010, ce n'est pas possible autrement… Il va falloir que j'aie une explication avec Yobe.

***

Le lendemain matin, Lars avait appelé Eldi pour l'informer qu'il pouvait venir chercher la réitération de l'Artefact. Eldor avait alors appelé Wendy pour qu'elle l'aide à se procurer un astronef disposant d'une soute suffisamment volumineuse pour contenir l'Artefact. Mais elle l'avait orienté vers Charles.

Elle a rendez-vous ce matin avec Yobe. Elle va se faire passer un savon par ma faute, tout cela parce que j'ai été identifié.

Charles arriva dans l'heure qui suivit, atterrissant au pied de l'hôtel avec un astronef de belle taille. NDR-114 était venu en informer Eldor de sorte qu'il attrapa son manteau pour rejoindre le militaire :

— Bonjour Charles. Je vois que vous êtes finalement parvenu à trouver un appareil adapté.

— Oui Grand Docteur Kent. Cela n'a pas été évident, car il en fallait un suffisamment grand pour contenir votre Artefact, mais aussi suffisamment petit pour ne pas avoir besoin de solliciter une dérogation afin d'atterrir ici. Cela aurait pris trop de temps. Vous savez, la paperasserie… Par ailleurs il me fallait un astronef de classe militaire afin de pouvoir assurer votre protection.

— C'est donc pour cela que vous venez me chercher à l'hôtel ? Wendy ne peut pas m'accompagner, donc vous voilà.

— Tout à fait Grand Docteur Kent.

— Charles vous ne voulez vraiment pas m'appeler Eldor ?

— Ce serait un honneur pour moi Monsieur, mais je suis un soldat de la Garde personnelle de l'Empereur et le protocole l'interdit. Je dois vous nommer par votre titre.

— Admettons pour Docteur Kent. Mais je n'ai rien de grand !

— L'Honorable Docteur Yayobe vous a appelé Grand Docteur Kent, alors c'est désormais votre titre officiel Monsieur. Il en va ainsi des règles sur Gloria.

— Ça alors…

Le trajet jusqu'aux locaux de Riviera prit un peu plus de temps que lors de son précédent voyage. Charles avait appris à Eldor qu'ils utilisaient un simple moyen de transport de troupes atmosphérique, plus lent que l'astronef emprunté la dernière fois. Il était légèrement armé et était incapable d'atteindre l'espace, mais était le seul disponible aussi rapidement au vu de leurs différentes problématiques. Le confort était spartiate et Eldor s'en étonna :

— Dites donc Charles, cet appareil détonne un peu ici !

— Monsieur, il n'appartient pas à la Garde personnelle de l'Empereur. Il provient du stock de la garnison de l'armée régulière.

— Quelle différence ?

— La Garde Personnelle de l'Empereur assure la sécurité sur Alpha. L'armée régulière se trouve sur Bêta et se charge d'assurer la paix au sein des mille mondes de l'Empire. Vu l'entreprise que cela représente, ils n'ont pas les moyens de se perdre en faste et confort.

— Mais alors dans ce cas, pourquoi un vaisseau aussi spartiate que celui-ci se trouve-t-il ici ?

— Il a été capturé lors de la tentative d'assassinat à l'encontre de l'Empereur, Monsieur.

La mâchoire d'Eldor se décrocha :

— Une tentative d'assassinat sur la personne de notre bien-aimé Empereur ? Mais comment cela est-il possible ? Je n'en ai jamais entendu parler !

— Monsieur, vous êtes désormais l'apprenti de l'Honorable Docteur Yayobe de sorte que vous pouvez être mis dans la confidence. Il y a de cela 10 ans, une corvette de l'armée régulière en provenance de Bêta s'est posée dans l'enceinte du Palais impérial. Une dizaine d'appareils comme celui-ci en sont alors débarqués. Les commandos à leur bord ont tenté de prendre le palais et envahir ses bâtiments. Suite à l'interrogatoire des prisonniers qui a suivi, il a été démontré que leur objectif était d'ôter la vie à notre bien-aimé Empereur. S'ils étaient parvenus à leurs fins, d'autres troupes de l'armée régulière auraient probablement débarqué dans le but de mettre en place une junte militaire et de prendre le pouvoir. En tous les cas, c'est ce que les prisonniers ont laissé entendre.

— Proprement incroyable ! Vous voulez dire que la Garde Impériale est parvenue à tenir tête face à la puissance de feu absolument colossale de Bêta.

— Non, Monsieur. Cela aurait été impossible ! Fort heureusement, il ne s'agissait que d'une faction réduite de l'armée régulière. Des traitres, si vous me permettez l'expression… des ordures… désireux de renverser l'Empereur et de changer de politique impériale en nommant un nouvel Empereur à leur solde...

Ça me dit quelque chose…

— Un rapport avec les Odysséens ?

— Peut-être Monsieur, je ne saurais dire. J'effectuais mes classes à cette époque et de plus je n'ai accès qu'à une petite partie de ce dossier. Mais il faut, depuis cette époque, disposer d'un visa pour voyager entre Alpha et Bêta. Je n'en sais guère plus si ce n'est qu'une enquête est toujours en cours.

— Depuis dix ans ! Les instigateurs n'ont toujours pas été identifiés ?

— Nous espérions tous que cette malheureuse histoire appartenait au passé et que Gloria ne redeviendrait plus qu'une. Mais la mort dans de tragiques conditions, il y a peu, du héros ayant sauvé l'Empereur, a réactivé cette enquête sensible. Je n'en sais pas beaucoup plus, Monsieur.

— Il est vraiment très étonnant que je n'en ait jamais entendu parler !

— C'est bien normal Monsieur. Suite à ce tragique épisode de notre histoire, Alpha et Bêta ont mis en place une politique de censure commune afin que l'information ne s'ébruite pas. L'Empereur a sommé l'armée régulière de faire le ménage dans ses rangs afin de rétablir la double entente si importante pour notre stabilité à tous.

— Mais pourquoi donc le cacher aux citoyens de l'Empire ? Nous aimons tous notre Empereur et nous avons le droit de savoir lorsque l'on intente à sa vie.

— Monsieur, le peuple de l'Empire aime notre Empereur, mais il a aussi confiance en son armée régulière, chargée de les protéger des sporadiques mouvements de sédition apparaissant çà et là. Cela déstabiliserait l'équilibre des forces entre les mille mondes s'il venait à se savoir qu'une frange de l'armée régulière ait tenté d'assassiner l'Empereur. Cela pourrait mener au chaos et à la dislocation de l'Empire. L'Empereur s'occupe de la politique. L'armée régulière, quant à elle, se charge d'assurer l'ordre. Si jamais ces deux organes entraient en conflit, bien rapidement des mondes tiers, sans doute les plus forts d'entre eux comme, par exemple, le puissant système de Colop, tenteraient de soumettre leurs voisins immédiats afin d'exploiter leurs richesses au détriment du bien commun de l'Empire. Cela mènerait à de nombreuses guerres un peu partout dans l'Empire qu'il serait alors impossible de juguler. Bêta est puissante et peut gérer un nombre important de conflits, mais pas d'assurer l'ordre si tous les mondes de première classe s'en prennent simultanément aux mondes de seconde classe. Et cela, c'est sans même parler des mondes de seconde classe qui iraient annexer, sans autre formalité, les mondes Pionniers.

— Mais puisque vous dites que c'était juste une faction de l'armée régulière ? De ce que vous dites, Bêta reste au service de l'Empire et assure la paix entre les mondes. Où est le problème ? Bêta reste fidèle à l'Empereur…

— Quelle importance pour le peuple et les mondes ? Pour eux, Bêta n'aurait, ni plus ni moins, qu'attaqué Alpha et cela aurait signé la fin de l'équilibre impérial.

— Maintenant que vous le dites, vu depuis Altran, c'est peut-être effectivement ce que j'aurais pensé.

— L'ordre dans l'Empire est assuré par la stabilité et la bonne entente au sein de Gloria. Il nous fallait à tout prix préserver les apparences. C'est pourquoi les services spéciaux se sont chargés d'étouffer jusqu'au moindre murmure ce qu'il s'est passé. Même sur Galactinet, les bots traqueurs ont effacé toutes les informations ayant fuité à ce sujet. Miss Wendy Fiaure, qui pilotait cette opération, a vraiment fait un travail remarquable.

— Attendez, attendez, vous me dites que Wendy était liée à cela ? Mais c'était il y a plus de dix ans. Elle en a à peine plus de trente désormais.

Elle avait quoi, vingt ans maximum à l'époque ?

— C'est impossible !

— Monsieur, elle vous en parlera sans doute elle-même quand elle jugera le moment opportun.

— Ok, ok…

Décidément cette femme est pleine de surprises. Ou alors on se fout de moi.

— Charles, une dernière question ?

— Oui Grand Docteur Kent ?

— Vous me disiez que le héros qui a sauvé l'Empereur lors de la tentative d'assassinat est mort récemment. Que lui est-il arrivé ?

— Le commandant Bluver Art a trouvé la mort en tentant de sauver votre hypernef Monsieur.

Encore lui ?

— Pas étonnant qu'on me parle souvent de lui. L'homme qui a sauvé l'Empereur et est mort dans des conditions particulières. Il semble normal que l'enquête soit relancée.

— Monsieur, ce n'est pas uniquement pour cela que l'enquête a été relancée. L'Empereur a ordonné de déterminer qui était la cible de cette attaque, par qui elle a été opérée et pourquoi.

— Qu'est-ce que c'est encore que cette histoire ? Une attaque ?

— Monsieur, nous savons désormais que l'ATS-014 n'a pas été victime d'une avarie. Il a été saboté. Les robotechs sont formels.

— Mais pourquoi ?

— Miss Wendy Fiaure tente de déterminer si la cible, c'était vous, Monsieur, ou bien le commandant Bluver Art. Ou alors peut-être vous deux ? L'Empereur veut connaitre le fin mot de l'histoire et a fini par accéder à la requête de Miss Wendy Fiaure.

La tête lui tourna. Eldi parvint à déglutir :

— On a tenté de me tuer ?

— Monsieur, nous n'en savons rien. Mais Miss Wendy Fiaure trouvera la réponse rapidement, soyez-en certain.

— Mais pourquoi elle ? Pourquoi l'Empereur lui a-t-il confié, à elle, cette mission ?

— Monsieur, Miss Wendy Fiaure ne supporte pas qu'on l'appelle par son titre honorifique et je vous prie de ne jamais l'utiliser, ni en sa présence ni devant autrui…

— Je ne comprends pas. Je sais juste qu'elle est une sorte d'agent spécial !

— Monsieur, son titre honorifique originel, ici sur Gloria, est Grande Amirale Impériale. Elle n'accepte plus qu'on l'appelle de la sorte même si elle exerce toujours cette fonction. L'Empereur lui-même respecte son choix et la nomme Miss Wendy Fiaure, comme elle le désire.

Eldor ne savait quoi dire.

Comment cette jeune femme d'à peine plus de trente ans peut-elle avoir mis en place un tel secret d'État et le maintenir depuis plus de dix ans ? Comment peut-elle être amirale ? Pourquoi une personne qui semble aussi importante qu'elle peut servir de simple assistante à Yobe ? Pourquoi une personne avec de telles responsabilités prend le temps de me faire visiter les musées et passer du bon temps avec moi au restaurant ?

— Charles, soyez honnête… Vous vous moquez de moi ?

— Non, Monsieur ! Jamais Monsieur !

— Mais alors, si vous dites vrai…

— … Je dis toujours la vérité Monsieur. Miss Wendy Fiaure m'a autorisé à vous en parler si le sujet venait sur la table. Sans quoi, cette conversation n'aurait pas eu lieu, Monsieur.

— Admettons. Donc, comme vous dites vrai, cela signifie que Wendy est juste en dessous de l'Empereur dans la chaîne de commandement impériale ?

— Oui Monsieur.

Eldi pensa à voix haute :

— C'est dingue, moi qui pensais qu'elle était en train de se faire sermonner par Yobe !

— Non, Monsieur, c'est même probablement le contraire…

— Mais, mais… Comment la Grande Amirale Impériale peut-elle être chargée par l'Empereur de mener une simple enquête - de routine - et se balader ainsi tranquillement sur Gloria ?

Le tout en tenues légères.

— C'est bien simple, Monsieur. Miss Wendy Fiaure l'a demandé elle-même à l'Empereur, à titre de faveur personnelle, suite à ses nombreux services rendus à l'Empire. L'Empereur ne pouvait qu'accéder à sa requête.

— Même si j'ai du mal à vous croire, Charles, pourquoi diable veut-elle se charger elle-même de cela ? Elle a certainement bien d'autres choses plus importantes à faire ! Par ailleurs, il existe sans doute des personnes moins importantes et plus qualifiées qu'elle pour ce genre de mission. Elle est Amirale, pas agent secret ou enquêteur…

— Monsieur, il n'y a certainement pas plus qualifié que Miss Wendy Fiaure pour mener à bien une telle mission.

Eldor ne savait plus s'il devait être étonné ou agacé. Chose rare chez lui, il commençait à s'énerver :

— En quoi un stratège militaire, toute Miss Wendy Fiaure Grande Amirale Impériale qu'elle soit, a les compétences pour enquêter sur un attentat ? Un attentat dont je suis, par ailleurs, peut-être la cible d'après vos dires !

— Monsieur, ne parlez pas comme cela de Miss Wendy Fiaure… Vous ignorez tout de son passé. Moi-même je n'en sais pratiquement rien et le peu dont j'ai connaissance force mon respect. De plus, et c'est peut-être là une chose importante, le regretté commandant Bluver Art était son compagnon.

Le reste du vol jusqu'aux locaux de Riviera se fit dans le silence le plus total.

Chapitre-6 : Artefact

Surveillant était dans tous ses états. Au-dessus du reste de l'Île, de curieuses pierres s'agitaient. Les Juvéniles issues de Défaillant s'amusaient à les chahuter et parfois, certaines d'entre elles repartaient vers la Lumière tandis que d'autres s'immobilisaient sur les restes de l'Île.

Savant, de son côté étudiait la scène avec intérêt. Que se passait-il ?

Il avait trouvé le moyen de se débarrasser de celles qui les affamaient, mais désormais, il redoutait un danger plus grand encore. Ces pierres dansantes étaient-elles les descendantes de l'Île ? L'Île se reproduisait-elle de la même façon que lui et ses Autres, par la création destructrice ?

Savant estima que cela était fort possible. Comment expliquer autrement que l'Île se soit goinfrée à un tel point. Elle avait sans doute agi ainsi dans le but de se reproduire.

Si tel était le cas, le danger était grand, très grand ! Cela signifiait que toutes ces pierres n'étaient que des Juvéniles de l'Île. D'ici quelques lumières, ces Juvéniles auront probablement grandi et devront se nourrir.

Et alors les fontaines recommenceront à se tarir.

Savant ne pouvait le permettre. Il fallait anéantir ces pierres dansantes avant qu'elles ne soient en mesure de se reproduire elles-mêmes. Il fit part de ses inquiétudes à Dirigeant avec le soutien de Surveillant.

***

— Lars, vous êtes fantastique ! On jurerait que cette copie est l'originale...

— Eldor, je vous ai déjà expliqué que, techniquement, l'Artefact que vous observez n'est pas une copie, mais bien l'original, jusqu'au spin de chacun de ses électrons.

L'historien et le physicien se tenaient devant la machine tandis que Charles veillait devant la porte de servitude du hangar. Les yeux d'Eldor brillaient. Il fit lentement le tour de l'Artefact, le caressant de sa main, secouant de temps en temps certaines pièces. Il finit par se retourner de nouveau en direction de Lars :

— C'est proprement prodigieux. Je m'attendais à une... comment dites-vous déjà ?

— Réitération.

— Oui c'est cela ! Je pensais que la réitération serait assez grossière, que tous les détails n'y seraient pas. Mais là, je parviens même à distinguer cette micro-éraflure de poussière cosmique, c'est incroyable.

— Eldor, vos scans étaient de bonne qualité. Cela n'a pas été simple de les assembler pour en faire un tout unique, car connecter différentes modélisations, quanta par quanta, d'un tel volume est une lourde tâche. Je crois que j'ai fait surchauffer les supercalculateurs de Riviera.

Eldor esquissa un sourire :

— Je ne puis que vous remercier pour votre acharnement à m'aider Lars.

— Je ne l'ai pas fait pour vous, ni même pour cette vieille crapule d'Aoc. L'idée de réitérer un Artefact datant de l'époque pré-hyperspatiale m'intéressait énormément.

— Pourtant, vous les scientifiques, vous êtes d'ordinaire plus tournés vers le futur que ces vieilleries.

— Je ne sais pas pour les autres, Eldor, mais en ce qui me concerne, je trouve cet Artefact fascinant. J'aurais aimé pouvoir l'admirer plus tôt.

Lars se retourna et alla ouvrir un des tiroirs de son bureau, caressant son chat au passage qui dormait sur le fauteuil. Il en sortit une bouteille puis se servit un verre :

— Eldor, un verre ? C'est votre anniversaire aujourd'hui.

— Mais ce n'est absolument pas mon anniversaire !

— À vrai dire, je n'en sais rien et je m'en fiche, mais j'ai un beau cadeau à vous faire. Plusieurs même en réalité. Avant de vous les offrir, je pense qu'il serait sage que vous vous asseyiez et que vous vous saouliez.

Le physicien éclata de rire et but cul sec le shoot qu'il venait de se servir avant de le remplir à nouveau. Hésitant, Eldor se dirigea vers le bureau de Lars en ne quittant pas l'Artefact des yeux. Il finit par s'asseoir sur le fauteuil qui se tenait face à Lars, acceptant le verre que ce dernier lui tendait.

— Allez, cul sec ! Une authentique gnôle Glorienne ne se sirote pas, elle s'avale d'un coup.

Eldor s'exécuta et sentit ses oreilles lui chauffer. Il n'était pas contre un verre de temps à autre, mais ce tord-boyau frelaté était absolument imbuvable. Il fit la grimace avant de tousser.

— Eldor, vous êtes peut-être un grand docteur, mais vous ne savez pas ce qui est bon.

— Disons que ce n'est pas le genre de boissons que j'ai l'habitude de boire.

— Je vois, vous êtes un de ces Exos parvenus qui ne boit que de l'alcool labélisé !

— Lars, je ne vous permets pas. Exo, c'est certain, mais je ne suis en aucun cas un parvenu.

— Allons, allons je vous taquine. Je vous ressers un verre de cette excellente gnôle distillée sur Bêta ?

— Je ne savais pas que Bêta produisait quoi que ce soit, hormis de l'armement.

— Les soldats en garnisons sur place ont, disons, quelques loisirs dans leurs baraquements. En plus, les quelques pommiers de Bêta produisent des fruits immangeables, mais idéaux pour produire ce genre de nectar. Mon frère jumeau…

— Vous avez un frère jumeau ?

— Oui, mais de nous deux, c'est moi le plus réussi.

De nouveau, le physicien éclata de rire avant de reprendre :

— Bref, comme je vous le disais, mon frère se trouve sur Bêta et il me fait souvent envoyer quelques bouteilles.

Qu'est-ce que j'en ai à fiche. Ils font leurs magouilles, cela les regarde.

— De fait, je l'ai appelé il y a quelques jours, tandis que votre Artefact était en cours d'impression afin de lui commander quelques bouteilles, car ma réserve s'épuise.

— J'avoue ne pas vous suivre.

— Et j'en ai profité pour lui poser quelques questions sur les systèmes militaires de l'armée régulière.

— Votre frère travaille directement pour l'armée ?

— Un peu mon neveu ! Il est responsable du centre de gestion et d'élaboration des systèmes de cryptage et décryptage des données.

Tu m'étonnes qu'ils soient frères.

— Mais avant de vous en dire plus, j'ai un aveu à vous faire.

Eldor regarda Lars l'air accusateur :

— Vous avez divulgué des informations au sujet de l'Artefact ?

Le physicien fit la moue :

— Oui et non. En fait c'est plus compliqué que cela. Mais vous serez ravi du résultat.

— Venez-en aux faits.

— J'ai redémarré l'Artefact…

Eldor se leva de sa chaise d'un bond, posa ses deux mains sur le bureau et se pencha vers Lars :

— Comment est-ce possible ? Cet objet a pratiquement dix mille ans et cette réitération ne dispose pas de plutonium. Moi-même, j'ai essayé de le démarrer mais je n'y suis pas parvenu.

— Eldor, le plutonium résiduel dans l'Artefact que vous avez étudié n'était pas suffisant pour faire fonctionner ses générateurs et encore moins alimenter son unité centrale. Par ailleurs, vous êtes historien, pas scientifique.

— Et alors, étant entendu que vous semblez avoir réussi à le remettre en route, que s'est-il passé ?

— Je vais y venir. J'ai eu ouï dire que vous l'aviez daté assez précisément. Si ce n'est pas indiscret, comment y êtes-vous parvenu ?

— Suivez-moi Lars.

Les deux hommes prirent la direction de l'Artefact et contournèrent son imposante parabole mesurant pratiquement deux fois la taille d'un être humain. Il reposait sur un socle que Lars avait spécialement aménagé afin qu'aucun de ses appendices ne repose sur le sol. Eldor savait exactement ce qu'il faisait. La parabole était orientée à la verticale et le plus grand des appendices était orienté en direction du fond du hangar.

— Lars, vu comment vous l'avez positionné, il va falloir vous baisser pour que nous regardions par-dessous.

— Pas la peine Eldor, je sais ce que vous voulez me montrer.

— Le disque ?

— Oui.

Eldor qui s'était agenouillé se releva tranquillement :

— Pourquoi me laisser commencer à me glisser dessous si vous saviez ce que je voulais vous montrer ?

— Je voulais être certain que nous parlions de la même chose. Ce simple disque de trente centimètres de diamètre est absolument fascinant. Ne trouvez-vous pas amusant que cet objet soit aussi intrigant pour l'historien que vous êtes que pour le physicien que je suis ? Je ne vous remercierai jamais assez de me l'avoir fait découvrir.

— Lars, les faits, venons-en aux faits que diable. Il faut que je reparte dans peu de temps et j'aimerais savoir où vous voulez en venir.

— Avant de rentrer dans le vif du sujet, j'ai juste une dernière question à vous poser.

Eldor, qui caressait de nouveau l'Artefact, soupira :

— Allez-y.

— Comment avez-vous procédé pour déterminer l'âge de l'Artefact ?

— Cela a été assez complexe, mais j'ai fini par déchiffrer quelques-uns des hiéroglyphes…

— … Qu'est-ce qu'un hiéryglophe ?

— Hiéroglyphe, on dit hiéroglyphe. Une sorte de schéma décrivant quelque chose. Il semblerait que ce soit une méthode de transmission du savoir remontant aux anciens des primitifs. Le défunt Honorable Docteur Yates avait démontré que ce type d'écriture était le plus simple pour transmettre une information en dehors de tout référentiel commun entre les individus. Montrez-moi le scan que, inévitablement, vous avez effectué :

— Je vois, répondit Lars en hochant gravement de la tête tout en pianotant sur son holoécran.

— Concrètement, cela m'a pris plusieurs années, mais j'ai fini par comprendre le sens de l'un d'entre eux.

— Avant que vous ne continuiez Eldor, je veux que vous constatiez qu'une enveloppe est posée sur mon bureau. Cette dernière contient une feuille sur laquelle j'ai écrit un nombre. Je pense que vous allez me dire la même chose mais j'ignore de quelle façon vous avez procédé. Je veux que vous sachiez que moi aussi je connais désormais la vérité et comprends l'ampleur de votre découverte. J'ai vraiment hâte de savoir comment vous, historien, y êtes parvenu.

— Je vais être synthétique, mais admettez que, sommairement, ce hiéroglyphe représente la Terre entourée de ses plus proches pulsars. Les lanternes cosmiques.

— Oui, leur fréquence d'émission est d'une stabilité telle qu'ils servent à orienter les hypernefs dans la galaxie et synchroniser toutes les horloges de l'Empire. Sans eux, pas de référentiel commun. Ils sont à la base de notre civilisation.

— Eh bien le disque présent sur l'Artefact est le premier témoignage que nous avons de leur, disons..., utilisation, pour transmettre un message à travers l'espace. Le hiéroglyphe en question décrit non seulement la position de la Terre dans l'univers, mais aussi dans le temps. Dans le temps, car, en me basant sur les fréquences indiquées et en les comparant avec les données actuelles, tout en tenant compte de l'expansion de l'univers et des vitesses relativistes de déplacement de certains des pulsars, j'ai pu déterminer à quelle époque le disque fait référence. Rien ne garantit que le hiéroglyphe ait été gravé à cet instant précis, mais cela semble très improbable qu'il n'en soit pas ainsi. Si improbable, que je suis sur le point de présenter les résultats de mon étude devant mes pairs.

— Je comprends, vous vous êtes basé sur le déplacement du système Terrien dans la galaxie, mais aussi sur les variations de fréquences d'émission des pulsars pour déterminer à quelle époque cela remonte. C'est très ingénieux et inattendu comme approche, venant de la part d'un historien. Je serais curieux de valider votre approche si vous m'expliquez comment déchiffrer le hieryglophe.

Eldor posa la main sur les épaules de Lars en rigolant :

— Hiéroglyphe.

— Vous vous vengez à cause de mon terme réitérer…

— Il y a peut-être un peu de cela.

— C'est de bonne guerre. Mais du coup, selon votre approche, l'Artefact remonte à quand ?

— Si on se base sur ce que l'on sait de l'ancien calendrier Terrien et en tenant compte du décalage avec le calendrier standard galactique, tout en admettant une marge d'incertitude raisonnable concernant les mesures d'émission de pulsar, le résultat est très surprenant.

— Oui ?

— Il a presque dix mille ans. Exprimé dans l'ancien calendrier Terrien, l'Artefact a été fabriqué aux alentours de l'an deux mille après JC, à plus ou moins 30 ans. Cette datation a été renforcée par l'analyse de la décomposition radioactive de la pastille d'Uranium 238 que le disque d'origine contenait.

— Tout comme le plutonium contenu dans les trois générateurs, je n'ai pas pu réitérer cette pastille et j'en suis navré. Mais Eldor, vous êtes incroyable. Je suis étonné qu'un historien soit arrivé à ce genre de conclusion à l'aide d'un hioré… d'un dessin.

— Pour être franc, je pense que ce hiéroglyphe a été élaboré afin de permettre de positionner l'appareil dans l'espace, peut-être selon une méthode ancestrale. Cela est difficile à déterminer.

— Cela semblerait logique… Eldor, à mon tour maintenant de vous faire part de mes découvertes.

— Avec grand plaisir !

Lars fit signe à Eldor de le suivre et ils retournèrent s'installer autour du bureau. Lars posa la main sur l'enveloppe qu'il avait précédemment mentionnée puis la fit glisser lentement en direction d'Eldi. Tandis que le physicien se versait un nouveau shoot de gnôle, il dit à forte voix :

— Eldor voici mon premier cadeau. Ouvrez-le !

Eldor s'exécuta se demandant ce qui pouvait se trouver à l'intérieur. Il sortit de l'enveloppe une feuille froissée pliée en quatre. Il la déplia et dessus était inscrit un nombre qui l'abasourdit. Lars s'en amusa. Eldor bafouilla :

— 1977… cinquième jour du neuvième mois ou bien neuvième jour du cinquième mois… Je… , je… d'où sortez-vous cela ?

— Je vous l'ai dit. J'ai mis en route les systèmes, pour être poli avec nos ancêtres, disons informatiques, de l'Artefact. Ça semble coller pas mal avec ce que vous venez de m'annoncer, non ?

— Mais comment avez-vous fait ?

— Quand j'ai vu à quel point ses systèmes embarqués étaient simples, j'ai pu déterminer les caractéristiques de la source d'énergie dont il avait besoin. J'ai shunté ses générateurs embarqués vides de plutonium et je l'ai branché sur une alimentation adaptée que j'ai bricolée. Rien de plus facile.

— Et que s'est-il passé ?

— Je suis physicien, pas informaticien, et je n'arrivais pas à interpréter les signaux que je captais. Je les ai donc enregistrés et envoyés à mon frère.

— Lars…

— Rassurez-vous, je l'ai fait via un canal crypté militaire et j'ai une confiance totale en lui. Il ne les divulguera pas d'autant plus que, d'une certaine façon, il s'est compromis. Vous n'avez rien à craindre. Le secret est bien gardé.

— Il s'est compromis ?

— Oui, nous sommes très soudés. Je serais prêt à tout pour lui et c'est réciproque. Alors, quand je lui demande un service, il n'hésite pas. D'autant plus que l'enregistrement de ces signaux l'intriguait.

— Pourrez-vous me fournir une copie de ces signaux ?

— Je vais faire bien mieux que cela Eldor. Laissez-moi y venir. À partir des signaux, mon frère a fouillé dans la base de données des archives militaires afin de trouver d'éventuelles similitudes entre le type de signal émis par l'Artefact et un appareil ayant été enregistré dans les annales. Il a fini par trouver quelques similitudes avec le protocole de transmission qu'utilisait *Anaïs*.

— Vous parlez bien du vaisseau des Pionniers ?

— Oui, avant sa funeste tentative de redécollage, tous ses processus et protocoles de communication avaient été sauvegardés pour pouvoir dialoguer avec lui. C'est le plus ancien appareil dont nous savons à peu près comment il fonctionnait. Enfin, le plus ancien, jusqu'à maintenant. Mais je m'égare. Synthétiquement, ces quelques similitudes ont permis de constituer une sorte de, je n'aime pas le mot, mais il devrait vous parler, de dictionnaire. Cela n'a pas forcément été évident, car ils fonctionnent en exploitant un langage plus primitif que nos qbit, mais mon frère a fini par comprendre le truc.

— Oui, je vois l'idée.

— À partir de là, j'ai établi une liaison directe entre l'Artefact et le bureau de mon frère en shuntant la parabole et en faisant transiter les transmissions via le canal crypté militaire. Il s'est aperçu qu'il pouvait échanger avec lui. L'Artefact ne se contente pas d'émettre, il réceptionne aussi. Mon frère est donc parvenu à rentrer, assez facilement d'ailleurs, dans son système et à en prendre le contrôle. Vous trouverez là-dessus toute l'interface qui permet d'explorer ce système, hum… informatique.

Lars tendit à Eldor un cristal de données.

— Je… Merci !

— Vous verrez, ce n'est pas bien complexe et cela vous permettra de dialoguer avec…

— Dialoguer ?

— Je veux dire par là accéder aux données qu'il contient et voir comment il est programmé. C'est très archaïque, mais très élégant. On sent, dans son élaboration, que les primitifs qui ont créé cette machine se sont attachés à faire les choses bien. Un Artefact qui soit robuste et dure à travers le temps. Mais il n'y a aucune intelligence là-dedans. Même mon toaster est plus malin.

— Vous rendez-vous compte Lars que vous venez de me donner suffisamment de matière pour travailler sur l'Artefact durant de nombreuses années ?

— J'espère bien Eldor, pouffa le scientifique, avant de poursuivre.

— Bref, en m'amusant à fouiller dans les données de l'Artefact, j'ai trouvé sa date d'initialisation. C'était en 1977. Pour le 05 et le 09, je ne sais pas lequel est le jour et lequel est le mois. Mais vous étiez à plus ou moins trente années près. Désormais, vous n'êtes plus qu'à six mois près. Et cela vous fait une troisième preuve de datation. D'ailleurs, vous pouvez arrêter de l'appeler Artefact, car je connais sa fonction et son nom. Ça n'a pas été facile pour moi de le comprendre, mais c'est à présent clair comme de l'eau de roche…

— Vous voulez dire que…

— Oui, votre Artefact, là, est une sorte d'ancêtre de nos engins autonomes d'exploration hyperspatiale, vous savez, ceux chargés d'identifier de nouveaux mondes à conquérir. De fait, spontanément, je désignerai ce type d'engin sous nom de sonde spatiale !

— Si tel est le cas, pourquoi pas. Il va falloir que j'étudie la question grâce à votre interface.

— Je peux aussi vous montrer les symboles de ce qui semble être son nom, mais je n'ai aucune idée de ce que cela veut dire ni encore moins comment cela se prononce. Regardez.

Lars fit s'afficher des caractères sur son holoécran. Eldor resta figé et murmura :

— Voyager-1…

— Ça semble bien coller à la bestiole....

Voyager-1. C'est tellement beau, si poétique. J'imagine ce que les primitifs ont dû ressentir en l'envoyant dans l'espace, vers les Prairies Étoilées, sans espoir de retour, en ouvreuse des routes pour leurs lointains descendants. Une machine noble pour une mission noble, envoyée par une Terre ambitieuse et digne. C'est encore plus fantastique que le vulgaire relais radio que j'imaginais. Il n'y a pas d'appareil plus sophistiqué dans l'Empire que les engins autonomes d'exploration hyperspatiale. Pourquoi en irait-il différemment de leur ancêtre ? Tout se recoupe et abonde dans le sens de ma théorie.

Eldor était abasourdi. Décidément, son voyage sur Gloria lui réservait bien des surprises.

— Lars, je ne sais pas comment vous remercier. Vous me donnez plus de matière première à étudier que je n'aurais jamais espéré en avoir en toute une vie.

— Attendez avant de me remercier Eldor. Ce n'est pas tout, je vous ai dit que j'avais plusieurs cadeaux…

— Lars, je crois que j'ai besoin de prendre l'air. Il faut que je retrouve mes esprits.

Cela faisait désormais une bonne vingtaine de minutes qu'Eldi marchait en compagnie de Charles dans le parc qui jouxtait les bâtiments de Riviera. L'air était plus que frais et il observait des otaries en train de jouer sur le bord de l'immense lac artificiel, probablement creusé pour le compte d'Aoc afin qu'il puisse partir à la pêche en solitaire avec le voilier de belle taille qui était amarré au loin. Charles avait l'air décontracté mais sur le qui-vive. Il n'était pas spécialement grand ni même d'une carrure impressionnante, mais on sentait que tout en lui respirait efficacité et compétence.

— Charles, j'ai une journée difficile et j'ai besoin de me changer les idées. Entre vos révélations concernant Wendy et celles de Lars au sujet de l'Artefact, je dois avouer que j'aimerais parler un peu d'autre chose. Vous êtes quelqu'un dont j'apprécie la compagnie.

— Grand Docteur Kent, cela est réciproque.

— Je suppose que Wendy vous a transmis le dossier me concernant et donc que vous savez tout sur moi ?

— Évidemment Monsieur.

— Mais du coup, j'aimerais en savoir un peu plus à votre sujet. Parlez-moi de vous. D'où vous venez, comment êtes-vous devenu garde impérial ?

— Monsieur, tout ceci n'est pas très intéressant.

— Je vous en prie, je suis certain du contraire.

— Monsieur, j'ai trente ans. Originaire du monde Lengouve, j'ai grandi au côté des enfants de l'assistance publique.

— Vous avez été abandonné ?

— Grand Docteur Kent, je suis pupille de l'Empire. Mes parents ont été tués lors de la révolte de Lengouve. Ils étaient soldats Monsieur.

— Vous m'en voyez absolument navré Charles.

— Vous n'avez pas à l'être, Monsieur. Ainsi vont les choses.

— Mais attendez, vos parents étaient militaires sur Lengouve ? N'est-ce pas un monde Pionnier ?

— Oui Monsieur, la vie y est rude. La planète n'a été colonisée il n'y a qu'une quarantaine d'années et aussi bien le climat que la gestion des ressources sont encore loin d'être au point. Mes parents s'étaient portés volontaires pour représenter et assurer l'ordre impérial sur cette jeune colonie. Je suis né alors qu'ils étaient en poste. Ils ont décidé de rester faire leur vie sur cette planète, séduits par l'aventure que cela représentait et les perspectives d'avenir que cela leur ouvrait.

— Que s'est-il passé Charles ?

— Monsieur, il arrive que sur certains mondes, des groupes de Pionniers souhaitent faire en sorte que leur planète reste indépendante, à l'image du Royaume Terrien. Lengouve est de ceux-ci. Un état révolutionnaire temporaire a été instauré. L'Empereur Rusko II, le prédécesseur de notre bien-aimé Empereur Vladimer III, a décidé de réprimer cette insolence par la force. Mes parents firent partie de ceux qui furent abattus par la milice révolutionnaire en guise de représailles. C'était une période trouble et barbare pour mon monde.

— Mon Dieu, quelle horreur !

— Je n'en ai que peu de souvenirs, Monsieur. Notre bien-aimé Empereur, alors qu'il ne régnait pas encore, est intervenu auprès de son prédécesseur pour lui demander de rapatrier les enfants des soldats morts pour la paix de l'Empire. Je suis arrivé sur Bêta à l'âge de 6 ans et j'ai passé mon enfance au sein de l'hospice de l'académie militaire. C'est tout naturellement que, lorsque j'en ai eu l'âge, je me suis enrôlé dans l'armée régulière comme simple seconde classe. Mes compétences ont été remarquées et j'ai eu l'immense honneur de me voir offrir un poste de garde impérial.

— C'est assez atypique comme parcours !

— Je dois le reconnaitre, Monsieur. De fil en aiguille, mon chemin a fini par croiser celui de Miss Wendy Fiaure. Elle m'a sélectionné pour intégrer la Garde personnelle de l'Empereur.

— Vous voulez dire que lorsque vous n'êtes pas avec moi…

— Oui Monsieur, normalement je fais partie de l'équipe qui assure l'intégrité corporelle de notre bien-aimé Empereur. C'est un immense honneur pour moi, car il m'a sauvé la vie de par ses choix alors que j'étais un tout jeune enfant.

Décidément, c'est la journée des révélations !

Eldor attrapa un caillou sur le sol puis le lança sur le lac. Il fit quelques ricochets, ce qui attira l'attention des otaries. Ses mains commençaient à devenir vraiment froides et l'air qu'il expirait faisait de la fumée.

— Et Wendy vous a choisi pour me surveiller ?

— Pas vous surveiller Monsieur. Assurer votre protection est un terme plus approprié. Et ce n'est pas Miss Wendy Fiaure qui m'a désigné, mais l'Honorable Docteur Yayobe. L'Empereur m'avait détaché à sa propre protection. Cependant, depuis que Miss Wendy Fiaure a pris en charge l'affaire, je m'occupe aussi bien de vous que de lui. Elle est présente auprès de celui que je ne peux pas protéger.

— Donc en ce moment, elle assure la sécurité de Yobe ?

— Oui Monsieur.

— Merci beaucoup pour cette discussion Charles. Je suis désolé pour vos parents, mais, de là où ils sont, ils doivent être fiers de vous et de votre réussite. Cela m'a fait du bien de vous parler. Désormais, je vous prie, raccompagnez-moi aux côtés de Lars.

Lars était avachi dans son fauteuil, les pieds posés sur son bureau et tenait dans ses mains un disque doré. Eldor qui venait de le rejoindre lâcha :

— Vous avez décroché le disque de l'Artefact ?

— Non, Eldor, je ne me serais pas permis, c'est le vôtre et la faculté a payé la réitération de… comme vous dites… Voyager… suffisamment cher pour que je ne la détériore pas. Je m'en suis réitéré un pour moi, à titre personnel. Bon, mon banquier va faire la tête…

— Oui il est constitué d'une bonne quantité d'or pur.

— Et là vous ne parlez que de la matière première. Vous oubliez le coût intrinsèque lié à la réitération !

— Allons, je suis certain que vous ferez passer cela pour une simple expérience.

— En aucun cas Eldor, je suis quelqu'un d'intègre et, comme je veux le garder pour moi et l'exposer dans mon salon, je tiens à ce que tout soit à mes frais.

— Mais, Lars, pourquoi donc vouloir collectionner cette simple plaque ?

— Parce qu'elle témoigne du génie des primitifs qui en sont à l'origine. À lui seul, ce disque nous en apprend bien plus que tout le reste de… Voyager comme vous dites… sur ce que ses concepteurs avaient en tête et à quel point ils avaient conscience de leur insignifiance face à l'infini et l'éternité.

— Dites donc Lars, ne seriez-vous pas un sympathisant Odysséen ?

— Je ne saurai vous répondre Eldor. Le Culte en lui-même est totalement absurde, évidemment. Il n'empêche que certains principes philosophiques qui en découlent ne sont pas dénués de sens.

— Et vous trouvez que ce disque abonde en ce sens ?

— Oui Eldor, d'une certaine façon.

— Qu'est-ce qui vous amène à penser ceci ?

Lars retourna le disque et présenta à Eldor la face du disque sur laquelle il n'y avait pas de hiéroglyphes, mais présentant une suite de ce qui semblait être des symboles :

— Eldor pouvez-vous me dire ce que ces symboles signifient ? Je n'ai aucune notion en langage primitif…

— Sons de La Terre… Vraisemblablement son nom et sa mission. En dessous, c'est probablement le nom d'une tribu, peut-être celle à l'origine de sa création. Enfin il y a écrit Planète Terre.

— Fantastique, absolument fantastique ! Et quelle est votre interprétation ?

— Jusqu'à encore ce matin, j'étais rempli de certitudes mais vos révélations les ont fortement perturbées. Jusqu'à présent, je pensais que l'Artefact était un genre de système d'observation chargé de capter, comme c'est écrit dessus, les sons de la Terre et qu'il appartenait à la tribu l'ayant placé dans l'espace. « Planète Terre » est précisé, car, d'après les travaux de certains de mes prédécesseurs, il est vraisemblable de penser que d'autres planètes du système solaire avaient déjà été conquises en ces temps reculés. Pour une raison que j'ignore, peut-être à la suite d'un conflit, l'Artefact est parti à la dérive dans l'espace. Mais à l'évidence, tout ceci est erroné, étant entendu que son nom est Voyager et non Sons de La Terre.

Lars retourna le disque et le secoua :

— Dites donc Eldor, vous êtes vraiment malin. Durant votre balade avec Charles, j'ai regardé un peu les hiero… les dessins… et j'ai identifié celui que vous avez interprété comme étant une carte de positionnement de la Terre dans le temps et l'espace. Je ne peux pas vous le valider, il me faudrait pour cela plus de temps et de données, mais effectivement, cela y ressemble fortement. Comment avez-vous pu être aussi précis ?

— Il y a un autre hiéroglyphe, regardez, celui ressemblant un peu à un huit.

— Oui ?

— Il représente l'hydrogène, l'élément le plus stable de l'univers ainsi que son spin électronique. L'horloge la plus fiable de l'univers. À partir de la fréquence de son spin, de l'autre hiéroglyphe et de l'état actuel des pulsars, on peut déterminer assez précisément quand il a été fabriqué et où.

— Oui, celui-ci est assez facile à identifier. Il ressemble beaucoup à ce que l'on nous enseigne durant le second cycle. Mais ce qui est vraiment surprenant est la différence d'approche que vous, historien, en avez eue par rapport à moi, scientifique.

— Vous avez pu tirer des enseignements de ce hiéroglyphe ?

— Eldor, je vous prie, écoutez ceci.

Lars attrapa un cristal puis le posa sur le tapis de lecture se trouvant sur son bureau. Il effectua quelques manipulations sur son holoécran quand soudain, un son puissant survint de toutes les directions du hangar. Silence. De nouveau, deux sons puissants survinrent. Silence. Enfin, une octave plus haute, deux nouveaux sons très puissants. Silence avant qu'une mélodie douce ne commence. Eldor réagit :

— Lars, on dirait une réinterprétation du thème d'ouverture du film sacré.

— Ça n'a pas l'air d'en être une ! Ou alors peut-être la version originale ?

— Où voulez-vous en venir ?

— Eldor, vous avez déchiffré la carte des pulsars et je l'aurais probablement fait si j'en avais eu le temps. Mais pour ma part, suite à la remise en route de Voyager… C'est incroyable, ce nom lui va si bien… j'ai compris la tournure d'esprit des primitifs.

— Et ?

— J'ai déchiffré les autres… dessins. Je n'avais rien compris à celui que vous avez analysé, mais maintenant que vous me l'avez dit, cela semble clair.

— Vous voulez dire que…

— Oui, ils sont en réalité très simples !

— Je ne peux le croire. Je les ai retournés dans tous les sens et n'ai rien trouvé.

— Eldor, Voyager n'est pas un engin d'observation ou de transmission comme vous le pensiez, ou du moins était-ce là une tâche secondaire. Sa réelle mission était de transporter ce disque.

— Quel intérêt ? Ce n'est ni plus ni moins qu'une sorte de plaque d'immatriculation.

— Non Eldor, il a été conçu pour traverser l'espace et le temps. Voyager n'est que son navire. D'une certaine façon, il nous était destiné.

— Vous vous moquez de moi Lars.

— Si seulement Eldor. Regardez ces autres… dessins… sont en réalité un mode d'emploi.

Tandis que la mélodie autour d'eux se faisait de plus en plus intense, Lars baissa sensiblement le volume. Il retourna à nouveau le disque et montra à Eldor les minuscules cercles qui striaient toute sa surface :

— Vous voyez ceci Eldor ?

— Oui, assurément un travail d'orfèvre et une superbe œuvre d'art, mais je ne suis pas encore arrivé à comprendre sa signification.

— Ce n'est pas une œuvre d'art Eldor ! Il s'agit d'un système de stockage de données très primitif. Ceux qui ont réalisé cela, avec les moyens mis à leur disposition, étaient extrêmement brillants. Je doute qu'aucun de nos cristaux ne soit capable de passer ainsi dix mille ans dans l'espace, soumis aux radiations galactiques ainsi qu'à l'érosion, même faible, lors de la traversée des champs de poussière.

— Vous entendez par là que ce disque est l'équivalent primitif d'un cristal ?

— Oui Eldor, et les dessins sur son autre face nous expliquent comment le lire.

— Par tous les Dave, et vous pensez que ces données sont intactes ? Qu'elles ont réussi à traverser les âges ? Que nous pourrions les décrypter ?

— Tendez l'oreille Eldor…

La mélodie était très intense et lui faisait grandement penser au style du film sacré même si elle était singulièrement différente. Puis Eldi comprit :

— Vous voulez dire que cette musique vient…

Lars fixa Eldor en silence avant de fermer les yeux et faire quelques gestes de la main. Eldor l'observait l'air interrogatif et impatient :

— Oui Eldor. Cette mélodie était gravée sur le disque. J'ai copié son contenu et nous sommes les premiers depuis dix millénaires à l'entendre.

— Elle est absolument superbe, mais je ne comprends pas l'intérêt d'envoyer l'enregistrement d'une musique dans l'espace.

— Il faut la replacer dans son contexte. Je ne vous ai pas encore tout dit Eldor, mais je pense avoir trouvé de quoi vous occuper jusqu'à la fin de vos jours et devenir un des historiens les plus importants de l'histoire galactique.

Des chants commencèrent à surgir de la mélodie.

— Ce que vous entendez là n'est qu'une infime fraction du contenu du disque.

— Il y en a d'autres ?

— Oui. J'en ai dénombré 27, toutes dans des styles différents. Il y a aussi 21 charabias qui semblent être dans des dialectes différents ainsi que 116 images.

— C'est proprement prodigieux ! Avez-vous pu les copier ?

— Eldor, le cristal que je vous ai donné afin que vous puissiez interagir avec Voyager comporte aussi la copie intégrale des données du disque.

— Vous avez donc réussi à exploiter un système de stockage de données des primitifs ?

— Oui Eldor, cela a été très facile. Les primitifs nous avaient maché le travail. Celui ou ceux qui étaient derrière sa création étaient de véritables génies. Probablement parmi les plus grands esprits de leur temps.

— Pourriez-vous me montrer une des images ?

— Bien sûr, Eldor.

Lars effectua quelques manipulations puis son holoécran devint une simple surface lumineuse avant d'afficher une photo :

— Ce n'en est qu'une parmi tant d'autres. Je l'ai sélectionnée au hasard. Je dois avouer que je serai bien en peine de vous dire ce qu'elle représente.

Ému, Eldi répondit :

— Lars, à première vue, je dirais qu'il s'agit d'un primitif adulte qui enseigne quelque chose à un de ses enfants.

— Vraiment ?

— Oui, en ces temps, il a été démontré que la transmission du savoir se faisait par le dialogue et non par connexions neuronales.

— Intéressant. Bref, Eldor, je ne comprends rien à ce que je vois et j'entends, mais je pense que tout ceci a été placé ici par votre homologue primitif et que, d'une certaine façon, il souhaitait s'adresser à son équivalent du futur. Autrement dit, vous, en quelque sorte ! Mon équivalent primitif a fabriqué cette merveille, votre équivalent primitif à vous s'est chargé de déterminer ce qu'il avait à charge de transmettre comme informations…

— Je ne saurai jamais comment vous remercier Lars. Je pense que vous me faites là le plus important des cadeaux qui puisse exister.

— Disons que vous me devez un bon restaurant.

— Mais Lars, votre apport est colossal. Vous imaginez toutes les découvertes que nous allons pouvoir faire grâce à vous. Je vous dois bien plus qu'un simple restaurant !

— Non, Eldor, c'est grâce à vous ! C'est vous qui avez trouvé Voyager, c'est vous qui avez déterminé qu'il présentait un fort intérêt historique, c'est vous qui l'avez précieusement conservé en effectuant ces laborieux scans quantiques, c'est vous qui l'avez étudié, c'est vous qui l'avez replacé dans son contexte. Je ne suis que l'outil qui vous permet d'accéder à des données qui ne pouvaient pas être trouvées par un historien. Mais c'est vous qui avez la capacité de comprendre ce que tout cela signifie. C'est ce que voulait, c'est manifeste, l'esprit éclairé qui a stocké ces informations dans ce magnifique système.

— Lars. Je ne peux que vous remercier. Merci infiniment. Je ne sais quoi dire…

— Je suis à votre disposition Eldor. Le sujet sur lequel vous travaillez commence à me passionner. Jusqu'à présent, pour moi, les primitifs étaient des barbares idiots. Mais la splendeur de cette réalisation tant dans l'élégance de sa mise en œuvre que dans son but me laisse pantois. Nos ancêtres savaient être très ingénieux et pouvaient poursuivre des objectifs nobles. Je serais ravi de vous aider à nouveau si d'aventure vous en aviez besoin. J'ai la sensation d'être un privilégié, de pouvoir entendre cette mélodie qui résonne désormais dans mon atelier et cela n'a aucun prix.

— Lars, je suis très honoré que vous voyiez les choses ainsi. Mais malgré tout ce que vous avez déjà fait, pourrais-je vous demander un dernier service ?

— Eldor, je sais très bien ce que vous allez me demander. Non, je ne divulguerai rien de tout ceci, ni la découverte de cet enregistrement, ni ce qu'il contient. C'est de votre ressort. Pour ma part, je vais me contenter de l'apprécier de façon intime et suivre de près vos travaux. Désormais, je pense qu'il est temps que vous vous remettiez au travail. J'ai hâte de connaître vos conclusions. De plus, je crois que Charles attend pour charger Voyager dans votre appareil.

Eldor serra chaleureusement la main de Lars et tandis qu'ils échangeaient quelques banalités, le toit du hangar s'ouvrit. Le vaisseau piloté par Charles tracta délicatement Voyager dans sa soute. Le retour vers l'Université se fit dans le calme, Eldi était absorbé par ses pensées. Il avait du mal à assimiler les évènements de la journée tandis que Charles pilotait l'engin dans le plus grand des silences.

Voyager...

La nuit qui suivit, Eldi eut le sommeil agité.

Chapitre-7 : Alerte

Dirigeant ne savait plus quelle décision prendre. Surveillant l'avait informé qu'une Pierre Dansante plus grosse que les Autres était arrivée. Elle était si imposante que même le chahut provoqué par les Juvéniles ne suffisait pas à la faire repartir vers la lumière.

Elle était en train de s'approcher du reste de l'Île.

Savant estimait que La Grande Pierre Dansante était un Juvénile de l'Île qui avait entamé sa croissance et qu'il se rendait vers l'Autre qui l'avait engendré afin de déterminer s'il avait besoin d'aide.

Mais il avait un plan, Le Plan.

La question était de savoir s'il fallait laisser la Grande Pierre atteindre les restes de l'Île.

Afin de trouver la réponse à ses interrogations, il conseilla à Dirigeant d'ordonner à tous les Surveillants de chahuter le plus possible la Grande Pierre.

Cela semblait avoir pour effet de ralentir sa progression. Ils espéraient ainsi disposer de la marge suffisante pour que celui de ses Autres qui s'était porté volontaire, encore un Défaillant, puisse se rassasier.

Dirigeant étudia brièvement la proposition de Savant. Bien malgré lui, il n'avait pas le choix. Le Plan devait à nouveau être utilisé.

Tous les Surveillants se ruèrent sur la Grande Pierre.

***

L'alerte noire se déclencha pour la première fois depuis leur arrivée. Jensen serra si fort les mains sur les accoudoirs de son fauteuil que ses ongles laissèrent une marque dessus. Elle n'était pas le genre de femme qui se laissait impressionner par des évènements inattendus, mais les secousses subies par son navire furent d'une rare violence.

Jensen travaillait au sein des services de secours impériaux depuis désormais plus de quarante ans. Si elle avait commencé comme simple pompier sur des barges de collecte, elle était désormais, depuis presque vingt ans, la commandante du *Thosh*, le plus grand submersible de secours en mer de la galaxie. C'était d'ailleurs son attachement à ce navire qui l'avait empêchée de prendre une retraite bien méritée après une vie remplie de sacrifices et d'actions de bravoure. Elle avait même reçu une lettre signée de la main de l'Empereur, la remerciant personnellement pour les services qu'elle avait rendus aux citoyens de l'Empire. Cette lettre était épinglée dans sa cabine de repos, spartiate, qu'elle voulait identique à celle de tous ses matelots.

Le *Thosh* était le seul « enfant » qu'elle n'avait jamais eu. L'intensité de sa vie ne lui avait pas permis de trouver le temps d'engendrer d'autre descendance. Son submersible se substituait à ce rôle. Comme beaucoup d'enfants, il fut conçu, sans vraiment le vouloir, lors d'une soirée arrosée plus que de raison.

Ce soir-là, Jensen discutait avec son ami d'enfance, qui était alors responsable au département du développement des systèmes armés de la Garde Impériale. C'était l'époque où l'Empereur Rusko II avait décidé de renouveler une partie de la flotte de la Garde Impériale. Lors de ses rares périodes de repos, Jensen aimait s'adonner aux jeux d'argent avec son ami et, durant cette fameuse soirée de parties de cartes, elle s'était tournée vers lui en s'exclamant, à moitié ivre :

— Thomas, c'est complètement con de balancer tous ces destroyers impériaux à la casse…

— Je suis bien d'accord avec toi Jensen ! Mais ainsi en a décidé Rusko Le Méfiant. A priori il a ses raisons.

— Quelles raisons ? Quelles raisons bon Dieu peut-il bien avoir de balancer ces magnifiques engins à la benne ?

— Les rumeurs…

— Celle de ces tarés d'Odysséens qui se seraient infiltrés sur Bêta ? Vaste connerie ! Ce sont juste des tarés. Il suffit d'en enfermer un ou deux et ils se calmeront.

— On murmure au sein de l'armée que l'Empereur a peur que Bêta, sous l'influence des Odysséens, ne s'attaque à Alpha un jour ou l'autre. Il veut s'équiper de destroyers plus modernes pour assurer sa défense ainsi que celle de son successeur en cas de problème. Regarde le calibre des batteries anti-spatiales qu'il a fait installer partout sur Alpha et qui sont braquées sur Bêta.

— Je suis écœurée par ce gâchis. Espérons que son successeur, comment il s'appelle déjà ?

— Vladimer III.

— Ouais, que Vlad sera un peu moins abruti quand il régnera. Menacer Bêta est d'une idiotie sans nom. En plus, bazarder tout ce superbe matos sous prétexte d'en déployer de nouveaux plus performants, ça me donne envie de vomir. Il nous serait tellement utile.

— Qu'entends-tu par-là Jensen ?

— Il pourrait au moins nous en filer un… je sais bien que les secours impériaux sont rattachés à l'armée régulière et non à la Garde Impériale, mais un seul de ces destroyers nous serait bien utile.

Thomas abattit une carte sur la table avant de l'interroger :

— Jensen, grand diable ! Que pourrais-tu bien faire d'un destroyer de la Garde Impériale ? Tu es sauveteur en mer.

— Être encore plus efficace dans mon job.

— Nan, mais attends. Un destroyer, c'est fait pour attaquer d'autres hypernefs, pas pour aller se balader dans les océans.

— Et alors, au final, ce n'est ni plus ni moins qu'une coque parfaitement étanche capable de supporter des pressions incroyables. Sans moteur hyperatomique et sans armement, ce pourrait tout aussi bien être un immense submersible. Un tel engin nous serait bien utile pour aller porter secours un peu partout dans l'Empire.

— Attends, attends Jensen, tu me dis que tu voudrais transformer un destroyer impérial en un gigantesque submersible ?

— Oui et alors ? On remplace les moteurs hyperatomiques par des propulseurs hydrauliques, l'armement par des systèmes de secours et de manipulation.

— Tu es folle ! Et quid des ballasts ?

— Y aurait même pas besoin de bricoler quoi que ce soit. Ils existent déjà !

— Mais qu'est-ce que tu raco... Merde, bordel, tu as raison ! Tu parles de la double coque ? Celle qui referme l'eau permettant d'arrêter les radiations spatiales pour préserver la vie de l'équipage ?

— Exactement.

— Je vois, elles sont elles-mêmes équipées de vannes... Plus j'y réfléchis, moins ton idée me semble délirante. Cela permettrait d'avoir un submersible de taille conséquente pour un coût dérisoire et des modifications simples à mettre en œuvre.

— Ouaip.

Cette nuit-là, ils avaient fait l'amour. Jensen et Thomas n'étaient pas en couple, tous les deux d'un tempérament bien trop solitaire pour accepter qu'une personne ne prenne de la place dans leurs vies respectives. Mais ils s'appréciaient mutuellement et il leur arrivait de passer du bon temps ensemble sans que cela n'engage à quoi que ce soit.

Le lendemain matin, tandis que Jensen se débattait avec sa gueule de bois, elle avait entendu Thomas passer quelques coups de communicateur sans vraiment comprendre ce qu'il disait. Sa tête bourdonnait trop pour cela. Tandis qu'elle se massait les tempes, Thomas était revenu s'assoir sur le bord du lit avant de lui murmurer à l'oreille :

— C'est bon, tu vas l'avoir ton machin.

Thomas avait tenu promesse de sorte que cela leur avait attiré de nombreux problèmes. Pour donner corps au rêve de son amie, il avait fait détourner un destroyer démilitarisé partant à la casse en manipulant les registres impériaux. Le destroyer Shariva avait tout simplement été enregistré dans les bases de données de l'Empire comme ayant été détruit dans une astrocasse quelconque. Thomas l'avait fait remorquer en douce dans un des ateliers de maintenance en bordure de la zone conquise pour être modifié par son équipe, complice. Il fut entièrement modifié selon les désidératas, recommandations et plans de Jensen.

Thomas n'était pas fou. Il savait, sans l'ombre d'un doute, que la mise en place d'un tel projet serait refusée par ses supérieurs, principalement pour des questions de coût et de mobilisation des cerveaux. Cependant, il comptait sur le fait qu'une fois mis devant le fait accompli, ses supérieurs ne pourraient que saluer son initiative. En effet, un tel appareil pouvait être d'une aide considérable sur les mondes Pionniers…

Durant plusieurs mois, Thomas falsifia les comptes tandis que le chantier de modification du Shariva avançait. Puis les services spéciaux de l'Empire se rendirent compte que quelque chose d'anormal se passait dans un des sites de maintenance impériaux, aux confins de l'Empire. L'enquête finit par remonter jusqu'à Thomas puis rapidement jusqu'à Jensen. Ils furent emprisonnés.

On ne peut pas à proprement parler de torture au sens primitif du terme, mais les psychotropes qui leur furent injectés les marquèrent pour le reste de leurs jours. La politique de Rusko II était bien plus ferme que celle que mettrait en place son successeur. Entretemps, le Shariva avait achevé sa mutation et était prêt à prendre son service comme submersible de sauvetage impérial.

L'enquête menée par les services spéciaux avait démontré que le projet initié par Jensen et mis en œuvre par Thomas ne visait pas à développer un appareil destiné à une milice quelconque ou autre mouvement de révolte, mais bien à permettre le déploiement d'un engin de sauvetage unique en son genre.

Dans leurs geôles respectives depuis plusieurs semaines, ni Thomas ni Jensen ne savaient que l'enquête venait finalement de les innocenter. Puis un jour la porte de l'appartement qui servait de prison à Jensen s'ouvrit.

Une femme très âgée et marchant difficilement pénétra dans l'entrée, entourée de deux gardes impériaux. Elle regardait chaleureusement Jensen avant de s'adresser à elle calmement :

— Jensen, je puis vous appeler ainsi ?

— Oui, à qui ai-je affaire ? Mes droits de citoyenne impériale ont été bafoués et je vous jure que…

— Vous n'avez pas à jurer quoi que ce soit. J'ai réclamé la relaxe pour vous et recommandé à l'Empereur de vous récompenser, vous et votre ami, pour votre initiative insensée. Après cette entrevue, vous serez libres et promus.

— Quoi ?

— Notre enquête a montré la bienveillance de vos actions. Au début nous pensions que vous aviez dérobé un destroyer pour le revendre, après remise en état, sur le marché de l'armement clandestin. Il est clair aujourd'hui que telles n'étaient pas vos intentions. L'Empire a besoin de plus de gens comme vous. Des gens qui savent contourner les règles et prendre des initiatives pour le bien commun.

— Quoi vous répondre, je ne sais même pas qui vous êtes.

— Peu importe qui je suis. Vous êtes libre.

La vieille femme se retourna puis fit signe aux gardes de la suivre. Tandis qu'elle franchissait la porte, elle se retourna vers Jensen :

— J'allais oublier Jensen, une dernière chose.

— Oui, qu'y a-t-il vieille bonne femme ?

— Amusant, je crois que cela fait bien longtemps que l'on ne m'a pas appelée ainsi, mais ça fait du bien de se l'entendre rappeler. Bref, une dernière chose. Le Shariva est un Destroyer déclassé et au vu des modifications qu'il a reçues, il n'a plus le droit de porter cette immatriculation. Un nouveau Shariva, bien plus moderne est déjà entré en service. Voudriez-vous s'il vous plait, lui choisir un nom pour que je puisse le faire immatriculer comme submersible de secours de la Garde Impériale ?

— Je… Vous me prenez de court…

— J'ai pensé à un nom. Que pensez-vous de Thosh ?

— Thosh ?

— Oui, j'ai vérifié, aucun appareil n'est immatriculé sous ce nom.

— Et ? Je ne comprends pas.

— C'est bien votre ami Thomas qui a réalisé cet appareil pour vous ?

— Oui, lui et ses équipes, car il trouvait mon idée intéressante.

— Et vous pensez qu'il a fait cela par amitié ?

— Entre autres. Je pense qu'il y a vu un moyen d'obtenir une promotion une fois l'appareil dévoilé. Enfin, si nous avions eu la chance de pouvoir le dévoiler avant de nous faire attraper.

— Thomas aura bien sa promotion. Mais il a mis les pieds dans le plat par amour pour vous, même si l'enquête officielle retiendra la loyauté qu'il y a entre deux amis d'enfance ainsi que la volonté de plaire à l'Empereur. Vous et Thomas êtes les deux parents de cet appareil extraordinaire. J'ai pensé que Tho pour faire référence à Thomas ainsi que Sh pour le fait qu'il soit issu du Shariva vous aurait plu !

— Je ne comprends pas bien pourquoi vous me posez la question ?

— Il faut bien que la commandante de cet appareil lui choisisse un nom.

— Commandante ?

— Évidemment, qui d'autre ? Vous êtes à la base de sa création, avez fourni toutes les spécifications et permis au chantier de savoir ce qu'il devait réaliser comme modifications. Thomas ne s'est occupé, si je puis dire, guère plus que de logistique et d'intendance. Par ailleurs vos états de services montrent que vous serez une commandante d'une redoutable efficacité. Et comme vous ne reverrez plus jamais Thomas…

— Quoi ?

— Oui, il vous est interdit de le revoir. L'Empire ne peut que remercier votre initiative, mais l'Empereur est furieux contre vous et estime que vous méritez tous les deux un châtiment exemplaire pour avoir enfreint les lois impériales et donc, par là même, son autorité. Vous êtes tous les deux libres et promus, mais vous devrez accepter désormais de ne plus jamais vous voir, tel est votre châtiment. Si vous vous voyez et entrez ne serait-ce qu'en contact, nous le saurons aussitôt et l'Empereur vous enfermera, à vie, l'un comme l'autre.

Des larmes commencèrent à perler aux coins des yeux de Jensen. La vieille femme reprit :

— Je me suis dit que Thosh vous rappellerait celui qui vous aime sans jamais vous l'avoir dit. Au revoir Jensen et je dois vous dire, à titre personnel, que je salue votre action et désapprouve le châtiment décidé par notre Empereur Rusko II.

La porte finit par se refermer et Jensen s'effondra sur le sol en position fœtale. Elle venait de réaliser qu'elle aimait Thomas.

Et effectivement, elle ne l'avait jamais revu. Pourtant lorsque Vladimer Le Juste était arrivé au pouvoir, il avait abrogé leur peine. Mais entretemps, Jensen avait appris que Thomas s'était marié et était l'heureux papa de pas moins de sept enfants. Elle suivait sa vie sur Galactinet, mais ne voulait pas interférer. S'il était heureux, alors elle l'était pour lui, tout simplement. Cela l'avait transformée, les années passant, en une femme aigrie se noyant dans son travail. Elle ne pouvait aimer un autre homme. Elle avait compris qu'aimer consiste à souhaiter le bonheur de l'autre. Pas nécessairement d'être à ses côtés. Or, Thomas semblait heureux. Désormais, le Thosh représentait tout pour elle. Vladimer Le Juste l'avait remerciée pour avoir fait de cet appareil un engin essentiel dans l'aide apportée aux Pionniers, faisant partie intégrante des systèmes vitaux pour la vague de colonisation qu'il avait relancée après la mort de son prédécesseur, Rusko Le Méfiant. Vladimer avait même lancé la fabrication de plusieurs appareils du même type que le Thosh. Il estimait cependant que l'expérience de Jensen était sans égal.

Mais pour l'heure, le Thosh tremblait de toute part.

Elle avait été appelée à la rescousse en urgence. Jensen et son équipage étaient alors occupés à installer une station électrique hydrothermale sous-marine sur un monde Pionnier ne portant même pas encore de nom. Il n'y avait que quelques milliers de colons à sa surface et les petits réacteurs hyperatomiques qu'ils possédaient n'étaient pas assez puissants pour leur permettre de réguler leur climat local et ainsi mettre en place une politique de fertilisation des sols environnants. Cette station devait leur apporter suffisamment d'énergie pour alimenter des champs de force de sorte à empêcher les violentes tempêtes de ce monde d'arriver dans la zone où les Pionniers se trouvaient. Grâce à cela, ils allaient pouvoir devenir autonomes rapidement d'un point de vue alimentaire. Pour l'Empereur Vladimer Le Juste, ce genre d'actions relevait de l'ordre du sauvetage et Jensen ne pouvait qu'abonder dans son sens. Elle avait discuté avec les Pionniers sur place et malgré les approvisionnements impériaux, ils souffraient de la faim.

Mais sa mission humanitaire avait été interrompue par un simple message hyperonde. Ce message disait qu'une catastrophe thermonucléaire était arrivée sur un monde dont l'immatriculation était C3B et qu'elle devait absolument s'y rendre. De possibles survivants se trouvaient dans la barge de collecte qui avait sombré au fond de l'océan global de ce monde et on lui avait intimé l'ordre d'aller leur porter secours. D'autant plus que la barge avait sombré à proximité d'un volcan sous-marin de taille importante et recrachant les matériaux radioactifs du noyau de la planète. En même temps, cela lui semblait normal, car ces barges servaient à collecter les matériaux nucléaires nécessaires aux allumeurs des moteurs hyperatomiques. Si l'une d'elles coulait, il était normal que cela fût à proximité de sa source.

Jensen avait à peine eu le temps de s'assurer qu'un autre submersible de classe Thomas, on les appelait ainsi désormais, pouvait venir prendre la relève sur le monde Pionnier qu'un imposant porte-hypernefs était venu les rejoindre juste au-dessus de leur position à la surface d'un des océans de ce monde. Le Thosh fut tracté dans une cale de taille démesurée avant que le porte-hypernefs ne reprenne la route de l'espace et procède au bond hyperspatial. Durant le voyage en direction de C3B, qui dura deux jours, Jensen avait eu le loisir de discuter avec le commandant du navire militaire :

— Commandant, que se passe-t-il sur C3B. Je n'ai eu que peu d'informations. À quoi dois-je m'attendre ?

— C'est le chaos absolu là-bas. Nous ne savons pas comment la quasi-totalité de la barge a explosé avec une violence inouïe. Une toute petite section n'a pas été entièrement vaporisée, mais elle a malheureusement sombré au fond de cet unique océan particulièrement dangereux. Or nous savons que des survivants se trouvent à l'intérieur, peut-être un demi-millier de personnes selon nos estimations. Tous leurs moyens de communication sont coupés. Il semble qu'ils disposent de quelques générateurs leur permettant de se réchauffer mais c'est à peu près tout.

— Pouvez-vous m'en dire un peu plus sur la raison pour laquelle c'est le chaos ? Une barge qui coule, ce n'est pas la première fois… Si on met de côté l'explosion thermonucléaire…

— Nos submersibles militaires n'arrivent pas à l'approcher.

— La radioactivité ?

— Oui… Encore que, quoique… En fait c'est un problème mineur en comparaison de ce qui nous inquiète. Dès qu'un de nos appareils tente de s'approcher des restes de la barge, il est pris dans des courants marins d'une puissance telle qu'il en devient incontrôlable. Ils sont obligés d'évacuer le secteur. Quelques-uns d'entre eux ont même été entrainés vers le fond par ces courants et se sont écrasés. Les équipages sont morts. Nous ne savons plus quoi faire. Le gouvernement impérial a pensé que le Thosh, cumulé à votre expérience, était notre dernière possibilité pour sauver les survivants. Nos submersibles sont de taille modeste et sont ballotés par les courants. La masse de votre appareil devrait changer la donne.

— Je vois, donc vous dites que les courants sont extrêmement violents, que c'est là que réside le danger principal.

— Vous n'allez pas le croire, mais il arrive que certains d'entre eux dépassent, sans que l'on ne sache pourquoi, et sans prévenir, plusieurs centaines de kilomètres par heure.

Le Thosh fut déposé par le porte-hypernefs à la surface du monde océan, à l'aplomb des restes de la barge. Puis il tenta quelques plongées qui rapidement déclenchèrent ses alertes rouges. Jensen y allait progressivement et effectua plusieurs essais. Elle avait l'impression que les courants se déchainaient sur le Thosh sitôt qu'il tentait de s'approcher des restes de la barge. Mais après avoir évalué leurs forces et connaissant sur le bout des doigts la puissance et la résistance de son submersible, elle avait effectué une plongée cette fois-ci non pas de reconnaissance, mais bel et bien de secours.

Il n'empêche que l'alerte noire, signifiant un risque imminent de dislocation de la coque, la surprit.

***

— Honorable Docteur Yayobe, je suis heureux de vous voir à nouveau malgré les circonstances.

— Tout le plaisir est pour moi, Premier Orateur.

Les deux hommes se fixèrent longuement puis le Premier Orateur, tout en baissant la capuche de sa tunique jaune, offrit un large sourire à son interlocuteur. Il attrapa l'historien dans ses bras :

— Yobe, quel plaisir de te revoir.

— Alvin, il en va de même pour moi.

Ils s'assirent dans le canapé qui occupait un des coins du bureau de Yobe qui, dans la foulée, en profita pour offrir à l'Odysséen un cigare en provenance de Placine.

— Yobe, cela fait combien de temps qu'on ne s'est pas vu physiquement ?

— Une petite dizaine d'années. Cela remonte à la tentative d'assassinat de notre bien-aimé Empereur.

— Tu sais que je n'y suis pour rien…

— Évidemment Alvin, cela ne te ressemble pas. C'est même tout le contraire.

— Tu ne me l'avais jamais formellement dit. Ça fait du bien de l'entendre de ta bouche.

— Alvin, nous sommes amis depuis quoi ? Je ne saurais même pas dire depuis combien de temps…

— Ça remonte à nos études. Il faudrait retourner dans les archives.

— Mais tu n'es pas venu pour parler de cela, je suppose. D'ailleurs, comment as-tu fait pour arriver ici incognito ?

— Les fidèles les plus proches, ceux qui assurent ma protection, sont très efficaces. Et puis, quel Orateur se baladerait avec une simple tunique jaune ?

— Pas faux effectivement. Vous autres avez des habitudes plutôt ostentatoires.

— Tu sais que ce n'est pas mon cas Yobe !

Le Premier Orateur, Alvin, sortit de sa poche son communicateur puis, grâce au projecteur de microholovision qui y était intégré, afficha une vue tridimensionnelle :

— Tu te souviens de ce moment Yobe ?

L'historien attrapa une de ses dreads locks et se mit à la frictionner vigoureusement. Il répondit :

— Bien évidemment. Nous étions jeunes et c'était le jour où nous avons trouvé les manuscrits sur Altran.

— Oui, quelle excitation cela a été ! J'étais là-bas dans le cadre du pèlerinage de mon initiation au Culte Odysséen. Toi, tu préparais ta thèse sur je ne sais plus quel sujet exactement…

— …L'influence des reliques sur les Cultes modernes…

— Qu'ajouter de plus ? L'excitation de se trouver aussi proche du royaume Terrien, avoir la possibilité de mettre la main sur des objets provenant de descendants directs des primitifs. C'est un merveilleux souvenir. Je n'oublierai jamais ces deux années passées en colocation ensemble. Tes recherches t'ont bien réussi et même si je te l'ai déjà dit par le passé, je te le redis, je suis fier de toi.

— Oui enfin… Je ne suis qu'Honorable Historien tandis que toi, tu es le Premier Orateur… Dans le genre réussite, tu te positionnes pas mal !

— Yobe, tu as quand même l'oreille de l'Empereur. Quant à ma position, tu sais bien que je n'ai jamais voulu cela. Si je t'ai demandé audience aujourd'hui, c'est que l'heure est grave. Très grave. Et je dois t'avouer que je n'ai aucune idée de comment gérer la situation. Elle est extrêmement critique.

— Tu fais allusion aux annonces que va faire le Grand Docteur Kent ?

— Arrête avec ton baratin Yobe. Eldor est talentueux, peut-être même plus que toi à son âge, mais ce n'est pas la peine, avec moi, de me balancer le titre que tu lui as donné. Ce jeune homme est brillant, mais pour l'instant, à mes yeux, il reste un gosse qui a tout à prouver. Je suis très inquiet de ses découvertes ainsi que des conséquences qu'elles pourraient avoir pour la stabilité de l'Empire. Cela va bien au-delà de la simple remise en question de la légitimité du Culte tel que nous le pratiquons.

— Alvin, allons marcher dans le parc de la faculté. À cette heure, les étudiants sont en classe et nous y serons tranquilles.

Les deux hommes sortirent du modeste bâtiment qui servait de bureau à Yobe. Charles, ainsi qu'une autre personne, vêtue d'une tunique jaune, se tenaient à bonne distance, leurs mains posées sur ce qui était probablement des éclateurs camouflés sous leurs vêtements. Le Premier Orateur avait remis sa capuche. Les deux hommes s'aventurèrent dans les bois du parc, leurs protecteurs respectifs se tenant à portée de tir. Tandis qu'ils déambulaient entre les arbres, l'historien prit la parole :

— Alvin, tu ne peux t'en prendre qu'à toi. Pourquoi as-tu parlé des écrits que nous avons trouvés ?

— Tel était mon devoir à l'époque. Si c'était à refaire, je m'y prendrais certes autrement, mais le conseil Odysséen devait savoir que j'avais mis la main sur des évangiles jusqu'alors inconnus.

— Que tu avais mis la main dessus ? Pardon, mais nous avons fait cette découverte ensemble. Il me semble que c'est bien moi qui ai trouvé ce carton contenant les reliques dans ce grenier poussiéreux.

— Peut-être, mais c'est moi qui avais eu vent de ce vide-greniers organisé par les héritiers de la bâtisse. Quoiqu'il en soit, peu importe, le conseil se fichait de ce genre de détails. C'est grâce à cela, et pas mal de travail aussi, que je suis devenu le Premier Orateur. Mais sois-en certain, en dehors du Conseil, les écrits des Évangiles selon Clarke sont restés secrets. Je suis une des dernières personnes vivantes ayant eu l'occasion de les lire.

— Mon cul !

— Yobe, quel intérêt aurais-je à te mentir ? Toi et moi poursuivons un même but, apporter la lumière, même si nous ne sommes pas d'accord sur sa nature profonde, sur son interprétation. De plus, nous avons un ennemi commun.

— Si tu fais allusion aux tarés, oui, pour le reste…

— Mon ami, ton Eldor va foutre un coup de pied dans tout ce tas de merde et je m'en réjouis, mais il faut que nous nous mettions d'accord. Je suis Odysséen et je ne peux laisser notre organisation imploser ou, pire, exploser.

Yobe marqua une pause avant de rétorquer :

— Alvin, nous avons trouvé les Évangiles selon Clarke ensemble. J'ai gardé les originaux et jamais, au grand jamais, tu n'aurais dû divulguer des copies. À cause de toi…

— À cause de moi, oui, un groupuscule de fanatiques est apparu. Ils défendent aveuglément l'Évangile selon Kubrick et je suis obligé de jouer sur tous les fronts. Je pensais apporter l'illumination aux Ordres. Qu'ils comprendraient que nous avons la chance d'avoir eu plusieurs témoins de ce moment historique, de celui où les Fermiers des Prairies Étoilées se sont manifestés. Qu'une autre personne avait pu y assister et en laisser une trace hormis Kubrick.

— Ne me dis pas que tu crois encore à ces conneries ? Tu sais très bien que toutes ces histoires ne sont que des fables pour enfants. Au mieux, des livres de chevet pour certains primitifs bas de plafond.

— Yobe, tu manques de respect pour ces milliers de générations d'individus qui ont consacré leur vie au respect du Culte. Il véhicule un message de paix et de tolérance. Il nous remet à notre place dans ce si vaste Univers. L'Empire s'imagine tout puissant. Mais nos mille mondes n'occupent qu'une fraction infinitésimale de notre galaxie et elle n'est, elle-même, qu'un grain de poussière dans l'Univers. Pour toi, ce sont des contes idiots, pour moi, ils ne sont que le témoignage de gens instruits ayant constaté qu'une forme de gestion supérieure de l'Univers existe et nous dépasse. Ces conneries, pour reprendre tes propres mots, se manifestent tous les jours. Regarde ce qu'il se passe sur C3B. Comment expliques-tu cela ?

— Je n'ai pas d'explications, mais nous finirons par en avoir une.

— Bien sûr, comme pour tout ce qu'il s'est passé avant ! Vous les scientifiques avez toujours le dernier mot.

— Je ne suis pas un scientifique, mais un historien, cela s'apparente plus à un art qu'à une discipline parfaitement cadrée.

— Tu admets donc que tu n'as aucune preuve que la manifestation des Fermiers des Prairies Étoilées n'a jamais eu lieu ? Ton opinion est donc une forme de croyance.

— Que répondre à cela Alvin ? Tu sous-entends que l'absence de preuves n'est pas une preuve de l'absence. C'est grotesque. Un fait doit être prouvé. Il est impossible de prouver l'absence de faits. Cela sort donc du cadre de la démarche scientifique et ne présente aucun intérêt.

— Mais pour moi, c'est la seule façon logique de voir les choses. Une conscience supérieure guide notre destin.

— Tu as fait tes propres choix de vie et cela te regarde, autant que les miens me regardent. Mais je crois que tu es venu me voir pour me parler du schisme ?

Le Premier Orateur s'assit sur un des bancs qui se trouvaient non loin de là, à l'ombre d'un pommier. Yobe en fit de même :

— Yobe, c'est une catastrophe ! Sur Bêta, les mouvements pro-Kubrick sont déchainés. Ils ont désigné un équivalent local au rôle du Premier Orateur. Ils l'appellent Le Guide. Ils sont en totale opposition avec nous autres, qui nous voulons progressistes et ouverts. Tu sais bien que j'essaye, patiemment, de faire transparaitre les concepts de l'Évangile selon Clarke dans mes prêches afin de préparer nos fidèles aux révélations de ces textes. C'est une mission complexe et longue. Seuls les plus érudits ont entendu parler de la possible existence de ces Évangiles, mais ils sont loin d'être prêts. Sur Bêta, en revanche, ils n'en ont jamais entendu parler et prennent mes prêches pour une grave déviance d'interprétation du film sacré. Ils se sont radicalisés autour de l'interprétation fondamentale de l'Évangile selon Kubrick. Ils me trouvent trop… disons progressiste. Le Guide est un homme très dangereux. Il affirme durant ses interventions que je suis un révisionniste qui mérite d'être excommunié pour cela. Pour lui, il n'existe qu'une seule et unique façon d'interpréter « *2001, l'Odyssée de l'espace* » et les militaires sur place voient sa doctrine d'un bon œil. Ils sont las de tous ces mondes, sans cesse croissants en nombre, à devoir protéger les uns des autres. Bêta arrive à saturation et fonctionne en flux tendu. Il est de plus en plus délicat pour l'armée régulière de museler les mondes rebelles et protéger les mondes fidèles. L'idée générale selon laquelle l'Empereur devrait mettre fin à sa politique expansionniste fait son chemin dans les rangs de l'armée régulière et nombreux sont les soldats qui voient dans le radicalisme du Guide une parole sage pleine de bon sens. Pour l'instant, je réussis encore à contrôler la majorité du Culte Odysséen, mais les fondamentalistes de Bêta, sous l'égide du Guide, m'inquiètent.

— Et les révélations d'Eldor risquent de tout faire péter...

— Oui, car cela nous obligera à divulguer officiellement l'existence des Évangiles de Clarke. Nous autres, Odysséens, sommes ouverts aux découvertes et au progrès. Nous sommes prêts à tout entendre, y compris ce qu'il va annoncer... Le jeune homme n'était pas vraiment discret sur Galactinet... Mais les intégristes de Bêta risquent de voir la chose comme une insulte au Culte. Je suis plus qu'inquiet de leurs réactions. C'est pourquoi, afin de garder un maximum de fidèles dans cet esprit d'ouverture et de respect, je serai obligé de me positionner contre les démonstrations du jeune Eldor même si j'estime qu'elles ont du sens et méritent d'être étudiées. Il faut à tout prix que je reste en osmose avec les fidèles partout dans l'Empire afin qu'ils ne se tournent pas vers le Guide.

— Tu cherches à ménager la chèvre et le chou Alvin. Les Odysséens ne sont pas idiots et s'il y a quelques fanatiques, l'immense majorité respecte les principes de la science et de l'écoute.

— Yobe, tout cela ne demande qu'à s'enflammer. Ma seule chance de contenir la situation est de m'opposer farouchement aux thèses de ton jeune apprenti. En agissant ainsi, je réconforte les fidèles et apaise les fanatiques. Je n'ai rien contre Eldor, mais il arrive avec ses théories ni au bon endroit ni au bon moment…

— Pourquoi ne pas t'opposer frontalement au Guide plutôt qu'à un enfant venu du fin fond de l'Empire ?

— Yobe, tu ne te rends pas compte. Le Guide a une armée à sa disposition ! Une armée désormais aussi puissante que la Garde personnelle de notre bien-aimé Empereur. Tout un pan de l'armée régulière est corrompu et n'attend qu'un claquement de doigts pour se retourner contre ce qu'il reste de soldats loyaux à l'Empereur et prendre ainsi le contrôle de Bêta. Je te laisse imaginer la suite…

— Une attaque en bonne et due forme d'Alpha ainsi qu'une prise de pouvoir sur l'Empire…

— Oui, avec Le Guide en Empereur… Ainsi qu'un Empire qui serait sous l'égide des Odysséens radicalisés. Il ferait évacuer les mondes Pionniers et interdirait toute nouvelle colonisation. Ce serait l'arrêt de la croissance de l'Empire. Or, l'arrêt de la croissance, c'est le début de la mort…

— Ce serait une catastrophe ! L'Empire imploserait.

— Yobe, je ne suis que le Premier Orateur de fidèles n'étant que des personnes lambda. Je ne peux rien faire contre les éclateurs que Le Guide a à sa disposition ! Tu dois absolument avertir la Grande Amirale…

— … Elle ne s'appelle plus ainsi, tu le sais bien. Merci de respecter sa volonté.

— Désolé Yobe, l'habitude... Donc Miss Wendy Fiaure doit savoir que Le Guide n'attend qu'un prétexte pour déclencher le schisme et prendre le pouvoir. Miss Wendy Fiaure ne contrôle plus toute une partie de son armée. J'ai risqué ma vie pour venir t'expliquer la situation afin que tu lui transmettes tout ceci. Elle doit prendre les décisions qui s'imposent. Nous autres, Odysséens, perdons petit à petit une partie de nos fidèles qui sont en train, progressivement, de se radicaliser. Ils voient Alpha comme le siège non seulement de la conquête galactique, donc en totale opposition avec les enseignements de Dave Bowman, mais aussi le lieu où les pratiquants modérés et ouverts diffusent ce qu'ils appellent « le venin » à travers l'Empire. Pour l'instant, j'arrive à juguler l'ensemble, mais je ne vais pas tenir longtemps et les révélations d'Eldor risquent de précipiter les choses. Ces révélations m'inquiètent, mais je dois faire avec, car elles sont inéluctables. S'il ne le fait pas, tôt ou tard, un autre le fera. Yobe, j'ai tout un Culte à réformer. Faire accepter à la majorité des fidèles que nous faisons peut-être fausse route depuis des millénaires est une tâche surhumaine. Je dois faire en sorte qu'ils aient l'impression que cette interprétation vient d'eux-mêmes pour qu'ils la supportent.

Le Premier Orateur marqua une pause :

— Ton apprenti est talentueux et brave, même s'il l'ignore lui-même. Je me suis amusé à le chahuter un peu lors de mon dernier prêche, mais j'ai été heureux de savoir qu'il était présent.

— Oui, Miss Wendy Fiaure était furieuse que tu parles de lui. Je me suis fait engueuler d'une façon que tu ne peux pas imaginer. Elle pense que c'est moi qui t'ai informé de sa venue.

— Je n'ai pas besoin de toi pour savoir ce genre de choses Yobe !

— Va lui expliquer ça.

— Bref, le fait qu'il se soit joint à nous montre tout de sa détermination et volonté à nous comprendre et connaitre. Une attitude très Odysséenne. C'est un homme bien. Tu as judicieusement choisi Yobe. Même si ce qu'il a à dire va à l'encontre de nos croyances, en véritable Odysséen que je suis, je dois l'entendre. L'âme de notre Culte est en train de se perdre en se refermant sur elle-même.

— Je vais alerter Miss Wendy Fiaure. Je ne pensais pas que le schisme en était arrivé à ce stade. Pour moi, pas grand-chose n'avait bougé depuis la tentative d'attentat contre notre bien-aimé Empereur.

— Détrompe-toi Yobe. Le Guide a mis à profit ces dix dernières années pour mener un travail de fond et convertir le plus grand nombre. J'ai perdu le contrôle des Odysséens de Bêta. Il en découle que Miss Wendy Fiaure est en train de perdre tout un pan de son armée.

— Alvin… Honnêtement… Y a-t-il un vers au sein de la Garde Impériale ?

— Pas que je sache. À ma connaissance, les quelques Odysséens en son sein restent dévoués à l'Empereur. Je ne les connais pas tous personnellement, mais je sais que ce sont de bons fidèles.

— Alvin, je te remercie pour toutes ces informations. Nous sommes en désaccord sur bon nombre de choses, mais je suis heureux de voir que nous sommes toujours en phase sur la nécessité de protéger notre bien-aimé Empereur.

— Bien plus que son simple rôle consistant à diriger l'Empire, Vladimer Le Juste en est son âme et le garant de sa paix. Nous sommes d'accord là-dessus. Mais je ne peux pas le dire officiellement à cause de sa politique d'expansion. Tu sais maintenant pourquoi je m'opposerai farouchement et publiquement au jeune Eldor. Mais je ne lui veux aucun mal et considère avec respect ses travaux et démarches.

— Je compte sur toi pour tenir tes barbouzes.

— Évidemment, ils le surveillent mais jamais ne lui feront le moindre mal. J'irai même jusqu'à dire qu'ils sont là, eux aussi, pour le protéger, au moins jusqu'à ce qu'il fasse sa présentation. D'ailleurs Yobe, savais-tu que des radicaux avaient déjà approché Eldor ?

— Pardon ! Où ça ? Quand ?

— À peine venait-il d'arriver sur Alpha qu'une équipe d'agents infiltrés radicaux est entrée en contact avec lui afin de juger le personnage. Ils se sont fait passer pour un couple de retraités. Nous les filons.

— Quoi, tu veux dire qu'il y a déjà des radicaux sur Alpha ?

— Quelques-uns. Une poignée. Mais nous les surveillons avec attention. Ils se savent observés de sorte que leur latitude d'action est très réduite. Techniquement, la guerre a déjà commencé. Tout s'est accéléré au cours des semaines passées. Surtout depuis qu'on a appris la venue d'Eldor sur Alpha.

— Alvin, je vais devoir te laisser. Il faut que j'aille voir…

— …Miss Wendy Fiaure ?

— Je ne sais pas. Peut-être l'Empereur lui-même. J'y réfléchirai en chemin.

Les deux hommes se saluèrent puis Alvin remit sa capuche et, suivi de son garde, prit la direction de la sortie du campus. Yobe, pour sa part, se mit à trottiner en direction de son bureau, Charles ne le lâchant pas d'une semelle.

Chapitre-8 : Décision

Défaillant faisait tout son possible pour absorber le maximum de nourriture en un minimum de temps. Il avait autant conscience de l'urgence de la situation que Savant et ses Autres.

La Grande Pierre n'avait de cesse de revenir pour s'approcher, à chaque fois, de plus en plus des restes de l'Île avant de repartir vers le sommet du monde.

Savant constatait que les efforts des Surveillants pour ralentir La Grande Pierre servaient de moins en moins. Il lui semblait évident que La Grande Pierre comprenait qu'elle était attaquée et modifiait sans cesse sa façon de progresser vers les restes de l'Île.

Savant s'interrogea sur la possibilité de dialoguer avec La Grande Pierre afin de déterminer ce qu'elle recherchait ici. Avait-elle, elle aussi, l'intention de voler la nourriture ?

Échanger avec elle permettrait peut-être d'éviter le sacrifice d'un autre. Peut-être y avait-il moins d'urgence qu'avec l'Île, car, pour l'instant, La Grande Pierre n'avait montré aucune forme d'intérêt pour la fontaine.

Il demanda à un de ses Autres, un Surveillant, le plus fort de tous, de s'enrouler violemment autour de La Grande Pierre. C'était flagrant. Le choc montra qu'elle était fragile. Elle s'était immobilisée. Savant s'approcha alors et fit comprendre à son Autre qu'il pouvait s'éloigner.

Savant se mit à tournoyer délicatement autour de La Grande Pierre, frôlant sa surface en ne cessant de lui demander :

« Que souhaitez-vous ? »

***

L'alerte noire s'était éteinte aussi soudainement qu'elle était survenue. Jensen n'avait pas même eu le temps de se lever de son fauteuil. Le violent tremblement qui avait subitement chahuté le Thosh dans tous les sens avait laissé place à un calme tout aussi inquiétant. Jensen se tourna vers un de ses membres d'équipage :

— Faites-moi un rapport complet sur l'état du submersible. Je veux tout savoir. Avons-nous des fuites, y a-t-il des blessés, nos systèmes et sous-systèmes sont-ils toujours opérationnels ? Je devrais déjà avoir les réponses.

— Commandante, nous récoltons actuellement toutes les données. Cela ne prendra que quelques minutes. Cependant, pour autant que je puisse le voir, le Thosh semble avoir correctement encaissé le choc et fonctionner de façon optimale, même si un moteur de contrôle de remontée a, à priori, des ratés. Je vous clarifie cela au plus vite Commandante.

— Brave machine.

Issue d'un ancien destroyer de la Garde Impériale, le Thosh avait été transformé en submersible. Le plus grand de tout l'Empire. Il mesurait plus de huit cents mètres de long et avait vaguement la forme d'une ogive. À plein régime, il pouvait descendre, dans les mondes à gravité équivalente à Gloria, jusque dans des fosses sous-marines de plus de cinquante kilomètres. Sa capacité d'emport se chiffrait en millions de tonnes et il pouvait subvenir aux besoins de plus de trois mille personnes durant six mois si nécessaire. Cela s'avérait très utile lors de l'installation de bases sous-marines ou même de sauvetages de telles bases. Le Thosh était en lui-même une ville avec ses quartiers de repos, de travail, de loisirs, de soins ou même de sports.

Dans le centre de commandement, tout l'équipage s'agitait autour de divers écrans holographiques, cherchant à évaluer avec précision l'étendue des éventuels dégâts. Jensen déclencha le système de communication interne :

— À tout l'équipage, votre commandante au micro. Nous avons dû faire face à ce qui semble être une onde de choc sous-marine d'une catégorie à laquelle nous n'avions jamais été confrontés. Notre navire semble être parvenu à supporter ce déferlement de puissance. Nous effectuons actuellement un diagnostic complet afin de déterminer la poursuite de la mission ou son report éventuel. Pour l'instant, nous restons en stand-by. Je vous invite tous autant que vous êtes, à prendre des nouvelles de vos collaborateurs et à vous assurer du bon fonctionnement de tous les systèmes. Je veux que vous informiez le pont de la moindre chose qui vous semblerait anormale, même si c'est juste l'éclairage des toilettes du gymnase qui est mort.

Jensen essayait de s'entendre penser dans le brouhaha du centre de commandement. Des rapports d'avarie pleuvaient de toutes parts et si le Thosh avait bien résisté dans l'ensemble, de nombreux incidents étaient survenus. Un incendie s'était déclaré dans les cuisines, divers systèmes secondaires avaient sauté et un nombre important de personnes avaient fait des chutes. Plus inquiétant, un des moteurs de contrôle de remontée était effectivement tombé en panne. Le moteur auxiliaire devrait être utilisé à pleine puissance pour compenser. Jensen définit un protocole et le transmit à son équipe. Chacun d'entre eux était chargé de le faire appliquer à son personnel. L'heure tournait et elle avait besoin de réfléchir. Au fond de cet océan maudit, il subsistait des hommes et des femmes vivant dans des conditions très précaires. Leurs vies ne tenaient qu'à un fil et seuls, elle et son Thosh, pouvaient les sortir de là. Mais pour cela, il fallait que son bébé soit pleinement opérationnel, surtout ici. Elle se retira dans sa cabine personnelle après avoir donné l'ordre qu'on l'informe dès que le bilan complet serait achevé ou bien en cas d'alerte de classe jaune au minimum.

Dans le calme de sa petite cabine, elle s'allongea sur sa couchette. Elle ne se considérait pas comme une femme âgée, bien que ses soixante-cinq ans et la rudesse des épreuves qu'elle avait endurées puissent se lire sur les rides qui striaient son visage. Elle avait tout affronté. Le feu, les inondations, la mort… Avant de prendre le commandement du Thosh, elle avait été une femme de terrain à la musculature nerveuse et saillante. Puis elle avait pris de l'embonpoint en entrant dans son uniforme de commandante. Mais elle n'avait jamais véritablement réussi à surmonter sa plus grande épreuve… La perte de Thomas. Si elle avait refusé de se mentir à elle-même à l'époque, elle serait, probablement, actuellement une grand-mère gâteau. Au lieu de cela, elle continuait à commander ce submersible, seule réalisation concrète de sa vie. Tandis qu'elle regardait, affichée sur le mur de sa cabine, la lettre de remerciement de l'Empereur, elle s'endormit.

Son réveil fut calme et progressif. D'abord elle sentit son corps vibrer de façon à peine perceptible mais délicate. Elle se rendit compte qu'elle percevait aussi un bruit très léger, harmonieux, qui ne cessait de se répéter. Le Thosh semblait lui murmurer quelque chose. Elle fut véritablement tirée de ses songes par une pensée :

Bordel de merde, c'est quoi cette vibration ? Qu'est-ce qui est en rade ?

Elle bondit de son lit et se précipita contre une des parois de sa cabine. Elle posa aussitôt la main dessus. Elle ferma les yeux et essaya de faire le vide dans sa tête, car l'appréhension d'une panne majeure montait en elle.

Oui c'est bien ça, c'est à peine perceptible, mais y a un truc qui ne va pas dans le navire. Cette vibration n'est pas normale, il ne l'a jamais fait.

Jensen ne prit pas même la peine d'enfiler sa veste de commandante et se rua hors de sa cabine pour dévaler les escaliers en direction du centre de commandement qui se trouvait au pont inférieur.

— Vous sentez ça ?

Une femme, la responsable de l'intégrité structurelle, réagit instantanément :

— De quoi parlez-vous Commandante ?

— Cette vibration ?

— Madame, je ne sens rien.

— Vous n'avez rien détecté ? Y a un truc qui vibre que je n'ai jamais senti.

— Madame, nous savons tous que vous connaissez le Thosh jusqu'au moindre de ses écrous, mais je puis vous assurer qu'il n'a aucun problème de vibrations.

— Saloperie d'ordinateurs ou de capteurs. Éteignez-moi tout ce bordel, immédiatement !

— Madame, je ne comprends pas ! Éteindre quoi ?

— Tout, coupez tout dans le centre de commandement. Laissez le reste du Thosh sous tension. Juste le centre.

L'officier en charge des systèmes informatiques réagit instantanément :

— Madame, c'est une très mauvai…

— Vos gueules ! Éteignez tout et tout de suite !

L'homme s'exécuta puis, après quelques manipulations sur son écran d'holovision, l'ensemble des systèmes s'éteignirent les uns après les autres. D'abord les holoécrans, puis les unités de calcul, la ventilation et enfin la lumière. Ils se retrouvèrent dans le noir le plus complet l'espace de quelques secondes avant que la faible lueur des lampes indiquant les sorties de secours ne s'allument automatiquement. Des murmures se firent entendre dans la salle.

— Vos gueules, j'ai dit. Écoutez !

Tous se muèrent dans le silence le plus complet. Jensen était respectée de tous et, à plus forte raison, de la cinquantaine de personnes qui l'entouraient dans le centre de commandement. Dans la pénombre, chacun se regardait l'air interrogateur, ne sachant à quoi s'attendre. Puis au bout d'une poignée de minutes, un jeune homme plutôt séduisant s'aventura à murmurer :

— Je crois entendre quelque chose, commandante…

— Enseigne Klyde, qu'entendez-vous ?

— Madame, je ne suis pas certain, mais on dirait un murmure si subtil qu'il est à peine perceptible. Il se reproduit. Il ressemble à une forme de mélodie.

— C'est exactement cela ! Si je ne m'abuse, enseigne Klyde, vous êtes musicien ?

— Heu… oui Madame, à mes heures perdues, je joue un peu de musique, Madame. Un chef d'orchestre m'a dit un jour qu'il pensait que j'ai l'oreille absolue.

— Très bien, enseigne Klyde. Jusqu'à présent, vous étiez en formation pour devenir acousticien de bord, un rôle ô combien vital dans un submersible tel que le Thosh. Vous pouvez considérer que vous avez obtenu votre diplôme.

Jensen se dirigea furieuse vers un homme dans la force de l'âge :

— Officier Maxa, vous êtes relevé de vos fonctions. Vous êtes tellement concentré sur vos écouteurs et signaux sonar que vous ne savez même plus écouter. Un putain de navire comme le Thosh parle à son équipage. Vous semblez l'avoir oublié. Vous auriez dû vous en rendre compte avant moi, avec tout votre appareillage à la con. Une oreille, c'est tout ce qu'on attend de vous, tendre l'oreille et non pas jouer avec vos moniteurs. On verra plus tard si ma décision de vous relever de vos fonctions est provisoire ou définitive. Vous pouvez rejoindre vos quartiers.

— Madame, j'étais occupé à sonder les fonds…

— Je m'en contrefous. Ce n'était pas à moi et encore moins à un apprenti d'identifier le fait que nous avons affaire à un bruit suspect. Barrez-vous.

L'homme se retira en serrant les poings pendant que Jensen se retournait vers le matelot :

— Klyde, vous êtes désormais responsable de l'écoute et de l'étude des signatures acoustiques. Trouvez-moi de quoi il s'agit, immédiatement. S'il y a une merde quelconque quelque part dans le Thosh, je veux savoir ce que c'est.

Le jeune homme tremblait de tout son corps, mais tentait de rester digne. Il répondit, la tête haute :

— Bien Madame.

— Et vous tous, rallumez-moi tout ce bazar. Chacun à son poste. Je vais étudier vos rapports afin de voir si nous pouvons repartir vers les restes de la barge. Enseigne Klyde, c'est le moment de faire vos preuves. Je compte sur vous.

Jensen s'en voulait de s'être comportée de la sorte avec l'officier Maxa, mais cela faisait, depuis leur arrivée sur cette planète, qu'elle estimait qu'elle devait le recadrer. Elle n'allait évidemment pas le suspendre définitivement, mais il avait grandement besoin de comprendre qui était le chef à bord. Depuis que le porte-hypernefs les avait déposés sur C3B, Maxa passait plus de temps à fouiller cet océan si hostile qu'à assurer la surveillance et la sécurité du Thosh. De plus, Klyde était une bonne recrue, plus que prometteuse.

Elle analysait les différents rapports sur l'état du navire s'affichant sur l'écran d'holovision qui se trouvait devant son fauteuil de commandante. Il semblait n'y avoir aucune perte humaine et dans l'ensemble, hormis quelques avaries gérables, le Thosh était parfaitement fonctionnel. Ils allaient pouvoir reprendre leur plongée sous peu. Le navire se trouvait à cinq kilomètres de profondeur ce qui signifiait qu'ils avaient parcouru environ la moitié du chemin. De temps à autre, elle jetait un coup d'œil à Klyde pour voir comment il gérait la situation. Le gosse avait l'air déboussolé et il avait passé une bonne demi-heure à scruter les schémas et chiffres s'affichant sur la console d'instrument de l'officier Maxa.

Il n'est plus là !

Jensen regarda partout autour d'elle. Le jeune Klyde avait disparu de son poste. À la fois inquiète, mais aussi en colère, elle demanda à un officier s'il avait vu où il était parti. Ce dernier lui désigna un couloir de service habituellement utilisé par les robots de ménage. Elle s'y aventura et croisa plusieurs unités robotisées, en veille, dans leurs niches murales. Puis, après avoir parcouru quelques dizaines de mètres, elle aperçut Klyde au loin dans le couloir. Elle plissa les yeux et découvrit avec surprise que le jeune homme se tenait immobile, une de ses oreilles collée sur la paroi du Thosh.

Il est bien ce petit, c'est comme ça que les choses doivent être faites. Il a choisi l'endroit où la double coque est la plus fine.

Effectivement, l'endroit, d'ordinaire réservé aux robots, était calme, sans aucune agitation et particulièrement silencieux. Jensen décida de laisser le jeune Klyde à sa tâche et, tout en faisant en sorte de ne pas faire de bruit, revint dans la salle de contrôle. Elle se rassit sur son fauteuil puis s'adressa à son équipe :

— Informez tout l'équipage que nous pouvons reprendre la plongée d'un instant à l'autre. Que tout le monde se tienne prêt. J'attends une dernière validation qui peut arriver incessamment sous peu.

Trois bonnes heures s'étaient écoulées, de sorte qu'elle avait envoyé à la cantine plusieurs officiers quand elle entendit un toussotement gêné derrière elle. Alors qu'elle se retournait sur son fauteuil, Klyde se pencha vers elle :

— Madame, je ne sais pas si je peux…

— Vous avez intérêt à pouvoir ! Qu'avez-vous trouvé ?

— Madame, je suis à peu près certain que ce bruit ne vient pas de notre navire.

— Il vient d'où alors ?

— Madame… Je… je ne sais comment dire les choses ?

— Faites comme si vous présentiez vos résultats scolaires à vos parents. Allez-y directement pour que la soufflante passe le plus vite possible.

Le jeune homme vacilla et tenta de dire quelque chose, mais sa voix s'étrangla dans sa gorge. Il toussota à plusieurs reprises avant de continuer :

— Madame, il semblerait que le bruit ne vienne pas non plus de l'extérieur.

— Vous vous foutez de moi ? Soit nous le produisons nous-même, soit c'est autre chose qui le produit.

— Sauf le respect que je vous dois, ce n'est pas tout à fait exact Madame.

— Que me racontez-vous jeune enseigne Klyde ?

— Madame, puis-je me permettre une digression afin de vous expliquer. Cela sera très bref.

— Allez-y.

— Madame, je suis compositeur et j'aime jouer de toutes sortes d'instruments, y compris les plus simples.

— Tant mieux pour vous. Cela doit être pratique pour séduire de jeunes et jolies jeunes femmes, mais que voulez-vous que cela me fasse. Venez-en aux faits.

— Bien Madame. J'ai la curieuse sensation que le Thosh est utilisé comme une sorte de gigantesque harmonica.

— Pardon ?

— Oui, ce bruit vient de l'interaction entre notre coque et son environnement. Il n'y a pas à proprement parler de source externe ou interne. Ce bruit vient du courant sur notre coque, tout comme le fait un souffle d'air dans les lamelles d'un harmonica.

— Mais c'est impossible, le son est cyclique. Aucun courant marin n'est si régulier.

— Madame, je n'ai pas d'explication. Peut-être, le fait qu'il s'agisse d'un océan d'eau lourde change-t-il les choses ? Je ne suis pas assez expérimenté pour pouvoir émettre des hypothèses plus avancées sur la raison de ce cycle. En revanche, je suis assez certain de moi. C'est bien le courant sur notre coque qui produit cette douce sonorité.

Jensen se frotta les yeux avant de souffler. Elle se leva en regardant l'écran de contrôle puis dit à l'attention de Klyde :

— Je vous remercie pour votre expertise. Mais que vais-je faire de cela ? Un courant marin cyclique autour de notre navire !

— Oui Madame, il frôle notre carlingue avec une fréquence qui lui permet de la faire vibrer à la limite des infrasons.

— Vous êtes sérieux là ?

— On ne peut plus Madame.

— Je n'ai jamais, au cours de ma carrière, rencontré ce genre de situation. Une onde de choc sous-marine manque de pulvériser notre appareil puis, peu après, les courants se mettent à le faire vibrer de façon cyclique. C'est quand même une chose incroyable, ne trouvez-vous pas ?

— Madame, je ne saurai dire, car pour être franc, ce n'est pas cela qui m'a impressionné.

— Ha, parce que vous avez trouvé plus étrange encore ?

— Oui Madame, je le pense, même si je peux me tromper.

Jensen fit s'asseoir Klyde à ses côtés :

— Allez-y. Mieux vaut une idiotie dite à voix haute qu'une chose intelligente gardée pour soi.

— Madame, comme je vous l'expliquais, je suis compositeur sur mes temps libres.

— Oui et ? De nombreuses personnes pratiquent différentes sortes d'arts pour se détendre et c'est très bien ainsi.

Jensen vit que le jeune homme, pour la première fois depuis qu'elle l'avait accepté en formation dans son navire, manifestait de l'agacement. Son front était rouge.

— Madame, la musique n'est pas un art, mais une science, la plus noble de toutes !

— Je ne comprends pas un traitre mot à ce que vous racontez, ni où vous voulez en venir.

— La musique n'est que l'expression sonore d'équations mathématiques. La magnificence des grandes mélodies peut être transcrite mathématiquement et réciproquement. Bien souvent, les plus belles chansons se traduisent par des équations simples qui sont elles-mêmes élégantes d'un point de vue mathématique. Cette découverte est aussi vieille que l'Humanité. La musique et les mathématiques ne sont que deux facettes apparemment différentes d'une même discipline.

— De quelle discipline parlez-vous ?

— Le dialogue Madame. L'échange d'informations. Les mathématiques sont universelles, la musique l'est aussi, car elle n'est qu'une façon sonore et non manuscrite d'expliquer l'univers. Dans tous les cas, chaque individu capable de comprendre les nombres ne peut que comprendre la musique, et vice versa même si, je vous l'accorde, la lecture des nombres est moins instinctive. C'est pourquoi certaines mélodies sont universelles, de même que certaines équations. Il existe des mélodies que tous apprécient depuis des millénaires, mais, qui que ce soit, à quelque époque que ce soit, nous comprenons toujours ce qu'elles cherchent à transmettre. De magnifiques équations qui ne nécessitent aucune formation pour pouvoir les comprendre.

— J'aime beaucoup votre approche enseigne Klyde mais en quoi cela va changer la donne pour nous ?

— Madame, les mathématiques et donc la musique sont Le Langage Universel.

— Et ?

— Notre coque résonne au rythme d'une somptueuse mélodie que j'apparenterais à quelque chose d'apaisant…

— Vous vous foutez de moi Klyde ?

— Non, Madame, je pense que ces vibrations sont le fruit d'une volonté. Je ne vois pas comment une telle symphonie pourrait surgir de simples frictions du courant sous-marin sur la coque de notre appareil.

— Vous entendez par là qu'un truc, on ne sait où, cherche à entrer en contact avec nous en manœuvrant les courants pour nous chanter une musique que vous seul pouvez entendre ?

— Je suis un peu honteux Madame et conscient de l'aspect délirant de la chose. Mais c'est vraiment très beau.

— Klyde, vous me plaisez de plus en plus. J'aime votre sensibilité. Vous dites que vous ressentez une forme de bienveillance, c'est cela ?

— Oui Madame.

— Dans ce cas, nous allons reprendre la route. Nous verrons si c'est aussi bienveillant que vous le dites. Retournez à votre poste et tâchez de m'en faire un enregistrement audible. J'aimerais pouvoir écouter votre... Et merde, je ne sais pas comment l'appeler ! Démerdez-vous pour m'en faire une copie qu'une vieille femme comme moi puisse écouter dans son lit...

Jensen appela par communicateur l'équipe du centre de commandement qui finissait son repas à la cantine. Klyde restait planté à ses côtés. Le regardant la tête en biais, elle lui dit :

— Qu'attendez-vous Klyde, nous allons entamer à nouveau la descente dans quelques instants.

— Madame, puis-je vous demander un service ?

— Essayez toujours.

— Madame, je ne suis pas assez expérimenté pour assurer correctement la surveillance acoustique dans cet environnement hostile et assumer la sécurité d'un magnifique appareil comme le Thosh. J'aimerais que l'officier Maxa soit réintégré à son poste. Je n'ai pas encore les épaules pour cela.

— Si je comprends bien, vous voulez continuer à être sa boniche ?

— Non, Madame. Je souhaiterais juste avoir un tabouret et que vous me permettiez de disposer de quelques jours de temps libre. Je veux dire par là, n'étant pas comptabilisé comme faisant partie de ma formation.

— Un tabouret, pour quoi faire ? Vous avez déjà un fauteuil à votre pupitre.

— Madame, j'aimerais pouvoir passer du temps dans le couloir de service à écouter les vibrations.

Jensen fut interloquée. Elle ne sut quoi répondre sur le coup. Puis, se ressaisissant, elle dit d'un revers de la main :

— Attrapez ce tabouret là-bas et allez vous asseoir où bon vous semble. Si jamais une de vos musiques mathématiques ou que sais-je vous surprend, je vous ordonne de m'en tenir informée dans la minute.

— Merci, Madame. J'y fonce de ce pas.

Le jeune homme se mit à galoper et tandis qu'il attrapait ledit tabouret, Jensen ne put s'empêcher de lui dire, sur un ton maternel :

— Mais avant, allez me chercher Maxa. Et dites-lui qu'il a intérêt à ramener ses miches au galop.

— Bien Madame. Oui Madame.

Il est surprenant, mais il est vraiment bien ce petit.

***

Wendy se tenait aux commandes de son hyperjet impérial personnel, le regard déterminé. Pour l'occasion, elle avait revêtu cette tenue d'apparat qu'elle avait en horreur. Elle ne supportait plus de la porter, mais ne pouvait déroger à cette règle. Une de ces rares règles qu'elle ne pouvait pas outrepasser. Seule dans son appareil, elle commençait à se rapprocher de Bêta, empruntant une voie militaire réservée, interdite à toute forme de trafic. Le mince filin de l'ascenseur spatial brillait au loin. Une colère noire et sourde grondait en elle.

Un regard averti se serait rendu compte que son appareil, malgré un design épuré et élégant, typique de la Garde personnelle de l'Empereur, était très lourdement armé. Wendy répugnait à se rendre sur Bêta mais il lui fallait intervenir. L'holocommunication ne suffisait plus. Plus en cette période ! Il lui fallait se rendre sur place.

Elle ne s'annonça pas sur l'hyperonde de sorte que les batteries anti-spatiales de Bêta furent, guère plus longtemps qu'un battement de cil, braquées sur son appareil. Ses propres éclateurs réagirent, prêts à tirer. Les systèmes de défense de Bêta avaient agi automatiquement en réponse à cette intrusion non prévue. Mais, là-bas, sur le sol, un contrôleur avait probablement reconnu que la Grande Amirale Impériale en personne arrivait. De toute façon, Wendy n'avait que faire de ces batteries anti-spatiales. Avec son hyperjet, elle pouvait éviter sans aucun problème chacun des tirs qui auraient pu être dirigés contre elle. Et puis, ce ne serait pas la première fois qu'elle aurait été amenée à anéantir un système de défense anti-spatial. Elle devait rappeler à certains qui elle était.

Sans même activer son transcom, elle posa son appareil en plein milieu de la cour principale de l'état-major qui se trouvait sur la face de Bêta opposée à l'ascenseur et donc, par là même, d'Alpha.

Un bon millier de militaires sortirent des bâtiments entourant la cour, l'air désemparé, mais aussi pris de court. Dans un soupir, Wendy enfila sa coiffe impériale. Elle finit par déverrouiller le sas de son appareil puis en descendit en empruntant la rampe qui venait de se déployer.

Un homme à l'air rude, au visage buriné, se dirigea vers elle. Elle se tenait devant son hyperjet, au centre de la cour d'honneur, l'ensemble des militaires de l'armée régulière présents l'entourant, tous au garde à vous. Le ciel était noir d'encre de sorte que l'on pouvait apercevoir le ballet lumineux de croiseurs hyperatomiques, au loin. La tenue officielle qu'elle portait modifiait si considérablement son apparence qu'un individu tel qu'Eldor ne l'aurait probablement pas reconnu. Ce costume d'apparat dégageait à la fois une impression de grandeur et de puissance. L'homme s'approcha d'elle en lui tendant la main :

— Grande Amirale, c'est un immense honneur de vous recevoir. Vous auriez dû me prévenir de votre venue. J'aurais fait préparer une réception officielle…

— Cessez vos balivernes, Amiral Stern. Vos unités doivent être prêtes à tout instant à m'accueillir.

— C'est que, Grande Amirale, nous n'avons pas eu l'honneur de vous recevoir depuis très longtemps.

— Stern, cela ne change rien au protocole. Vous avez de la chance que je ne sois pas accompagnée de l'Empereur. Sa marge de tolérance n'est pas aussi grande que la mienne.

L'homme lança un regard vers la gauche de sorte qu'instantanément, une douzaine de soldats hauts gradés se dirigèrent vers eux aux pas militaires. Ils se placèrent devant Wendy puis effectuèrent une rotation en direction du bâtiment principal de l'état-major. L'amiral Stern lança à leur attention :

— Soldats, à mon ordre, veuillez escorter la Grande Amirale à mon bureau.

— À vos ordres, Amiral.

— Allez-y.

Les soldats se mirent à marcher à l'unisson, suivis de Wendy et Stern, et finirent par traverser la cour. L'entrée du bureau de Stern était constituée d'une porte monumentale que Wendy savait provenir des restes d'un temple datant des débuts de l'époque hyperspatiale. Il lui semblait d'ailleurs que c'était elle-même qui avait fait venir cette porte. Elle la trouvait toujours aussi splendide. Ils pénétrèrent dans le bureau :

— Grande Amirale, puis-je vous proposer de vous asseoir ?

— Non Stern !

— Un verre peut-être ?

— Non Stern. Gardes, sortez et laissez-nous.

L'homme ne fut pas pour autant déstabilisé. Posant un genou sur son bureau, il fixa sévèrement Wendy :

— Grande Amirale, que me vaut l'honneur de votre visite ?

— Vous le savez très bien Stern.

— Je dois vous avouer que hormis venir passer les troupes en revue, je ne comprends pas trop l'objet de votre présence.

— Stern, ne jouez pas à cela avec moi. Je suis venue pour m'entretenir avec vous au sujet du Guide.

— Il est vrai que lorsque j'ai appris l'approche de votre hyperjet, je m'en suis douté.

Wendy enleva sa coiffe impériale puis la posa délicatement sur une table basse :

— Vous rendez-vous compte Stern que vous avez perdu le contrôle de la situation ?

— Je ne comprends pas Grande Amirale.

— Stern, lorsque je pose ma coiffe, vous savez très bien que je suis là en tant que personne et non en tant que Grande Amirale.

— Wendy, je ne comprends pas.

— Ne vous foutez pas de moi Stern. Des radicaux se trouvent sur Alpha.

— Je dois vous avouer que j'ignore tout de cela.

— Stern, soit vous êtes un fieffé menteur, soit un incompétent. Et je ne sais pas ce qui est le plus grave vous concernant.

— Je vous assure Wendy, les radicaux sont sous surveillance renforcée. Il ne se passe pas une journée sans que nous n'en attrapions un dans nos bataillons et ne le châtiions.

— Vous n'en faites que des martyrs.

— Ils sont des traitres à l'Empire. Ils méritent leur sort.

— Si vous êtes si efficace, comment se fait-il que le Premier Orateur en personne s'inquiète de leur recrudescence.

— Le Premier Orateur ? Il a juste peur de perdre son influence sur l'Empire ! Il fait probablement une montagne de quelque chose d'anecdotique…

— Une anecdote qui est désormais connue de l'Empereur lui-même.

— Vous voulez dire que…

— Oui ! Jamais vous n'auriez dû permettre que des espions radicaux se rendent sur Alpha. Vous avez commis une grave erreur.

— Mais je n'ai jamais autorisé ce genre de chose. Mes rapports avec Le Guide sont très sporadiques et je fais en sorte de le museler. Il ne me raconte pas grand-chose.

— Vous n'y arrivez pas Stern.

— Je fais en sorte d'entretenir un minimum de dialogue avec lui afin de pouvoir contenir au mieux la situation. Mais vous le savez, c'est une lourde tâche de devoir museler et surveiller tous les bataillons de Bêta. Il n'est pas dans les attributions d'un Amiral de lutter contre l'expansion d'un mouvement de fanatiques religieux.

— Il n'est pas non plus dans vos attributions de recruter de jeunes gardes pour satisfaire vos besoins personnels, que je sache ? Pourtant, cela ne vous empêche pas de le faire !

L'homme vacilla :

— Wendy…

— Stern, vous êtes un pleutre et je regrette de vous avoir nommé Amiral en chef. Si vous souhaitez sauver votre carrière, je veux savoir quels sont les bataillons qui sont en train de trahir l'Empereur.

— Je… Wendy… je vais tâcher d'être le plus concis possible. D'après mes renseignements, il est probable que le Commandeur Lennon soit un de leurs sympathisants. Il a beaucoup d'influence sur ses hommes. Mais ses états de services sont irréprochables et je n'ai, officiellement, rien que je puisse lui reprocher.

— Bonne réponse ! Faites-le venir immédiatement.

— Vous le saviez ?

Wendy ne répondit pas. Elle saisit de nouveau sa coiffe impériale avant de se diriger vers un miroir. Elle fixa longuement son reflet avant d'ajuster ce qui lui cachait la moitié du visage et de rentrer à nouveau dans son rôle d'émissaire de l'Empereur.

— Stern, je n'ai que peu de temps. Où est ce Lennon ?

— Je viens de le faire demander. Son croiseur est en manœuvre d'entrainement. Il arrive le plus vite possible. D'ici une heure au grand maximum.

— Bien. Je vais l'attendre ici. Laissez-moi.

L'amiral Stern se mit au garde à vous avant de sortir de la pièce d'un pas hésitant. Curieusement, Wendy se sentait presque contente de se retrouver à nouveau dans ce bureau. Elle se fit un thé, comme elle le faisait jadis, puis attendit en observant, à travers la fenêtre, la zone d'atterrissage des croiseurs qui se trouvait au loin.

Son attente ne fut pas longue. Le commandeur avait probablement annulé toutes les opérations en cours pour rejoindre l'état-major le plus rapidement possible. Son croiseur, de taille assez modeste au regard des croiseurs que l'on confiait aux commandeurs plus expérimentés, était escorté par une escadre de chasseurs lourds. Elle observa l'atterrissage et bien vite perçut une navette diplomatique, non armée, qui quittait sa soute.

Quelqu'un frappa à la porte. Wendy, vérifia sa coiffe avant de répondre :

— Oui ?

Un garde pénétra dans la pièce :

— Grande Amirale, l'Amiral Stern ainsi que le Commandeur Lennon attendent que vous acceptiez de les recevoir.

— Faites-les entrer.

L'Amiral entra le premier dans le bureau, suivi par Lennon, lui-même entouré de deux gardes de la protection rapprochée de Stern. Bien qu'elle sache que le Commandeur était jeune, elle ne s'attendait pas à ce qu'il semble aussi ingénu. Elle savait qu'il avait trente-deux ans, mais il en faisait dix de moins. Son parcours militaire était exemplaire. Il avait œuvré quelques années comme pilote au sein d'un escadron d'interpellation galactique puis, de fil en aiguille, en était arrivé à commander un croiseur, certes modeste, mais suffisamment lourd pour intervenir en soutien lors d'importantes opérations. Cet homme avait tout pour réussir et, avec l'expérience et l'âge, devenir un Amiral de premier ordre. Stern prit la parole :

— Grande Amirale, je vous présente le Commandeur Lennon.

— Grande Amirale, je suis ici à votre demande. Que puis-je faire pour vous servir ?

Wendy rigola :

— Vous commencez mal Commandeur Lennon. Ce n'est pas moi que vous servez mais notre bien-aimé Empereur.

Raide, droit dans ses bottes, le Commandeur ne se laissa pas démonter.

— Oui Grande Amirale, cela va de soi. Mais votre voix est la sienne. Vous servir revient à le servir. Votre loyauté est légendaire.

— Vous êtes flatteur Commandeur mais cela ne changera rien à la situation.

— Quelle situation, Grande Amirale ?

— Votre trahison envers l'Empire et ses valeurs.

— De quelle trahison parlez-vous Grande Amirale ? Je suis un loyal serviteur de notre bien-aimé Vladimer Le Juste.

— Vraiment Commandeur ? Et les Odysséens radicaux qui grouillent dans votre équipage ?

— Grande Amirale, soyez certaine de ma vigilance. Dès que j'en identifie un, il est fait prisonnier et transmis à l'état-major pour être jugé par un tribunal militaire.

— J'ai consulté vos états des services. Si je ne m'abuse, le navire que vous commandez comporte un peu plus de mille trois cents hommes d'équipage, est-ce exact ?

— Exact Grande Amirale. Mille trois cent trente-sept pour être précis, Grande Amirale.

— Combien avez-vous identifié et capturé de radicaux au sein de votre équipage au cours de l'année passée ?

— Grande Amirale, il faudrait que je consulte mes notes personnelles pour pouvoir vous donner une réponse précise.

— Donnez-moi une fourchette.

L'Amiral Stern toussa tandis que son communicateur ne cessait de sonner. Le Commandeur Lennon finit par répondre :

— Grande Amirale, je dirais une petite centaine.

— Vous mentez Lennon ! Les registres impériaux montrent que seulement cinq personnes en provenance de votre navire ont été jugées pour radicalisation.

— Grande Amirale, je ne comprends pas. Si vous m'en donnez la possibilité, je vous transmettrai aussitôt mon journal de bord.

— J'ai déjà lu votre journal de bord Commandeur. Il n'y est mentionné que cinq personnes.

— Grande Amirale, vous me permettez ?

— Allez-y.

— Je tiens un journal de bord manuscrit, essentiellement destiné à être transmis à ma descendance lorsque le moment sera venu. En effet, j'ai constaté certaines différences entre ce que j'avais enregistré sur le moment et ce que les quelques archives auxquelles j'ai pu accéder retranscrivent.

— Continuez…

— Certains évènements semblaient disparaitre ou bien ne pas s'être déroulés exactement comme dans mes souvenirs. J'ai mis cela sur le compte des règles de gestion de l'administration ainsi que du secret impérial. Ces règles me dépassent. C'est pourquoi j'ai constitué un témoignage personnel, car je souhaite que ma descendance sache ce que j'ai fait exactement. Je suis prêt à le mettre à votre entière disposition immédiatement si besoin, Grande Amirale.

— Eh bien Commandeur Lennon, vous allez effectivement le faire de ce pas. Où conservez-vous ce journal de bord manuscrit ?

— Sous le matelas de ma cabine Grande Amirale.

— Évidemment. Amiral Stern, faites envoyer des personnes pour le chercher, immédiatement.

L'amiral prit la direction de son bureau puis passa quelques consignes sur son communicateur avant de revenir aux côtés des gardes qui encadraient le Commandeur. Wendy enleva sa coiffe et la posa au même endroit que lorsqu'elle était arrivée. D'un coup, le Commandeur Lennon sembla véritablement désarçonné :

— Un problème Commandeur ?

— Non Grande Amirale, en aucun cas ! En fait, oui, si un peu, Grande Amirale.

— Alors, qu'y a-t-il ?

— Il est très inattendu et surprenant de vous voir sans votre coiffe…

Elle rétorqua, comme n'importe quelle adolescente l'aurait fait :

— Vous me préférez avec ?

— Grande Amirale, je n'oserai pas répondre à cette question.

Wendy prit ce regard sévère que personne n'osait soutenir :

— Répondez, c'est un ordre ! Et soyez franc. Je ne tolèrerai aucune pudeur de la part d'une personne de votre grade.

Le pauvre Commandeur Lennon se décomposait sur place et, tout en cherchant ses mots, eut du mal à articuler :

— Je… Grande Amirale… Je ne sais comment dire… Je ne soupçonnais pas que cette coiffe dissimulait une femme aussi superbe et jeune que vous.

Ce qui se produisit ensuite se déroula en une fraction de seconde. L'Amiral Stern avait tenté de se ruer derrière son bureau tandis que les deux gardes avaient porté la main à leur ceinture. Wendy, en un éclair, s'était saisie dans chacune de ses mains d'un éclateur puis, sans l'ombre d'une hésitation, tira sur un des deux gardes ainsi que sur l'Amiral Stern. Leurs têtes furent pulvérisées en une pluie de sang. Le second garde n'avait même pas encore réussi à dégainer que Wendy le tenait déjà en respect, ses deux éclateurs braqués sur son front. Le Commandeur Lennon n'eut pas même le temps de paniquer. Ce qui venait de se produire lui sembla si irréaliste qu'il restait pour ainsi dire figé. Wendy se rapprocha du garde, les yeux noirs de colère :

— Vous, c'est votre jour de chance… ou pas ! Je vous laisse la vie sauve. Allez voir votre Guide et dites-lui bien que désormais, c'est à moi qu'il a affaire, en personne. La purge va commencer. S'il souhaite que j'épargne la vie des vôtres, je veux qu'il se rende, à moi et à personne d'autre. Précisez bien qu'il m'a pris pour une idiote et que cela, bien plus que ses magouilles, je ne suis pas près de l'oublier.

— Grande Amirale…

— Ne dis plus rien avant que je ne change d'avis. Sans ma coiffe, je ne suis plus Grande Amirale, mais une simple citoyenne, et en tant que telle, je peux agir comme bon me semble. Vous semblez l'avoir oublié.

— Bien, Miss Wendy Fiaure.

— Voilà, c'est mieux ainsi ! Désormais va rejoindre ton Guide. Au fait, les soldats convertis qu'il a dépêchés sur le croiseur du Commandeur Lennon sont probablement morts il y a quelques minutes. C'était ça l'appel auquel cette ordure de Stern ne pouvait répondre en ma présence. Le journal de bord est désormais en ma possession.

— Je…

— Oui, je suis certaine d'y trouver plein de noms intéressants. Je te laisse dix secondes pour te déshabiller et aller transmettre le message à ton Guide.

L'ex-garde s'exécuta de sorte que prestement, il déposa ses armes sur le sol et se dévêtit. Tandis qu'il sortait de la pièce en courant, Wendy cria à son attention :

— Utilise les égouts pour t'enfuir. J'ai autorisé à te laisser passer par là. Emprunte n'importe quel autre chemin et tu seras abattu comme un chien galeux.

Elle se tourna vers le Commandeur Lennon qui ne pipait mot :

— Bon à toi maintenant…

— Grande Amirale, je vous assure que je donnerai ma vie pour l'Empereur ! Je n'ai jamais rien fait qui…

— Désormais, j'en ai la certitude, Lennon.

— Mais Grande Amirale…

— Je n'ai pas ma coiffe, vous devez m'appeler Miss Wendy Fiaure.

— Miss Wendy Fiaure, jamais je n'aurais imaginé que l'Amiral Stern…

— Il n'est plus Amiral !

Elle explosa de rire avant de poursuivre :

— Regardez-le. Ce qu'il pouvait être tête en l'air.

— Miss Wendy Fiaure, j'ignorais que Stern était un traitre !

— Je l'avais à l'œil depuis longtemps, lui et ses combines.

— Mais comment avez-vous su que je n'étais pas de la partie ?

— C'est bien simple, Lennon, vous ne saviez pas à quoi je ressemble réellement. Votre comportement transpirait la surprise. Or, tous les radicalisés ont appris à reconnaitre mon apparence réelle…

— Vous voulez dire que c'est uniquement parce que j'ai été surpris par votre beauté que vous avez compris que je n'avais rien à voir avec eux.

— La beauté est une des plus puissantes armes qui existe, surtout lorsqu'elle est inattendue ! Vous apprendrez cela avec le temps. Votre petite personne ainsi que d'autres commandeurs sont sous investigation depuis plusieurs mois. Votre attitude durant ce qu'il vient de se passer n'a fait que conforter mon opinion.

Wendy se leva pour remettre sa coiffe. Elle se dirigea vers le cadavre de Stern puis, après avoir craché dessus, l'observa longuement. Ce fut Lennon qui brisa le silence :

— Grande… Pardon… Miss Wendy Fiaure…

— J'ai ma coiffe…

— Excusez-moi. C'est nouveau pour moi… Grande Amirale, que suis-je censé faire désormais ?

— Mes services vont faire en sorte que vous soyez officiellement mort. Désormais, vous n'êtes plus Commandeur et celui que vous avez été, Lennon, est décédé il y a quelques minutes lors d'un assaut contre des terroristes. Faites confiance à mes services pour faire de vous un héros. Vous venez, avec bravoure, de me sauver la vie au prix de la vôtre. Enfin, c'est ce que l'holovision racontera.

— Mais comment ? Pourquoi ?

— C'est la seule façon de protéger votre famille. Je sais que vous n'avez pas d'enfant, même si vous écrivez pour eux, mais votre petite amie et vos parents devront porter le deuil. Vous êtes un militaire… vous étiez préparé à ce genre d'éventualité. Je ne tolèrerai aucun sentimentalisme de votre part.

Lennon sembla accuser le coup avant de relever la tête fièrement :

— Grande Amirale, je ferai honneur à l'Empire en respectant mon serment de loyauté à l'Empereur. Mais puis-je me permettre de poser une dernière question ?

— Essayez toujours !

— Que vais-je devenir ?

— C'est bien simple, vous allez avoir une nouvelle identité et entrerez à mon service comme pilote de la Garde Impériale personnelle de l'Empereur.

— Je… Moi ? Pilote de l'Empereur ?

— Oui, vos états de services sont excellents et vous avez prouvé votre loyauté. En réalité, dans les faits, vous travaillerez surtout pour moi, mais il pourra vous arriver, quand je le jugerai bon, d'escorter effectivement l'Empereur.

— Grande Amirale, ce serait un immense honneur pour moi de vous servir ainsi que notre bien-aimé Vladimer Le Juste.

— Le plaisir est partagé, Lennon ! Vous êtes un membre brillant de notre armée.

Wendy esquissa un sourire avant de poursuivre :

— Et puis vous êtes plutôt mignon.

Ils sortirent du bâtiment par une porte dérobée. Une fois à l'intérieur de son hyperjet, elle demanda à Lennon de prendre les commandes et de partir en direction d'Alpha, et plus précisément de la cour du palais impérial.

Chapitre-9 : Théories

Savant fut surpris. La Grande Pierre semblait lui répondre. Il décida de cesser de dialoguer et prêta attention. Il ne se trompait pas. Elle vibrait à son tour ne cessant de répéter la même question que celle qu'il lui avait adressée :

« Que souhaitez-vous ? »

Ainsi, il était possible d'échanger avec La Grande Pierre. Afin de devoir éviter d'utiliser à nouveau Le Plan, car La Grande Pierre ne semblait pas menaçante pour La Fontaine. Savant estima qu'il serait judicieux d'essayer de trouver un langage commun.

La Grande Pierre semblait n'avoir d'intérêt que pour les restes de l'Île.

Tandis qu'elle ne cessait de lui poser la même question, il se mit à tourner autour d'elle d'une façon un peu plus intense :

« Que vous partiez de chez nous »

***

Eldor ne savait plus quoi penser. Il tournait inlassablement dans son bureau hésitant à aller voir Yobe. De colère, il avait jeté bon nombre de documents sur le sol.

Depuis plusieurs jours, Wendy n'avait donné aucun signe de vie et Charles assurait sa protection. Mais ce n'était pas cela qui le dérangeait.

Les Odysséens ont raison mais ils ne savent pas pourquoi !

Dès qu'il fut rentré des locaux de Riviera avec la sonde Voyager-1, il avait demandé à Yobe un bureau plus grand afin de pouvoir y entreposer la vieille sonde spatiale et ainsi pouvoir travailler dessus. Il avait déménagé dans une autre aile de la faculté de Yates pour prendre ses quartiers dans ce qui semblait être un gigantesque hall d'accueil. Le personnel de service lui avait aménagé un bureau confortable et, suite à une de ses requêtes, un coin cuisine ainsi qu'une zone de vie. Eldi avait en effet pris congé de son hôtel pour venir vivre à la faculté. En un temps record, cet ancien hall avait été transformé en un loft confortable au sein duquel trônait Voyager-1.

Eldor songeait à annuler sa présentation, car il était désormais probable qu'il se fût trompé. Par ailleurs, son visa arrivait à expiration et il devrait bientôt quitter Gloria pour retourner sur Altran. Les autorités impériales, en ces périodes de tensions, étaient extrêmement regardantes sur les autorisations de séjour, surtout sur Alpha et encore plus dans l'entourage immédiat de l'Empereur. Eldor savait que Yobe remuait ciel et terre afin de faire prolonger son visa, mais il ne se faisait guère d'illusion. Non seulement ses certitudes étaient ébranlées et sa présentation risquait d'être prise en défaut mais, pour ne rien arranger, il ne disposait de plus assez de temps pour remettre ses idées en place et pondre quelque chose de correct. Seule Wendy pouvait éventuellement changer les choses en faisant appel auprès de l'Empereur. Mais elle restait injoignable. Eldor ne doutait pas qu'elle fût au courant de la situation, mais elle avait disparu de façon précipitée. Yobe lui avait dit qu'elle avait d'importantes affaires à gérer et ce, de façon urgente.

Un Exo minable comme moi n'est rien d'autre qu'un grain de poussière dans la vie d'une femme comme elle.

Eldor était nostalgique des repas en sa compagnie dans tous ces restaurants exotiques et, même si la cantine de la faculté produisait de très bons plats, ils n'avaient pas tout à fait la même saveur que lorsque Wendy était à ses côtés. En fait, elle lui manquait et cela nuisait à sa concentration. Dans un râle de colère, il flaqua un coup de poing sur la sonde. Celle-ci vacilla légèrement sur son socle.

J'ai raté ma vie. Mes théories sont fausses, la moitié de l'Empire attend que je les présente, les fanatiques Odysséens me recherchent, je vais être renvoyé sur Altran à pourrir comme un cafard à la carrière ruinée et, pour ne rien arranger, la seule femme qui ne m'ait jamais empêché de dormir est intouchable de par son statut et se trouve je ne sais où.

Eldor se sentait vraiment mal. Il s'allongea sur son canapé et s'endormit sans même s'en rendre compte, les larmes aux yeux.

Une semaine plus tôt, lorsqu'il avait pris possession de la réitération de la sonde et s'était installé dans ce nouveau bureau, il avait appliqué à la lettre les instructions de cette espèce de savant fou qu'était Lars. Suivant le protocole que lui avait transmis le scientifique, Eldi était parvenu sans difficulté à réactiver la sonde, à dialoguer avec elle, mais il avait eu aussi le loisir d'étudier le contenu du disque que Lars lui avait copié sur un cristal de données.

La réitération était d'excellente qualité, mais Eldor avait pris conscience qu'elle ne lui serait que de peu d'utilité pour sa présentation. Ses piles atomiques étaient vides de plutonium et la pastille d'uranium logée dans le disque était elle aussi absente. N'importe qui pouvait remettre en cause ses travaux, car il était impossible d'effectuer une contre-datation précise. Il le savait, mais il n'ignorait pas que ses résultats étaient justes. Il n'avait plus aucune preuve si ce n'est les enregistrements que Lars lui avait copiés. Les Odysséens se feraient une joie de le démonter s'il présentait la réitération. Il s'était enquis auprès de Lars s'il n'y avait pas un moyen de rééquiper la sonde de son matériel nucléaire, mais le scientifique avait été formel. Même en omettant les problèmes de coût, de logistique et de complexité de mise en œuvre, le plutonium employé était si radioactif que sa demi-vie en tant qu'élément rendait impossible une réitération à l'identique. En effet, lorsqu'Eldor avait effectué les scans quantiques, cela lui avait pris plusieurs mois. Entre-temps, le résidu de plutonium des générateurs avait continué à se désintégrer de sorte que les premiers scans effectués étaient incompatibles, sur ce point particulier, avec les derniers. Toutes considérations mises de côté, il était impossible de réitérer ces matériaux de la sonde, du moins dans un état qui aurait permis un audit d'un point de vue scientifique. On pouvait ajouter du matériel neuf, mais alors une contre-datation n'aurait aucun sens du fait de la désintégration radioactive qui s'était poursuivie tout au long des différents scans.

Il avait, bien évidemment, songé un instant à procéder à une datation au carbone 14 sur d'autres éléments de Voyager. Mais la précision n'était pas suffisante. Cela ne valait même pas la peine d'essayer. Au mieux, elle serait précise à environ un ou deux siècles et cela ne suffisait pas à appuyer ses travaux. Il lui fallait être beaucoup plus précis, de l'ordre du quart de siècle et seuls le plutonium des générateurs ou l'uranium du disque permettaient cela.

Et encore, s'il n'y avait que cela !

Comprenant que ses thèses ne pourraient tenir, sans preuve solide, face aux contre-arguments probables des Odysséens, Eldor s'était tourné vers une analyse approfondie de l'ordinateur de bord de la sonde. Rapidement il avait trouvé comment accéder à la date que Lars lui avait indiquée. Ce fameux 5 Septembre 1977. Il plaçait de bons espoirs sur ce nouvel élément pour étayer ses thèses.

Mais un problème plus grand encore était alors rapidement apparu et avait désarçonné Eldor.

Évidemment, à peine était-il revenu de chez Riviera qu'il avait étudié la totalité de la copie de l'enregistrement du disque qu'avait effectué Lars. Il savait désormais qu'il pourrait consacrer sa vie entière à l'étude de son contenu. Certaines images étaient si instructives, sur la façon dont les primitifs avaient de vivre, que chacune d'elles pouvait faire l'objet d'une thèse. Eldor songea que lorsqu'il serait de retour sur Altran, il faudrait qu'il s'entoure d'une flopée de doctorants s'il voulait avoir une chance de consacrer le temps, que chacune d'elles méritait, avant sa mort. Curieusement d'autres images ne semblaient pas spécialement présenter d'intérêt de sorte qu'Eldi se questionnait sur la raison de leur présence. Peut-être se trompait-il, mais il ne voyait pas, par exemple, de raison particulière d'utiliser une fraction de la faible capacité de stockage du disque pour archiver une photo d'une femme mettant un enfant au monde. Peut-être cela intéresserait-il la faculté de médecine de savoir comment les soignants primitifs aidaient une primitive à mettre bas ?

Puis il avait écouté l'ensemble des vingt-sept musiques. Certaines étaient si étranges qu'il n'était même pas certain que, quelque part dans l'Empire, ces genres musicaux soient encore pratiqués. Là encore, il allait devoir s'entourer de musiciens de talent afin d'étudier ce qui, pour les primitifs, devait être des chefs-d'œuvre, seule raison recevable d'expliquer leurs présences sur le disque. Eldor avait cependant déjà levé un loup même s'il n'était pas particulièrement spécialiste en mélodie.

Aucune de ces œuvres n'est de nature électronique. Toutes semblent être jouées avec des instruments ancestraux. Il faut que je trouve un spécialiste pour me confirmer cela. Car si tel est le cas, c'est une preuve de plus allant dans le sens de mes théories.

Mais il y avait aussi la liste de ces cinquante-cinq messages prononcés à voix haute dans ce qu'Eldor estimait être des dialectes primitifs inconnus. Il n'avait que peu d'hypothèses sur ce qu'ils signifiaient, mais il avait l'impression d'écouter des formes de

« salut » prononcées dans différents dialectes. Trouver des linguistes pour étudier autant de variantes de langages primitifs n'allait pas être chose facile, car depuis désormais plus de cinq millénaires, l'Empire n'avait adopté et n'utilisait qu'une seule et même langue, le Galactique Standard. Bien entendu, il existait certains patois et divers mots d'argot étaient apparus çà et là, mais, dans l'ensemble, l'Empire avait oublié bon nombre de langues.

Si seulement on pouvait échanger avec le Royaume Terrien. Peut-être pourrait-il nous expliquer ce que sont ces dialectes ?

Mais là encore, Eldor avait levé un loup supplémentaire qui, cette fois, n'avait aucun rapport avec les Odysséens. Il ne savait pas s'il devait en parler à Yobe, car ce n'était là qu'une supposition. Mais si son intuition s'avérait, cela ruinerait à tout jamais les travaux du plus grand historien de tous les temps, celui qui avait donné son nom à la faculté, le Professeur Yates en personne. Quelques siècles plus tôt, Yates avait démontré que, lors des faits du film sacré, les primitifs avaient déjà commencé à conquérir le système solaire et notamment la mystérieuse planète Mars ainsi que, évidemment, comme montré dans le film sacré, la légendaire Lune. Yates s'était basé là-dessus pour démontrer que la Terre avait mis en place à l'époque l'embryon de ce qui allait devenir le Royaume. Et pour ce faire, seule l'instauration d'un gouvernement global était possible. Or un gouvernement global ne peut se mettre en place que par l'usage d'une même et unique langue. Cela relève de la nature humaine. Ces cinquante-cinq messages dans des dialectes différents prouvaient qu'à peine un quart de siècle avant les évènements du film culte, la Terre n'était toujours pas unifiée. Cela n'interdisait pas le fait qu'une mission d'exploration vers Jupiter ait effectivement eu lieu, comme montré dans le film culte, à l'initiative d'une faction Terrienne. En revanche, les théories de Yates concernant l'apparition du Royaume Terrien et donc de la genèse du Royaume et donc de l'Empire en prenaient un sacré coup.

Il me faudrait plusieurs vies pour étudier tout cela, même en étant entouré des meilleurs spécialistes de chacune de ces disciplines.

Puis Eldi avait fini par trouver, à la fin du disque, un texte étant la preuve que Yates s'était trompé sur toute la ligne. Sinon, comment expliquer que moins de vingt-cinq ans avant les évènements du film culte, un tel message soit stocké sur le disque :

« Cette sonde spatiale Voyager a été construite par les États-Unis d'Amérique. Nous sommes une communauté de 240 millions d'êtres humains parmi plus de 4 milliards qui habitent la planète Terre. Nous, les êtres humains, nous sommes encore divisés en États-nations, mais ces états vont rapidement devenir une seule civilisation globale.

Nous lançons ce message dans le cosmos. Il est probable qu'il survive un milliard d'années dans notre futur, quand notre civilisation aura été profondément modifiée et la surface de la Terre grandement transformée. Parmi les 200 milliards d'étoiles de la Voie lactée, quelques-unes — peut-être plus — peuvent abriter des planètes habitées et des civilisations voyageant dans l'espace.

Si une telle civilisation intercepte Voyager et peut comprendre les contenus enregistrés sur le disque, voici notre message :

Ceci est un cadeau en provenance d'un petit monde lointain,

Un témoignage de nos sons, de notre science, de nos images, de notre musique

Ainsi que de nos pensées et nos sentiments.

Nous essayons de survivre à notre époque afin que nous puissions vivre la vôtre.

Nous espérons qu'un jour, après avoir résolu les problèmes auxquels nous sommes confrontés,

Pouvoir rejoindre une communauté de civilisations galactiques.

Cet enregistrement représente tous nos espoirs, notre détermination, mais aussi notre bonne volonté,

Dans cet univers si vaste et impressionnant. »

Eldor avait facilement déchiffré le message manuscrit, car il était rédigé dans le dialecte primitif ayant servi de base au galactique standard. Mais si ce simple message à lui seul ruinait tous les travaux de Yates, il remettait, surtout, profondément en cause tout ce que lui, Eldor, avait patiemment bâti.

Vingt-cinq ans seulement avant les évènements du film culte, il existait encore bel et bien différentes nations sur Terre et l'une d'elles se nommait États-Unis d'Amérique. Restait à trouver quelles étaient les autres nations ainsi que définir quelles étaient leurs différentes interactions. Dans tous les cas, Yates devait se retourner dans sa tombe, lui et sa vanité légendaire. Non, 2001 n'était pas le commencement. Il était humainement et techniquement impossible qu'en seulement vingt-cinq ans, les différentes tribus de la Terre se soient unies pour créer le fœtus du Royaume Terrien. Toute l'histoire de l'Humanité était à réviser entièrement.

Là encore, Eldi estimait qu'il n'aurait pas assez de sa vie pour accomplir cette œuvre. Mais en réalité, pour l'heure, ce n'est pas cela qui le chagrinait. Non, c'était bel et bien la fin du message qui lui posait un véritable problème bien que ce ne fût pas son seul problème.

Car Lars s'était trompé. Il semblait clair que toutes ces informations n'étaient pas destinées à des historiens du futur.

Ce président de tribu ne s'adresse pas à nous… mais bel et bien aux Fermiers des Prairies Étoilées !

Et pour le coup, Eldor estimait que ce sujet était bien plus important et profond que de simplement devoir réécrire tous les livres d'histoire. Il semblait clair que Voyager avait été envoyée pour transmettre aux Fermiers des Prairies Étoilées un message de paix et d'amour. Une faction de l'Humanité espérait pouvoir rejoindre la famille galactique et le faisait savoir.

Famille galactique mon cul ! On n'a jamais, nulle part, trouvé la moindre trace de vie et encore moins d'intelligence.

Les Odysséens expliquaient ce phénomène si inattendu, le constat de n'avoir jamais trouvé d'autres intelligences que nous-mêmes, par le fait que toutes avaient déjà accédé au niveau de conscience supérieure, à l'image du prophète Dave Bowman ou bien que les autres étaient encore trop primitives pour être détectées. L'espèce humaine devait encore faire ses preuves puis, lorsque le moment serait venu, les Fermiers des Prairies Étoilées procéderaient soit à la récolte si l'Humanité en était digne, soit au désherbage si elle ne présentait aucun intérêt afin de céder la place à d'autres enfants des étoiles plus prometteurs. Mais Eldor refusait d'accepter cette hypothèse qui ne reposait sur absolument rien de concret sinon un simple film long et ennuyeux.

Et Eldor, jusqu'à présent, comptait bien démontrer grâce à Voyager que tout ceci n'était qu'un ramassis d'idioties pour les gens bas de plafond.

Mais sa preuve se retournait contre lui.

Car la fin du message de ce président impliquait deux hypothèses, chacune d'elle ruinant tous les travaux d'Eldor. Et il ne savait laquelle il devait étudier en priorité ni laquelle était la plus dangereuse pour lui. Car dans les deux cas, loin de mettre à genoux le Culte Odysséen, soit il le renforçait, soit il prouvait sa véracité.

Eldi le savait, lorsque les Odysséens apprendraient l'existence de ce message, ils y verraient la preuve que le monolithe lunaire avait bel et bien été découvert et que, ces toutes petites vingt-cinq années d'écart maximal, pour mettre en place une mission à destination de Jupiter, ça ne semblait pas si délirant que cela pour des primitifs avec les technologies dont ils disposaient à l'époque. Voyager était le témoignage de leur savoir-faire. Comment expliquer sinon que le président d'une tribu qui semblait si puissante s'adresse directement à ce qu'il nommait civilisation galactique ? L'Humanité avait-elle vraiment découvert qu'elle était surveillée, comme le relate le film culte ? Eldor devait y apporter une réponse. Il était manifeste qu'on ne les appelait pas encore les Fermiers des Prairies Étoilées, mais bel et bien civilisation galactique. Dans tous les cas, le concept restait sensiblement le même. Au final, les Odysséens se gargariseraient de sa trouvaille.

Mais bordel, où sont-ils ? Pas dans ces manifestations à la con que les Odysséens voient partout, ce n'est pas possible. Y'a pas plus de Fermiers sur C3B que d'argent sur mon compte en banque.

Puis il y avait l'autre hypothèse, celle qu'Eldor estimait, finalement, la plus rationnelle et méritant le plus d'être étudiée. Si on admettait, comme lui, que les Fermiers n'étaient rien de plus qu'une simple légende destinée à rassurer le plus grand nombre sur le fait que l'Humanité n'était pas seule dans l'univers, alors cela signifiait que le Culte Odysséen était bien plus ancien que ce que l'histoire raconte. Il était couramment accepté que le Culte Odysséen, dans sa forme actuelle, était apparu progressivement plusieurs siècles après l'atterrissage des Pionniers sur Gloria. Ceci permettait aux détracteurs du Culte d'affirmer qu'il avait été inventé de toute pièce sur la base d'un simple film afin de permettre à certains oligarques de l'époque d'asseoir leur pouvoir sur leurs fidèles et ainsi mettre en place ce qui allait devenir l'Empire.

Mais les Odysséens ne cessaient de rétorquer que leur Culte trouvait ses racines dans un culte bien plus ancien, le Prime Culte, plus obscur et mal connu, mais remontant à l'époque des primitifs. Ils affirmaient que ce Prime Culte avait constitué le ciment unissant les Pionniers et les ayant motivés à partir à la recherche de Fermiers. Puis, voyant tous les malheurs qui leur arrivaient, ils comprirent que les Fermiers intervenaient pour qu'ils cessent leur expansion dans l'Univers. Les Fermiers souhaitaient empêcher l'Humanité de s'étendre afin de ne pas occuper la place dédiée à leurs autres enfants. L'espèce humaine se devait d'être patiente et attendre la récolte, lorsque le moment serait voulu et choisi par les Fermiers. Il était légendaire que les adeptes du Prime Culte des temps Pionniers s'en voulurent, car ils avaient initié la création de l'Empire. C'est pourquoi, petit à petit, ils réétudièrent le film sacré puis comprirent leur erreur. Ainsi naquit le Culte, normal et accepté, pratiqué aujourd'hui dans lequel, conquérir représentait le plus grand de tous les péchés.

Et Vlan... Que j'te donne la preuve sur un plateau d'argent que le Prime Culte a vraiment existé et que, donc, l'Empire est le fruit de la volonté des Odysséens... Et par conséquent que c'est à eux de le diriger, comme ils le revendiquent depuis toujours.

Mais il y avait un fait, qui, cette fois-ci, n'était pas une théorie, beaucoup plus grave et important que tout cela. Eldor sentit sa veine jugulaire se mettre à battre la chamade de façon incontrôlable.

Il faut absolument que je me calme...

***

Jensen observait le jeune Klyde qui s'affairait sur un des pupitres du centre de contrôle. Le Thosh n'avait toujours pas repris sa plongée, car Jensen souhaitait laisser l'enseigne tester une hypothèse, bien qu'elle lui semblât farfelue. Depuis qu'ils étaient immobiles, le submersible n'affrontait aucun courant marin et, hormis la très faible mélodie, tout était à la normale. Elle avait profité de ces quelques heures d'arrêt pour ordonner à une équipe de plongeurs d'aller réparer le moteur défaillant. La réparation serait bientôt achevée de sorte qu'elle avait permis à Klyde de jouer avec les instruments de bord. En effet, après avoir passé un long moment dans son couloir, assis sur son tabouret, il était revenu la voir.

— Madame, vous allez certainement me prendre pour un fou…

— C'est déjà le cas jeune enseigne. Vous pouvez donc parler franchement. Qu'y a-t-il ?

— Madame, je suis désormais pratiquement certain que quelque chose essaye de communiquer avec nous.

— Klyde, je vous aime bien, mais il n'y a aucune forme de vie sur cette planète. Les directives impériales sont très strictes. Si jamais un jour nous venions à trouver un monde où la vie est présente, il est interdit à tout astronef de se poser afin de ne pas le contaminer et perturber son processus d'évolution. Avant d'envoyer la barge récolter le plutonium, de nombreuses sondes se sont assurées que ce monde était vierge de toute forme de vie.

— Il n'empêche madame que la structure de la mélodie montre qu'elle est le fruit de l'intelligence. Ce ne peut pas être un hasard.

— Mais Klyde, même les plongeurs n'ont rien constaté autour du navire.

— Oui Madame, c'est très étrange. Mais l'intelligence nécessite-t-elle vraiment d'être vivante ?

— Il semblerait bien que oui, sinon cela ferait belle lurette que nos robots seraient un peu moins cons. Attendez…

— Madame ?

— Klyde, ne me dites pas que vous êtes un sympathisant Odysséen ?

Le jeune homme se mit à rougir :

— Madame, en toute honnêteté, mes parents le sont. Pour ma part, je ne sais pas…

— C'est bien ça ! Vous vous êtes fourré dans la tête que les Fermiers des Prairies Étoilées cherchent à nous envoyer un message pour nous dire de partir. Qu'ils ont détruit la barge, car nous n'avons rien à faire sur ce monde même s'il est aussi stérile et invivable que le cœur d'un réacteur nucléaire.

— Madame, désolé, mais je ne sais pas. Je voudrais juste solliciter votre accord pour procéder à une expérimentation.

— Combien de temps durera votre expérience ?

— Madame, cela peut ne prendre que quelques minutes, comme plusieurs jours ou bien ne jamais aboutir. J'aurais besoin d'avoir accès aux sonars.

— Procédez à votre guise le temps que la réparation du moteur en panne soit effectuée.

Puis elle se tourna vers son équipage.

— À tous, accédez aux demandes de l'enseigne Klyde d'ici à ce que nous repartions. D'après ce que je vois, les plongeurs seront revenus d'ici une petite heure. Exécution.

Le jeune homme était fixé par l'ensemble de l'équipage présent dans le poste de commandement. Certains étaient des pompiers de terrain, fort expérimentés, d'autres d'anciens militaires. Klyde les savait tous fort intelligents et même la plupart du temps, ils étaient aimables. Mais il sentait, à leurs regards, qu'il n'avait pas le droit à l'erreur. Il se dirigea vers l'officier Maxa qui en imposait par sa stature. Les autres se concentrèrent à nouveau sur leurs postes.

— Excusez-moi officier Maxa. Puis- je solliciter votre aide ?

— Enseigne Klyde, la commandante a été formelle ! De quoi avez-vous besoin ?

— J'aimerais que vous m'aidiez à reparamétrer notre sonar principal.

— Que me racontez-vous ? Le reparamétrer ? Pour quoi faire ?

— J'aimerais que nous fassions en sorte qu'il soit capable d'émettre sur des longueurs d'onde différentes de celles que nous utilisons habituellement…

— N'importe quoi ! Nous serons aveugles le temps d'une telle manipulation !

— … et en modulation de fréquences s'il vous plait. Officier Maxa, nous ne serons pas aveugles. Il nous suffit de basculer le contrôle du navire sur les sonars auxiliaires le temps de l'expérience.

— C'est délirant. Mettre volontairement hors service notre sonar principal est une aberration. Mais puisque la commandante vous fait confiance, je n'ai pas vraiment le choix, n'est-ce pas ?

— Merci Officier Maxa.

— À une condition cependant. Je dois m'assurer auparavant que tous les sonars auxiliaires sont opérationnels et peuvent prendre le relais dans des conditions de sécurité suffisantes.

Klyde observa Maxa effectuer de complexes opérations sur ses holoécrans durant une bonne vingtaine de minutes. Il était clair pour lui qu'il était encore incapable d'atteindre ce niveau de professionnalisme. Sa formation ne faisait que commencer.

Impressionné par les compétences de l'officier, il ne perdit pas une miette de toutes les manipulations qu'il était en train d'effectuer. Puis, finalement, Maxa s'arrêta, fixa longuement ses holoécrans avant de regarder Klyde :

— Enseigne Klyde, j'ai arrêté le sonar principal et basculé le système de contrôle sur les données des sonars auxiliaires. Au vu de comment nous avons été chahutés dernièrement, j'ai aussi activé les sonars de secours. Nous sommes opérationnels à cent pour cent et parés à toute éventualité, mais pour cela tous nos systèmes tournent à plein régime. Je mets à votre disposition le sonar principal durant vingt minutes.

— Vingt minutes ?

— Vous l'avez entendu aussi bien que moi, non ? La commandante nous a informés que nous repartions dans une heure. Or j'ai déjà mis vingt minutes pour shunter le système... Il me faudra autant de temps pour le remettre dans sa configuration nominale.

— Alors je crois que nous allons devoir nous dépêcher !

— Que souhaitez-vous que nous modifiions dans le paramétrage du sonar principal ?

Le jeune enseigne se tortilla dans tous les sens, fouillant à plusieurs reprises dans chacune de ses poches. Gêné, il dit à Maxa :

— Je suis désolé, j'ai dû l'oublier là-bas.

Klyde se rua hors de son fauteuil et se mit à courir aussi vite qu'il le pouvait en direction du couloir de service. Maxa l'observait l'air amusé, mais effaça le sourire de son visage lorsqu'il s'aperçut que Jensen l'observait, l'air grave, depuis son poste de commandante. Le jeune enseigne finit par réapparaitre une poignée de secondes plus tard. Klyde tendit à Maxa un cristal de données.

— Officier Maxa, je souhaiterais que nous diffusions le contenu de ce signal.

— Est-ce une blague ?

— Non, Officier.

— Et qu'y a-t-il là-dessus ?

— Une réécriture de la mélodie qui se propage dans le navire…

— … et que vous êtes le seul à entendre !

— Officier, je n'ai pas pu l'enregistrer, car elle est si diffuse que je n'ai trouvé aucun instrument capable de la capter correctement. J'ai passé des heures à l'écouter et à tenter de reproduire le plus scrupuleusement possible sa partition. À partir de mon petit synthétiseur, j'ai pu la rejouer, enfin je crois, et j'ai produit cet enregistrement.

— L'oreille absolue, hein ?

— Oui, Officier. Je souhaiterais juste que nous la diffusions sous forme d'ondes sonar.

— Alors dans ce cas, dépêchons-nous. Je ne comprends rien à ce que vous espérez, mais je vais faire au plus vite. Il nous reste un quart d'heure avant que je doive rebasculer les systèmes sur le sonar principal.

— Je vous remercie infiniment Maxa, je vous laisse le temps de la diffusion. Je dois rejoindre mon tabouret.

— Mais…

De nouveau, l'enseigne Klyde bondit de son fauteuil et se remit à courir en direction de son couloir. Maxa souffla en le voyant faire puis posa le cristal sur le lecteur. Une douce mélodie se mit à tourner en boucle dans ses écouteurs.

C'est vrai que c'est beau.

Après avoir analysé les longueurs d'onde et les fréquences de la mélodie, il paramétra le sonar pour qu'il émette dans le même registre. Problème avec ces paramètres, ils ne pourraient pas « écouter », car le récepteur n'était pas calibré pour ces gammes de fréquences. Le sonar était prévu pour travailler avec une plage d'ondes optimale et s'il pouvait effectivement émettre dans cette gamme, il ne pouvait la recevoir. Maxa poussa le sonar à pleine puissance.

Quelques minutes s'écoulèrent durant lesquels Maxa en profita pour se nettoyer les ongles à l'aide d'une paire de ciseaux. Puis il entendit un cri en provenance du couloir de service. Tout l'équipage venait de se retourner dans cette direction quand un

Klyde, les cheveux hirsutes, se rua dans le centre de contrôle en hurlant :

— Ça répond, ça répond !

Jensen se leva de son fauteuil puis se dirigea vers le jeune homme qui semblait euphorique :

— Enseigne Klyde, calmez-vous immédiatement. Venez avec moi.

— Bien Commandante.

Elle prit la direction de son bureau suivie de Klyde. Elle s'assit sur son pupitre de commandement, l'air nonchalant, tentant de minorer l'importance de la situation afin de calmer non seulement Klyde mais aussi l'équipage qui semblait commencer à stresser.

— Klyde, expliquez-moi, de façon concise et brève ce qu'il se passe.

— Madame, je ne sais par quel bout prendre les choses.

— Faites comme vous pouvez.

— Eh bien, j'ai demandé à ce que nous émettions la mélodie que j'entendais.

— Vous voulez dire que vous avez pu procéder à son enregistrement ? Je vous avais ordonné de me le faire écouter.

— Non, madame, je suis seulement parvenu à rejouer la mélodie que j'entendais à l'aide de mon synthétiseur. Je ne suis pas parvenu à l'enregistrer. Je pensais que cela ne présentait pas d'intérêt pour vous. Que vous souhaitiez seulement écouter l'originale…

— Vous avez mal pensé ! Continuez.

— Bref, en modifiant les paramétrages du sonar…

— Oui, j'ai vu sur le pupitre de contrôle que Maxa passait sur les systèmes auxiliaires…

— Madame vous m'avez autorisé à procéder à cette expérience.

— Venez-en aux faits, je me fiche des détails techniques.

— Madame, quelques instants après que nous avons commencé à émettre, la coque du Thosh s'est mise à vibrer différemment.

— C'est-à-dire ?

— Une autre mélodie a remplacé la précédente. J'ai dû prendre quelques minutes pour m'assurer qu'il s'agissait bien d'une musique composée, arithmétique, et non d'un bruit de fond.

— Et ?

— Il s'agit bien d'une mélodie, plus simple que la précédente. J'irais même jusqu'à dire que ce genre de musique est plus stricte. Un peu comme une musique de défilé militaire.

— Admettons que vous ayez raison, que cela signifie-t-il selon vous ?

— Madame, j'ai peur de me tromper, mais je pense qu'ils nous disent que nous ne sommes pas les bienvenus. Enfin, en tous les cas, c'est le genre de musique que je composerais pour transmettre ce genre d'idée.

— Donc, en gros, vous me dites que, d'après votre seul instinct, vous estimez qu'il y a une forme de vie intelligente ici qui nous dit de partir, le tout par l'intermédiaire d'une musique que personne ne peut entendre à part vous.

— Madame, je n'ai pas dit que c'était vivant.

— Vous savez quoi Klyde ? N'importe qui vous prendrait pour un cinglé. Moi aussi en temps normal. Mais il s'avère que j'entends aussi quelque chose quand je suis au calme dans ma cabine même si ce n'est qu'un murmure. J'ai essayé comme vous de coller mon oreille à la coque, mais je ne perçois pratiquement rien.

— J'en suis navré, Madame.

— Mais je vous fais confiance. Retournez dans votre couloir et transcrivez-moi cette musique. Je veux pouvoir écouter les deux aussitôt que possible.

— C'est trop génial… Heu pardon Madame… À vos ordres Commandante.

Le jeune homme se redressa raide comme un piquet puis, l'air fier, prit la direction de son couloir. Jensen prit quelques minutes pour réfléchir. Effectivement une force semblait se déchainer sur le Thosh sitôt qu'il tentait de s'approcher des restes de la barge. Il avait beau être jadis un destroyer de guerre, il n'était plus désormais qu'un submersible de secours et son armement était sporadique. Impossible de mener un combat. Par ailleurs, faire venir sur cette planète des submersibles de combat n'avait aucun sens. Elle ignorait jusqu'à la nature même de leur ennemi. Elle était certaine que Klyde avait raison. Jamais durant sa carrière, sur n'importe quel monde, lors de n'importe quelle mission, les éléments ne s'étaient ligués contre sa progression de cette façon.

Merde, si ça se trouve, on vient bien d'entrer en contact avec ces foutus Fermiers des Prairies Étoilées. Ils ne veulent pas qu'on atteigne la barge. Ils ont déjà essayé de détruire le Thosh pour nous en empêcher. Attend deux minutes ma cocotte... Qu'est-ce que tu racontes ? Tu ne vas pas commencer à croire à ces conneries ?

Jensen prit une décision difficile.

— Maxa, remettez-moi en nominal ce putain de sonar principal. À tout l'équipage. Faites rentrer les plongeurs et passez le navire en alerte jaune. Je prends les commandes en manuel. On remonte.

Cela faisait désormais pratiquement une journée que le Thosh avait fait surface. Jensen avait envoyé un message à destination de Gloria via l'hyperonde et attendait la réponse de la capitainerie. Impossible de le faire en plongée, surtout dans cet océan d'eau lourde qui stoppait net tous les signaux.

Jensen estimait qu'une petite centaine de survivants subsistaient comme ils le pouvaient dans les restes de la barge et elle n'allait pas risquer la vie de ses mille huit cents hommes et femmes d'équipage sur un monde aussi hostile et agressif, dans une plongée aussi incertaine. Désormais elle était convaincue par la théorie de Klyde car, effectivement, dès qu'ils eurent entamé la remontée, le Thosh avait cessé d'être chahuté. De plus, Klyde était formel, la musique aussi s'était arrêtée. Elle n'entendait plus rien dans sa cabine.

Jensen s'inquiétait pour les survivants de la barge, mais elle souhaitait, avant d'éventuellement replonger, évacuer au moins les deux tiers de son équipage. Nombre d'entre eux étaient des techniciens, rodés à l'exercice de construction de stations sous-marines ou aux simples évacuations, mais certainement pas des combattants capables nerveusement de supporter des attaques d'entités inconnues. Si elle devait affronter une force inconnue et sacrifier le Thosh, alors ce serait uniquement en compagnie de ses pompiers les plus aguerris. Pour cela, elle attendait que l'hypernef de transport de troupe qu'elle avait demandée arrive.

Ensuite, elle aviserait.

Jensen faisait la sieste dans sa cabine. C'était la seule façon qu'elle avait trouvée pour se reposer. Depuis bien des années, elle n'arrivait plus à trouver le sommeil et elle ne parvenait plus à se rappeler la dernière fois qu'elle avait réussi à effectuer une nuit complète. On frappait à sa porte. Elle demanda qu'on l'attende, le temps pour elle d'enfiler son uniforme. Ceci ne prit qu'un instant puis elle ouvrit la porte. Klyde se tenait devant elle, l'air déterminé. Il semblait avoir muri de plusieurs années en quelques heures.

— Commandante, je dois vous parler et au plus vite.

— Enseigne Klyde, j'espère que vous avez une bonne raison de me déranger ainsi.

— Madame, vous ne pouvez pas imaginer à quel point j'ai de bonnes raisons de prendre cette initiative.

— C'est vous qui n'imaginez pas à quel point mon imagination est débordante.

Elle passa la tête dans le couloir et scruta aux alentours.

— Madame, il n'y a personne dans les environs. La plupart de l'équipage se trouve sur le pont de débarquement dans l'attente de l'hypernef de transport tandis que le personnel essentiel est en poste. Vous n'avez pas à vous inquiéter d'être vue avec moi. Il n'y aura aucun ragot.

— Klyde, entrez donc.

Le jeune enseigne pénétra dans la cabine de la Commandante qui l'invita aussitôt à s'asseoir. Elle fit chauffer de l'eau dans sa bouilloire de chambre puis, tandis qu'ils échangeaient des banalités, elle lui proposa une tasse de thé. Klyde l'accepta volontiers.

— Madame, j'ai trouvé.

— C'est bien, j'en suis heureuse pour vous. Mais qu'avez-vous donc trouvé ? Et lorsque nous sommes seuls, vous pouvez m'appeler Jensen. Vous me rappelez une personne qui m'était chère que j'ai connu jadis.

Elle n'avait jamais vu ce regard dans les yeux de Klyde. Elle n'avait plus face à elle un adolescent, mais bien un homme, un vrai. Elle en fut presque intimidée. Mais elle eut tôt fait de se ressaisir. L'homme posa ses deux mains à plat autour de sa tasse de thé :

— Jensen, afin de clarifier les choses, je jure sur tout ce que je possède…

— Vous ne possédez rien…

— Si, mon honneur.

— Vous apprendrez avec l'âge, jeune homme, que cela n'a aucune espèce de valeur, mais je vous en prie, continuez.

— Je jure que je ne suis pas un sympathisant Odysséen, mais je suis bouleversé par notre découverte.

— Il y a de quoi Klyde. Je réfléchissais à votre sujet tout à l'heure, car j'ai écouté vos musiques…

— Leurs musiques, je n'ai fait que les retranscrire…

— Oui, ces musiques et effectivement elles sont très harmonieuses même si je n'ai jamais rien entendu de tel. Je suis d'accord avec vous. Soit elles sont le fruit d'une intelligence tierce, auquel cas cela fait de vous le découvreur de la première forme de vie extraterrestre de l'histoire, soit vous avez réussi à avoir un échange avec les Fermiers des Prairies Étoilées, ce qui fait de vous le premier prophète depuis Dave Bowman.

— Madame… Jensen, c'est bien trop d'honneur pour moi… Je suis juste un musicien. Je me suis engagé dans les secours juste parce que je jouais étant petit avec une maquette de votre navire. J'ai toujours souhaité monter à son bord. Je le connais par cœur.

— J'ai cru comprendre cela. Bien peu de personnes savent où se trouve l'endroit le plus fin de la coque. Mais, Klyde, vous allez devoir quitter le Thosh. Vous êtes désormais une personne importante et j'aurais des comptes à rendre si je vous faisais prendre le risque d'une telle plongée.

— Vous ne pourrez pas me faire quitter ce navire, il y a bien trop à découvrir ici.

— Vous êtes drôle Klyde. Je vous ferais expulser par l'armée si nécessaire. Pour vos études et découvertes, vous reviendrez plus tard à bord d'un navire de recherche scientifique. Ici c'est le Thosh, un navire de secours qui s'apprête à effectuer la mission la plus dangereuse de son existence. J'ai des gens à sauver et je ne peux pas me permettre de m'embarrasser d'un découvreur d'extraterrestres ou d'un prophète.

— Jensen, c'est pour cela que je suis venu vous voir et que je ne quitterai pas ce navire.

— Qu'est-ce que vous me racontez.

— Sans moi, Madame, vous allez mourir et perdre votre navire. Sans ajouter que les survivants de la barge ne seront jamais sauvés à temps.

— Dites donc, vous avez pris de l'aisance.

— Madame... Jensen... Vous êtes mon idole depuis toujours. Je ne peux pas vous laisser partir à une mort certaine tandis que je peux vous sauver.

Jensen rougit un peu. Il était flatteur d'entendre ainsi parler de soi, surtout de la part d'un jeune homme aussi charmant et désormais déterminé. Elle se ressaisit :

— En quoi pourriez-vous m'être d'une quelconque aide ? Vous étiez ici en formation et n'êtes même pas fichu de paramétrer tout seul un sonar. Je n'ai besoin que de personnel qualifié.

— Jensen, je vous ai expliqué que la musique est un langage universel au même titre que les mathématiques.

— Oui, je veux bien admettre cela.

— Depuis notre remontée, je n'ai eu de cesse d'étudier les deux mélodies pour comprendre les bases mathématiques de nos interlocuteurs, les accords de base. Je sais comment leur demander l'autorisation d'aller rejoindre la barge.

— Pardon ?

— Ils fonctionnent comme nous. Leurs musiques sont constituées des sept notes fondamentales sur plusieurs octaves et, c'est à peine croyable, il y a même des quintes et des tierces qui peuvent être à la fois majeures, mineures, diminuées ou même augmentées. Je vous l'assure. Ceux qui s'adressent à nous, quels qu'ils soient, sont d'une sensibilité rare.

— Vous voulez dire que nous avons affaire à des sortes de mélomanes ?

— D'incroyables mélomanes, très talentueux. Je suis certain d'être capable, avec votre aide, d'établir rapidement l'équivalent d'un dictionnaire afin de pouvoir établir un dialogue avec eux. Certes il ne pourra qu'être simpliste, mais suffisant pour qu'ils comprennent que nous leur demandons juste de nous laisser passer et que nous ne leur souhaitons aucun mal.

— Klyde, vous êtes fou !

— Jensen, faites-moi confiance. Je dois être présent à vos côtés lors de cette plongée. Sinon, tout le monde va mourir. Vous, l'équipage restant ainsi que les survivants de la barge. En revanche, je suis incapable de dire s'ils accepteront que nous passions. S'ils refusent, nous devrons faire machine arrière.

— Allons bon ! Vous prétendez donc être capable de parler avec des extraterrestres ou, mieux encore, des Fermiers ?

Klyde, se rendant compte du ridicule de la situation, ne se laissa pourtant pas démonter. Il répondit fermement :

— Oui Madame.

— À la bonne heure. Si vous tenez tant que cela à mourir dans ce navire, vous pouvez rester.

— Mais il faudra modifier deux ou trois choses dans le centre de commandement afin que je puisse établir le dialogue.

— On verra ça une fois que les autres seront évacués. Et au fait, je compte bien savoir comment vous allez vous y prendre.

— Si j'ai votre accord, je finalise le protocole cet après-midi et je vous explique tout cela ensuite, Madame. C'est un honneur de travailler avec vous.

— Vous avez mon accord.

Le jeune enseigne se leva puis sortit de la cabine. Jensen ressentait une sensation étrange. Elle sentait ses joues chauffer et son cœur battre dans sa poitrine.

Arrête avec tes conneries. Il a plus de quarante ans de moins que toi.

***

L'empereur Vladimer III Le Juste faisait les cent pas dans son salon impérial privatif. Il portait un simple complet, parfaitement taillé, mais n'avait pas pris la peine d'enfiler son costume d'apparat. Il semblait fort tracassé. Wendy, elle aussi habillée sobrement, se tenait face à lui, assise nonchalamment dans un des fauteuils, les jambes croisées sur un des accoudoirs :

— Vlad, arrête de t'en faire, tu sais bien que je vais résoudre cela.

— Wendy, je ne veux plus que tu m'appelles comme ça. Je ne suis plus un enfant.

— Vlad, tu sais que toi aussi tu ne devrais pas m'appeler comme ça.

— Je ne peux pas t'appeler autrement. Tu n'es plus celle...

— Évidemment que si. Je le suis toujours et à tout jamais. Mais peu importe ! Ne t'inquiète pas pour ce qu'il est en train de se passer. Cependant, je tiens à te rappeler que pour moi, en privé, tu es et resteras pour toujours, mon Vlad.

Chapitre-10 : Repas

La Grande Pierre était remontée là-haut, là où se trouve la lumière. Savant avait observé la scène avec étonnement. Elle semblait avoir compris ce qu'il lui avait demandé.

Puis, presque deux Lumières plus tard, la Grande Pierre était revenue. Tandis qu'elle se rapprochait, Savant perçut qu'elle produisait un son très grave. Il ne parvint pas à comprendre ce que cela signifiait, mais, dans tous les cas, cela ressemblait au type de son que les Surveillants produisaient lorsqu'ils mettaient leurs Autres en garde.

Si, au premier abord, Savant avait estimé que la Grande Pierre était remontée avant de redescendre afin de démontrer sa bonne volonté, il lui semblait clair qu'elle était partie se reposer afin de mieux pouvoir les affronter.

Pire même, elle semblait les menacer.

Savant fit part de ses conclusions à Dirigeant qui décida d'envoyer tous les Surveillants se ruer sur la Grande Pierre. Si elle persistait, le Plan serait alors utilisé contre elle.

***

— Eldor, pourquoi ne m'en as-tu pas parlé plus tôt ?

— Yobe, je devais absolument vérifier autre chose avant de t'en parler. Mais j'y reviendrai.

— Pourras-tu me fournir le texte du chef de tribu dans le dialecte original pour que je procède moi aussi à sa traduction afin de voir si nous trouvons la même chose.

— Évidemment Yobe.

— C'est une véritable catastrophe. Une catastrophe !

— J'en ai autant conscience que toi Yobe.

— Mais te rends-tu compte que toutes ces découvertes ne font que renforcer les Odysséens, en une période où un coup d'État militaro-religieux nous pend au nez !

— J'ai cru comprendre oui. Wendy semble avoir fort à faire.

— Et c'est sans même parler des travaux de Yates qui s'effondrent. Tout un pan de notre histoire est à réécrire.

— Cette partie-là est en revanche très stimulante pour l'esprit, Yobe. C'est notre métier…

— Arrête de blaguer Eldor. Je dois informer l'Empereur le plus vite possible.

— Attends un peu avant de faire cela. Il y a plus grave.

Yobe se servit son traditionnel verre de whisky. Verre qu'il remplissait lorsqu'il devait faire face à un imprévu… ou pour une célébration… ou pour patienter… Mais cette fois-ci, Eldi s'aperçut sans mal que le stress en était la cause. Il ne pouvait que comprendre Yobe. C'est lui qui aurait à annoncer tout cela à l'Empereur.

— Eldor, je ne vois pas ce qui pourrait être plus grave, mais vas-y poursuit-il, je suis équipé.

— Voyager a été initialisée en 1977 et s'est éteinte, faute d'énergie suffisante, en 2028.

— Oui, tu me l'as déjà dit.

— Mais, l'espace de quelques jours, elle s'est réactivée en 2042.

— Qu'est-ce que tu me racontes ?

— Je suis certain de ce que j'avance. J'ai fouillé sa base de données, cela ne m'a pris que peu de temps vu sa taille et j'ai trouvé quelque chose dans ce qui s'apparenterait à une forme de mémoire tampon.

— Quoi donc ? Qu'as-tu trouvé ?

Eldor tendit à Yobe un cristal que ce dernier posa sur son lecteur. Instantanément l'écran d'holovision passa en mode bidimensionnel. Le fond noir d'encre de l'espace s'afficha. En son centre, une sorte de tore lumineux, de toutes les couleurs, semblait être en train de s'estomper.

— Eldor je croyais que tu étais un garçon sérieux. La blague a assez duré. Tes révélations sur le chef de je ne sais plus quelle tribu sont suffisantes…

— Je suis on ne peut plus sérieux. Ce n'est pas un montage et encore moins une plaisanterie. C'est bien ce qu'il y a dans la mémoire de Voyager. Et les riches informations rattachées au fichier sont formelles, cela date bien de 2042.

— Attends, cette machine meurt puis ressuscite, par magie, 15 ans plus tard pendant quelques jours pour prendre une photo d'un bond hyperspatial à une époque où cela n'est pas censé exister. Tout cela alors que ses générateurs étaient épuisés.

— Oui, on peut résumer les choses ainsi.

— C'est proprement incroyable ! Si tu te moques de moi…

— Je ne me moque pas de toi Yobe. Revenons-en au sujet. Il faut voir ce que cela implique. Et là encore, comme pour le message du président, il n'y a que deux conclusions possibles. Dans tous les cas, cela détruit encore plus les travaux de Yates…

— Je vois ce que tu veux dire et cela n'est pas grave car, de toute façon, tous ses travaux sont déjà à genoux suite à tes trouvailles précédentes. Il avait théorisé que le bond hyperspatial avait été élaboré un millénaire après les évènements du film culte. Si l'image que tu me montres est vraie, elle date bien de cette époque ; la technique du bond a été maitrisée juste après les évènements de l'Odyssée et à peine plus d'un demi-siècle après la construction d'un engin spatial aussi rudimentaire et simpliste que Voyager. Il a forcément dû se passer quelque chose entre l'initialisation de cette sonde et la prise de cette photo pour qu'un tel progrès technologique se produise en si peu de temps…

— Yobe, ce que tu es train de dire est une conséquence et non une conclusion.

— Comment expliquer cela Eldor ? Nous ne sommes pas devins…

— Yobe, nous sommes historiens et c'est là un pouvoir bien plus puissant.

— Tu as donc trouvé ce qu'il s'est passé ?

— Non, mais il n'y a que deux explications possibles et c'est à nous d'identifier laquelle est la bonne.

— J'aurais besoin de temps pour y réfléchir car là, tu me prends de court. Éclaire-moi.

— Yobe, l'Histoire a montré que notre civilisation évolue certes de façon progressive mais surtout par rupture. Une nouvelle découverte, une nouvelle invention, une nouvelle théorie peuvent changer le visage de l'Humanité à tout jamais et ce, en très peu de temps. Cependant nous connaissons aujourd'hui les limites de compréhension de ce qu'on appelle pudiquement « complexité » par le cerveau humain. Il n'y a aucune raison que les primitifs aient été plus capables que nous dans ce domaine. De ce constat, de notre simple condition humaine, il est strictement impossible que l'Humanité soit passée de Voyager-1 à la maitrise de l'Hyperespace en seulement un demi-siècle.

— Donc cette photo est à ranger au registre des aberrations !

— Non Yobe, au contraire. Elle explique presque tout. Un bond hyperspatial a bien eu lieu en 2042, c'est indubitable. Une des explications est que nous avons été aidés à franchir ce cap technologique.

— Aidés ? Mais par qui, que diable ?

— Soit la véritable intelligence artificielle a effectivement été maitrisée durant cette période sans que je ne puisse m'expliquer comment on a fait pour perdre la maitrise de cette compétence depuis…

Yobe murmura :

— … HAL-9000…

— … et nous a aidés à théoriser la complexité de l'hyperespace, mais aussi à le contrôler. Soit ce sont les Fermiers qui nous ont aidés.

— Putain si tu as raison… Merde et merde de merde ! Eldor… Que va-t-on faire ? Dans tous les cas, là aussi les Odysséens gagnent sur tous les fronts.

— Yobe, ceci n'était qu'une explication impliquant deux théories. Il y a une autre explication, bien pire encore.

— Je ne vois pas laquelle.

— Celle-ci est beaucoup plus simple à expliquer, mais bien plus dramatique pour nous. Voyager a été redémarrée afin d'être auditée, tout comme je suis en train de le faire. Automatiquement, elle a alors probablement photographié les Fermiers lorsqu'ils sont repartis.

Yobe hocha gravement de la tête :

— Curieusement, tout cela a l'air de se tenir. Je vais prendre le temps de la réflexion, car je n'ai aucune idée de comment annoncer cela à l'Empereur.

— Quoi qu'il en soit, cela pose des hypothèses qui donnent raison aux Odysséens de faire tout un vacarme autour de cette période de l'Histoire. Le message du chef de tribu additionné à cette photo fait que les évènements vont dans un sens qui nous donne tort à nous autres rationalistes et raison aux Odysséens.

— Tu en as fini Eldor ? J'ai besoin de digérer tout cela.

— Non Yobe, je n'ai pas fini.

— Pardon ?

— Oui, moi aussi, j'avais besoin de me changer les idées après avoir fait ces découvertes. Travailler sur quelque chose de moins grave.

— Oui, on le fait tous. Alterner les sujets importants et les sujets légers.

— Eh bien, en guise de légèreté, j'ai été servi, crois-moi.

— Que veux-tu dire Eldor ?

— Bah… suite à ces découvertes, j'ai voulu essayer de déterminer lequel des deux Évangiles, celui selon Kubrick ou celui selon Clarke, était le moins délirant. Ou le plus crédible si tu veux.

— Chacun sa façon de perdre son temps. Les deux sont des ramassis d'âneries.

— Oh que non ! Je n'ai pas perdu mon temps… J'ai la preuve que l'Évangile selon Clarke est bien plus crédible que celui selon Kubrick.

Yobe buvait l'exposé d'Eldi comme du petit lait :

— Comment as-tu procédé ?

— Lorsque j'ai lu les quatre livres sacrés, je me suis questionné sur la raison pour laquelle Kubrick n'avait pas raconté la totalité de l'histoire.

— Ce n'est pas de l'Histoire, mais une légende.

— Je parle d'histoire en tant que conte. Bref, peu importe. Au début, j'ai supposé que Kubrick fût mort de façon prématurée puis j'ai tiqué en lisant « 3001 : l'Odyssée finale ». Soit Clarke a écrit ses Évangiles bien après les évènements et donc ils constituent le Prime Culte... Il est impossible qu'il ait pu assister aux évènements de 2001 ainsi qu'à ceux de 3001. Aucun humain ne vit un millénaire.

— Oui cela semble logique. Je m'étais aussi posé la question, mais sans approfondir.

— Soit Clarke vivait à l'époque des faits de 2001 et il est donc possible qu'il ait écrit 2001, 2010 et 2061 qui eux aussi seraient la base du Prime Culte. 3001 a très bien pu être ensuite rajouté par les ancêtres des Orateurs pour donner du poids à leurs prêches.

— Admettons, mais ce ne sont que des conjectures.

— J'ai donc voulu savoir si les évènements de 2010 et donc probablement de 2061 reposent sur quelque chose de concret. Dans tous les cas, je considère que Kubrick est mort avant 2010 sinon il aurait parlé de cet évènement fantastique.

— De quel évènement fantastique parles-tu ?

— J'y viens. Tu sais que nos navires, quels qu'ils soient, ont interdiction de s'approcher à moins de quatre années-lumière du Royaume Terrien. Tous ceux qui s'en sont approchés ont été abattus sans sommation.

— Oui j'en sais quelque chose et l'Empereur aussi.

— Et tu sais qu'Altran est la planète la plus proche du Royaume.

— Oui et c'est pour cela qu'il y a une importante garnison là-bas, afin de surveiller les activités des troupes Terriennes aux abords de la frontière entre le Royaume et l'Empire.

— Et tu sais aussi que j'ai des amis qui travaillent dans ces garnisons.

— Oui, c'est comme ça que tu as pu récupérer Voyager.

— Ils l'avaient récupérée lors d'une mission commando pour une raison classée secret-défense qui ne m'a pas été dévoilée. Bref, ce qui nous intéresse ici est le fait qu'ils ont franchi la frontière et en ont profité pour faire les observations les plus précises jamais enregistrées depuis… bah, en fait, depuis toujours.

— Et ?

— Et un de mes amis a accepté de me fournir une holo bien particulière que je soupçonnais d'exister.

— Tu as volé un dossier classé secret-défense ?

— C'est pour la bonne cause. Regarde.

Eldor effectua quelques manipulations sur l'écran holographique de Yobe et un point lumineux intense apparut au centre.

— Regarde, c'est le soleil originel. Je ne sais pas à quelle distance cette capture a été prise, mon ami a refusé de me le dire, mais je sais que c'est l'holo la plus proche à laquelle il pouvait accéder.

— Oui, et ? On voit un point lumineux. Y'a pas de quoi fouetter un chat.

— Regarde mieux.

Yobe fit pivoter l'holo dans tous les sens, mais à part le point lumineux, il ne voyait rien d'autre. Il commença alors à minutieusement zoomer un peu partout.

— Eldor, j'ai un Empereur à alerter du fait que ton Voyager amène avec lui tout ce qu'il faut aux Odysséens pour revendiquer le pouvoir. Je n'ai pas le temps de jouer aux devinettes.

— Ok. Regarde.

Eldor zooma au maximum sur le point lumineux qui finit par devenir une sphère minuscule :

— Et là qu'en dis-tu ?

— Eldor viens-en aux faits ! Une sphère jaune, oui et alors ?

— Regarde cet holopixels, là, ici …

— Il est rouge écarlate au lieu d'être transparent. Probablement, une erreur de capture de la part des instruments… attends… non… ce n'est pas possible… Tu parlais de 2010… Ce serait incroyable. !

— Oui Yobe, c'est bien une ultra-naine rouge. Une toute petite étoile de faible puissance et très peu lumineuse, mais elle existe bel et bien. Il y a bien deux étoiles dans le système solaire. Et à part les faits qui sont relatés dans 2010, je ne vois pas d'autres explications à son existence hormis si le système solaire a toujours abrité deux étoiles… Et cette deuxième étoile se trouve exactement là où on s'attendrait à trouver la légendaire Jupiter.

— Eldor, tout ceci est incroyable ! Soit 2010 dit vrai et les Fermiers ont transformé la planète Jupiter en étoile, soit Jupiter a toujours été une étoile et le culte de 2001 s'effondre, car il présente

Jupiter comme étant une planète. Dans tous les cas, cela sèmera le chaos entre modérés et radicaux.

— Oui, mais ajoute à cela le fait que dans 2001, dans l'Évangile selon Clarke, contrairement à celui de Kubrick, le Discovery effectue sa mission en direction d'une dénommée Saturne et non de Jupiter…

Yobe saisit aussitôt son transcom.

— Achille, je souhaiterais obtenir une audience le plus rapidement possible… Non, ce n'est pas une urgence absolue, mais je dois lui parler rapidement…14 h 30, très bien.

L'Honorable Docteur coupa la communication.

— Yobe, vous allez voir l'Empereur ?

— Oui, et tu viens avec moi.

Charles posa son hyperjet sur le spatioport personnel de l'Empereur, peu avant midi. Yobe et Eldor en descendirent. Instantanément, des batteries automatiques se pointèrent sur eux le temps que deux hommes en armes, à la carrure impressionnante, ne les rejoignent. Yobe aperçut un hyperjet caractéristique garé à l'autre bout du spatioport :

— Eldor, regarde ce vaisseau là-bas.

— Il est superbe, probablement un des plus raffinés que je n'ai jamais vus, une véritable œuvre d'art.

— Eh bien c'est celui de la Grande Amirale Impériale.

— Wendy est là ?

— Eldor, en ces lieux, seul l'Empereur a le droit de l'appeler ainsi. Si tu dois parler d'elle, y compris à elle-même, utilise son titre et non son nom, sauf à sa demande expresse.

— Elle est ici ? Nous allons la voir ?

— Grand Docteur Kent, je ne sais pas.

— Et pour Vladimer Le Juste, comment dois-je l'appeler ?

— Mon Empereur suffira.

— Et pour toi... heu... vous, dois-je dire Honorable Docteur Yayobe ?

— Oui, cela ira très bien.

Ils pénétrèrent dans un bâtiment qui brillait de mille feux. Les deux hommes en armes sur leurs talons avaient leurs mains posées sur leurs éclateurs. Ils marchèrent dans un long couloir orné des statues des Empereurs ayant précédé Vladimer Le Juste. Soudainement, une femme habillée d'une robe somptueuse, le visage à moitié couvert par une impossible coiffe tandis que l'autre moitié était entièrement maquillée, surgit de nulle part. Eldor sursauta. Elle dit d'une voix autoritaire :

— Garde, laissez-les, je m'en occupe.

— À vos ordres Grande Amirale.

Les deux hommes se postèrent dans un coin observant les deux historiens du coin de l'œil avant de finir par disparaitre. Eldor ne s'en était même pas aperçu. Il avait le regard figé sur Wendy. Il ne la reconnaissait pas. Ni par son attitude ni par son apparence. Elle n'était plus cette femme ingénue s'amusant de ses blagues douteuses lorsqu'ils mangeaient ensemble au restaurant. Il avait face à lui une femme sévère, stricte, impressionnante par son charisme. Au quotidien, Wendy était une femme d'une splendeur indescriptible et Eldor n'y était pas insensible. Mais la voir dans ses fonctions provoquait en lui un sentiment encore plus intense. Il avait autant peur d'elle qu'elle le fascinait. Elle s'approcha d'eux. Yobe lui murmura :

— À genoux Eldor.

Les deux historiens s'agenouillèrent puis une longue minute passa avant qu'Eldor ne sente une main se poser sur sa tête. Il comprit qu'il devait se relever. Wendy les regarda les yeux pleins de bienveillance :

— Yobe, heureux de vous voir ici

— Il en va de même pour moi Grande Amirale

— Eldor, merci d'avoir respecté le protocole.

— Wen... Grande Amirale, c'est un honneur pour moi.

— Très bien, maintenant que tout ce sketch est terminé, allons manger.

Eldor bafouilla :

— Grande Amirale, je ne comprends pas.

— Toi et Yobe faites partie de mon cercle intime. Même si vous devez vous plier à cette tradition millénaire, chose qui m'agace au plus haut point, cela ne nous empêche pas de manger un bout ensemble. Il fallait respecter tout ce tralala pour ne pas choquer mes gardes même si cela me pèse énormément. Désormais, en leur absence, j'apprécierai, toi Yobe tu le sais, mais que toi aussi Eldor, tu te comportes comme avec la Wendy que tu connais.

— Bien Grande…

— Tututu…

— Bien Wendy.

D'une démarche plus légère que lorsqu'elle était arrivée, elle les pria de la suivre. Ils finirent par entrer dans une pièce comportant une petite dizaine de tables rondes, ornementées de couverts somptueux et entourées chacune de chaises tout aussi splendides. Eldor balaya la pièce des yeux et vit qu'un homme, probablement un fonctionnaire, mangeait seul à une table se trouvant à côté d'une cheminée monumentale dans laquelle un feu scintillait de mille couleurs.

Chacune de ces chaises représente probablement plus qu'une année de mon salaire.

Wendy pria les deux hommes de s'asseoir puis en fit de même. Elle se tourna vers Eldor :

— Je suis bien heureuse de vous voir ici. Dès que j'ai appris votre venue, j'ai fait en sorte de me libérer un peu de temps pour manger avec vous. La faculté me manque, mais j'ai tant de choses à faire ici qu'il est compliqué pour moi d'y passer en ce moment. J'espère que Charles est à la hauteur.

Eldor se hasarda à répondre :

— Wendy, il est bien mieux que cela.

— Parfait. J'ai une confiance absolue en Charles. Il est un peu une sorte de bras droit pour moi. Bref, Eldor, tu es ici dans le restaurant des proches de l'Empereur. Yobe, toi, je ne te demande pas, mais toi Eldor que souhaites-tu manger ?

— Je… Wendy, je ne sais pas, j'attends la carte !

Wendy et Yobe pouffèrent de rire l'espace d'un instant avant qu'elle ne se ressaisisse :

— Désolé, ce n'est pas au protocole, mais c'est une sorte de bizutage pour ceux qui vont rencontrer l'Empereur pour la première fois. C'est idiot, mais cela fait toujours marrer ceux qui l'ont vécu.

Tandis qu'Eldor rougissait, l'homme au fond de la salle étouffait un rire dans sa serviette :

— Je ne comprends pas Wendy.

— Tu es dans le restaurant des proches de l'Empereur…

— Et je ne comprends toujours pas ! Quoi ? Il décide du plat ?

— Non Eldor, c'est tout le contraire ! Ici, tu peux manger ce que tu veux !

— Tout ce que je veux ?

— Absolument tout ! Il te suffit de demander. L'Empereur possède plus de cent cuisiniers personnels à son service, à tout instant. Ils peuvent préparer n'importe quel plat de l'Empire de la façon la plus raffinée qui soit. Tous les types de provisions existants sont en stock dans les réserves.

— Alors j'aimerais bien manger un Chtarvine.

— Qu'est-ce donc ? Jamais entendu parler !

— Wendy, c'est le plat typique de la région dans laquelle je vis sur Altran. On en mange normalement au moins une fois par semaine. Un mélange de boulettes en sauce épicée avec des légumes et accompagné de blé cuit à la vapeur.

— Altran te manque ?

— Je n'aurais jamais cru dire cela un jour, mais parfois, oui !

— Très bien, je vais goûter ce… comment dis-tu ?

— Chtarvine.

— Et toi Yobe ?

— J'avais oublié jusqu'à l'existence de ce plat, mais maintenant qu'Eldor en parle, je me souviens que c'est très goûteux. Je vais en prendre un aussi.

— Ah oui, c'est vrai, j'oublie toujours Yobe que tu avais passé plusieurs années sur Altran. Dans ce cas, trois Chtarvine et que ça saute.

Elle agita légèrement la main de sorte qu'un homme arriva aussitôt. Tandis qu'il leur servait du vin, elle les regarda avec un air, qui malgré sa coiffe et son maquillage, ne laissait place à aucun doute quant au caractère impérieux de sa demande :

— Maintenant, expliquez-moi pourquoi vous avez sollicité une audience.

L'homme au fond de la salle toussa.

***

Jensen ne fut pas surprise plus que ça. L'alerte noire venait à nouveau de se déclencher, mais cette fois-ci, l'onde de choc qui avait atteint le Thosh était beaucoup plus violente que lors de la descente précédente. De nombreux systèmes s'étaient aussitôt mis en sécurité. Elle lança l'ordre d'immobiliser le navire instantanément et malgré l'absence de la moitié de l'effectif dans le centre de contrôle et les diverses avaries qui touchaient l'appareil, elle parvint à le stabiliser en l'espace de quelques minutes. Elle observa sa position et s'aperçut qu'ils se trouvaient, peu ou prou, au même endroit que lors de leur précédente tentative de plongée, à mi-chemin entre les restes de la barge sur leur droite et le volcan sous-marin sur leur gauche.

Elle estimait qu'elle avait fait le bon choix en faisant évacuer la majorité de son équipage. Elle avait dû faire le tri, car la plupart d'entre eux s'étaient portés volontaires pour participer à la mission, ayant une confiance absolue aussi bien dans leur navire que dans leur commandante. Mais cette mission présentait de réels dangers et un taux d'incertitude si élevé qu'elle n'avait accepté que les membres les plus proches et les plus compétents. Le Thosh fonctionnait avec le minimum d'équipage possible. Les robots de maintenance avaient tous été mis en route et effectuaient des patrouilles dans le navire, à la recherche de la moindre anomalie.

De toute façon, ils ne savent rien faire de plus.

Elle se leva pour aller voir si Klyde, toujours dans son couloir, allait bien. Dans la pénombre des simples lampes d'évacuation d'urgence, elle vit qu'il pianotait sur son bricolage improvisé avec, pour ne pas changer, son oreille collée à la coque. Elle devait reconnaitre que Maxa s'était comporté de façon exemplaire et, avant qu'ils entament la plongée, il avait accepté de basculer à nouveau les systèmes de gestion du navire sur les sonars auxiliaires et de secours. Techniquement il n'aurait pas eu à le faire s'il ne s'était pas porté volontaire. Puis, suivant la demande de Klyde, un des techniciens de bord avait tiré diverses rallonges depuis la console principale de contrôle des sonars jusque dans ce que Jensen qualifiait désormais « la grotte de Klyde ». Le technicien avait fini par raccorder le petit clavier de voyage de Klyde, son synthétiseur personnel, à la console de Maxa. Klyde avait scotché son clavier à la paroi tandis que Maxa effectuait les manipulations informatiques nécessaires pour que le sonar principal convertisse et retransmette en direct les sons que Klyde pianotait. Ils avaient alors décidé d'entamer la descente et Klyde, comme convenu avec Jensen, avait commencé à émettre une note basse.

Elle ne regrettait pas de lui avoir fait confiance, car il avait lui-même prévu que les choses se dérouleraient ainsi. L'équipage dans son ensemble avait validé l'approche que Klyde souhaitait tenter. Tous, peut-être encore plus que par la motivation de sauver l'équipage de la barge, étaient fascinés par le fait d'être présents lors de ce moment historique. Dialoguer pour la première fois avec une intelligence extrahumaine ou, encore mieux, avec les Fermiers, ne pouvait se vivre qu'une seule et unique fois. Certains dans le navire commençaient à voir en Klyde un humain ayant le potentiel d'accéder au stade de conscience supérieure. « Ils » acceptaient de lui parler.

Après tout, Dave Bowman avait bien emmené le Discovery à sa perte. Mais il l'avait fait entrer dans l'histoire. Que Klyde emmène le Thosh à sa perte aussi n'avait finalement que peu d'importance au regard de ce qui était en train de se produire. L'être humain n'était plus seul dans l'univers et c'était désormais une certitude. Ils voulaient tous assister aux heures qui allaient suivre. Restait à savoir à qui ils avaient affaire.

Et si dans mille ans, on parlait encore du Thosh à travers toute la galaxie, au même titre que du Discovery de 2001, cela n'était certainement pas fait pour déplaire à Jensen. La veille, lors d'une réunion de crise, elle s'était adressée à l'équipage volontaire et sélectionné avant de procéder à la manœuvre de plongée. Pour ce faire, Jensen les avait tous réunis dans le gymnase :

— Avant toute chose, je tiens à vous remercier de votre confiance et de votre dévouement. Ceux qui se trouvent en bas, prisonniers de la barge, n'ont sans doute aucune idée de la bravoure dont vous faites preuve. Cette mission est probablement la plus périlleuse à laquelle vous n'aurez jamais eu à faire face. Non seulement nous devons plonger à une profondeur extrême, mais aussi dans un océan d'eau lourde ce qui rend notre navire assez délicat à piloter. Ajoutez à cela le volcan qui ne cesse de cracher du plutonium pur se trouvant non loin des survivants avec en plus une bonne dose de radioactivité ambiante et vous comprendrez qu'à la base, nous n'étions pas venus pour passer quelques jours dans un club de vacances sur Eden.

Jensen marqua une pause avant de poursuivre :

— Vous le savez, quelque chose de plus terrible encore se trouve devant nous. Mais ce quelque chose est peut-être le... Comment dire les choses de façon solennelle... Oui, c'est le plus grand truc qui soit jamais arrivé à l'Humanité. Je ne vous fais pas un dessin, car je sais que la rumeur s'est propagée et que bon nombre d'entre vous sont ici pour cette raison. Il est fort possible que nous ayons découvert, grâce aux talents du jeune enseigne Klyde, la première preuve d'une forme d'intelligence extra-terrestre même si nous ignorons qui ils sont et où ils sont. J'ai profité des deux jours passés en surface pour prévenir les autorités de sorte que des appareils scientifiques viendront sur place étudier la chose ultérieurement, mais pour les survivants de la barge, le temps presse. Nous devons plonger immédiatement. Si nous échouons lors de cette tentative, alors nos simulations montrent qu'ils mourront asphyxiés avant même que les radiations ne les achèvent.

Un homme cria du fond du gymnase :

— On s'en fout, on veut voir le prophète parler aux Fermiers.

— Du calme Artem. J'y viens. Je sais que la rumeur raconte que les Fermiers sont à l'origine de ce qu'il se passe. Au fait, au passage, merci Maxa d'avoir raconté toutes ces conneries. Mais rien, absolument rien ne permet de dire que tel est le cas. Nous savons juste que nous sommes entrés en contact avec une intelligence, des entités pensantes…

Toujours le même homme :

— Il n'y a rien ici. Rien ne peut y vivre, pas même nous plus de quelques jours, malgré notre science. Qui d'autres que les Fermiers…

— …Artem, ferme-la immédiatement, sinon je te fais renvoyer par le dernier transport qui attend de décoller avant notre plongée. Revenons-en à nos moutons ! Comme je le disais, nous sommes entrés en contact avec une intelligence qui refuse de nous laisser atteindre les restes de la barge pour une raison qui nous échappe. Déterminer sa nature ainsi que ses motivations ne relèvent ni de nos compétences, ni de nos fonctions, ni de notre mission.

Nous sommes ici pour sauver les survivants de la barge et l'enseigne Klyde, par sa perspicacité, a peut-être trouvé un moyen de leur demander l'autorisation de nous laisser approcher les nôtres. Avant de lui céder la parole, je tiens à vous rappeler que cette mission est très périlleuse. Nous avons d'ailleurs plus de chances d'y rester que de réussir et c'est pourquoi un dernier transport attend ceux qui souhaiteraient s'en aller, après avoir entendu la façon dont l'enseigne Klyde envisage de procéder pour permettre à notre plongée de se dérouler sans encombre. Des questions ?

Silence dans le gymnase.

— Bien, enseigne Klyde, je crois que c'est à vous.

Le jeune homme avait certes pris de l'assurance depuis son improbable découverte, mais Jensen remarqua qu'il était fort intimidé à l'idée de parler devant l'équipage. Elle décida de le laisser se débrouiller. Klyde hésita un instant puis se jeta à l'eau :

— Bonjour à tous… Je ne sais pas vraiment par où commencer, mais je vais tâcher d'être le plus clair possible. Lors de la dernière alerte noire, notre admirable Commandante a remarqué qu'un très léger bruit se propageait dans notre navire. J'ai fini moi aussi par le remarquer. Je dois préciser que je suis musicien en dehors de ma formation de matelot. Pour être synthétique, la musique, contrairement à ce que beaucoup s'imaginent n'est pas un art, mais une science. Vous n'ignorez pas qu'il existe en mathématiques des opérateurs fondamentaux tels que le plus, le moins, la racine carrée, les dérivées et j'en passe. Il existe aussi des données telles que les nombres, les puissances ou autres. Où que l'on aille dans l'univers, ces lois restent valables, ce qui fait des mathématiques un des langages universels. Vous remarquerez que je dis « un », car il y en a un autre. En effet, en musique, nous avons exactement la même chose. Les notes jouent à peu de chose près le même rôle que les nombres, les octaves servent de primitives ou de dérivées, le rythme pour sa part fait office d'opérateur et là aussi j'en passe. Nous pourrions en parler des heures. Quoiqu'il en soit, je me suis aperçu que ce léger son était en réalité une musique, une incroyablement belle mélodie dont seule une grande intelligence peut en être la source. Pas besoin de m'attarder sur la suite des évènements, je pense que vous savez ce qu'il s'est passé.

Klyde marqua une pause et Jensen le regarda en hochant la tête, en signe d'approbation :

— Vous savez qu'il existe sept notes principales, les fameux Do-Ré-Mi-Fa-Sol-La-Si. Elles sont l'équivalent musical des chiffres de un à dix dans le cadre des mathématiques. Le zéro en musique est constitué par l'absence de note. Les quintes et les tierces sont équivalentes à nos fractions. Or, notre navire est capable de se déplacer selon sept axes. Il y en a deux de roulis, deux de tangage et deux de lacet, ce qui nous en fait six. Le septième est le fait d'avancer. Je compte procéder à des expériences pour faire comprendre aux entités dans quelle direction nous souhaitons nous déplacer afin de voir s'ils acceptent que nous rejoignions la barge. Pour résumer, le Do signifiera, par exemple et arbitrairement, plonger, le Ré pour remonter, le La pour aller à droite… Je pense que vous me comprenez.

Un oui murmuré mais unanime se fit entendre dans le gymnase. Klyde poursuivit :

— Je me servirai des octaves pour faire comprendre à quelle vitesse nous souhaitons nous déplacer. Plus l'octave sera basse, plus nous irons vite. Enfin, je garde les quintes et les tierces sous le coude au cas où je comprendrais de nouvelles choses et que je doive les préciser.

Jensen coupa Klyde dans son exposé :

— Merci beaucoup enseigne Klyde. Désormais nous allons revenir à quelque chose de moins ésotérique. Inutile d'entrer dans les détails, le reste n'est que de la logistique. De fait, nous émettrons grâce à notre sonar principal les notes que jouera l'enseigne Klyde sur son synthétiseur. Je continuerai à piloter le navire, l'enseigne Klyde se chargera d'indiquer à nos hôtes où nous souhaitons aller. Afin de voir si une base de dialogue est possible, nous devons frapper un grand coup et montrer notre détermination. C'est pourquoi nous allons plonger à pleine puissance. L'enseigne Klyde pour sa part jouera un Do sur une octave ultra basse. J'espère que les entités vont se ruer sur nous. Si tel est bien le cas, alors cela signifiera qu'elles auront assimilé que le Do, pour nous, signifie descendre. Nous nous immobiliserons alors puis tenterons quelques manœuvres dans différentes directions et différentes vitesses. Toujours selon les notes et octaves choisies par l'enseigne Klyde. Nous allons tenter d'élaborer un dictionnaire grâce à de petits déplacements puis l'enseigne Klyde finira par écrire la mélodie décrivant le trajet que nous souhaiterons emprunter pour rejoindre la barge. Je sais que vous vous demandez tous comment nous saurons s'ils comprennent ce que nous, oserais-je dire, leur raconterons. La réponse est simple, nous savons comment ils disent NON. Cela se traduit chez nous par une alerte noire ou, au mieux, une alerte rouge. Nous partons du principe que l'absence d'alerte noire ou rouge veut dire OUI car, comme vous l'a expliqué l'enseigne Klyde, le 0 se traduit par l'absence de note. Or qui ne dit mot consent.

Elle marqua une pause afin de boire un verre d'eau puis, après s'être essuyé la bouche à l'aide d'une serviette, elle poursuivit :

— Vous comprenez désormais à quel point la mission est dangereuse. Je n'ai aucune certitude quant au fait de savoir si le Thosh sera capable de supporter un nombre suffisant de tests pour que nous puissions établir ce fameux dictionnaire. Des questions ?

Silence de mort dans la salle :

— Très bien, pour ceux qui le souhaitent, le dernier transport part dans un quart d'heure et cela n'aura aucun impact sur votre carrière si vous décidez finalement de le rejoindre. Pour les autres, à vos postes immédiatement, on plonge dans trente minutes.

Klyde fut applaudi lorsqu'il quitta le gymnase.

Jensen désactiva l'alerte noire et demanda à ce qu'un bilan complet de l'état du Thosh soit effectué. Rapidement, elle apprit que la coque avait cédé à de nombreux endroits et que des techniciens étaient déjà sur place, protégés par des combinaisons hyperbares et tentaient de colmater les brèches. Le choc avait été d'une violence inouïe et elle devait batailler aux commandes pour garder l'appareil immobile. Tandis qu'elle se débattait, elle entra en communication avec Klyde, toujours isolé dans sa « grotte », mais il disposait d'un écouteur dans celle de ses oreilles qui n'était pas collée à la coque. Le couloir avait été isolé du reste du navire, vidé de ses robots et de ses machineries afin que Klyde puisse se concentrer sur le bruit de la coque sans que ce dernier ne soit parasité par un quelconque appareillage. Jensen ouvrit le canal :

— Klyde, je vais procéder à une manœuvre latérale vers la position de la barge, sans plongée ni remontée d'une dizaine de secondes à vitesse minimale. Nous serons seulement en lacet. Aucun roulis, aucun tangage, ni aucune vélocité longitudinale. Merci de prévenir nos amis.

— Bien Commandante, je procède immédiatement à l'émission

Klyde pianota sur son synthétiseur quelques notes basiques puis attendit. Il observait son chronomètre avec anxiété. Peut-être s'était-il trompé ? Les dix secondes venaient de s'écouler de sorte qu'il sentit le Thosh s'immobiliser de nouveau. Dans son oreillette, la voix de Jensen se voulait rassurante, mais transpirait d'appréhension :

— Parfait, aucune alerte. Nous allons revenir dans notre position initiale, mais continuerons le mouvement pour nous placer dans la situation exactement opposée, en direction du volcan.

Toujours aucun roulis, tangage ou vélocité longitudinale. Envoi du message. Exécution.

Klyde joua de nouveau quelques notes et les lança en boucle. Il déclencha son chronomètre. Dix secondes venaient de s'écouler. Tout allait bien. Mais à peine eut-il le temps de le penser que le couloir se mit à trembler dans tous les sens tandis que l'alerte noire se déclenchait à nouveau. Sans même que Jensen n'ait besoin d'intervenir, il émit les notes de leur précédente tentative de déplacement. Jensen et lui s'étaient mis d'accord sur la procédure à suivre dans une telle situation. Elle s'occupait du pilotage tandis que Klyde se chargeait d'annoncer l'abandon de la tentative de mouvement. Il sentait d'ailleurs que le Thosh avait amorcé un mouvement de retour à sa position initiale. La lumière normale finit par revenir. Jensen pénétra dans le couloir :

— Klyde c'est à la fois une catastrophe et quelque chose de merveilleux. Le Thosh commence à se disloquer, mais son intégrité structurelle est encore à soixante pour cent de ses capacités. Vous aviez raison. Les entités dialoguent avec nous. Vous avez bien enregistré, je ne sais où, les notes que vous avez utilisées ?

— Évidemment madame. Je suis musicien et compositeur.

— Nous allons poursuivre le programme prévu. N'oubliez pas que désormais nous n'allons effectuer des mouvements que d'une seconde en tangage puis en lacet. Nous effectuerons les tests de vélocité en dernier.

— Oui, je n'ai pas oublié.

Jensen sortit du couloir et laissa à nouveau Klyde seul, dans le silence le plus total. Ils appliquèrent le protocole et ils n'eurent plus à endurer d'alerte noire même si de nombreuses alertes rouges s'étaient déclenchées lors de certaines manœuvres. Klyde avait tout noté scrupuleusement et se sentait très nerveux. Le succès de la mission, ainsi que le bon déroulement du premier échange avec une autre intelligence reposaient sur ses épaules. Une fois tous les essais achevés, Jensen réapparut dans le couloir :

— Klyde, c'est le moment de vérité. D'après ce que vous m'avez raconté, vous avez toutes les informations dont vous aviez besoin pour composer une mélodie qui traduise la trajectoire d'approche que nous souhaitons emprunter pour atteindre la barge.

— Oui commandante.

— Au passage, vous avez remarqué que les entités refusent tout mouvement en direction du volcan ?

— Oui commandante.

— Au boulot, écrivez-moi cette putain de musique et qu'on en finisse. L'intégrité structurelle est désormais inférieure à vingt pour cent. La moitié de nos moteurs est en rade et certaines de nos gouvernes ont été arrachées. Si vous vous trompez, la prochaine alerte pourrait bien être la dernière pour nous tous.

Jensen laissa de nouveau Klyde seul. Il se mit à genoux sur le sol en se prenant la tête dans les mains, le visage en sueur. Il n'avait que quelques minutes pour composer l'œuvre de sa vie, peut-être même la plus importante de l'histoire de l'Humanité. Il savait désormais que les entités comprenaient leurs intentions à partir de chaque note ainsi que de chaque octave qu'il allait écrire. À partir de ce dictionnaire, il se devait de composer la première mélodie qui serait partagée avec une autre forme d'intelligence. Le squelette de la musique n'était autre que la trajectoire prévisionnelle que Jensen envisageait pour atteindre la barge. Mais il souhaitait aussi montrer à ses hôtes qu'il était capable, lui aussi, d'écrire quelque chose de beau. Il attrapa fébrilement son stylet puis se mit à composer…

Deux heures s'écoulèrent avant que Jensen en eût assez d'attendre. Le Thosh était en difficulté et il leur fallait agir vite que ce soit pour continuer la plongée ou pour abandonner la mission. Elle revint dans le couloir pour finalement trouver un Klyde dans un état second, occupé à jouer sur son synthétiseur. Elle écouta attentivement, puis finit par se décider à briser cet instant :

— Klyde, c'est magnifique !

Il la regarda, en sueur, le regard complètement perdu.

— Merci. Je suis prêt à l'émettre dès que vous en donnerez l'ordre.

— Émettez et je vais aux commandes appliquer la trajectoire.

Klyde se mit à jouer et rapidement il sentit le Thosh se mettre en mouvement. Cette musique lui semblait si inattendue qu'il la trouvait fascinante. Le navire commençait à se déplacer puis, de nouveau, une alerte noire.

Cette fois-ci tous les systèmes s'éteignirent.

Pour la première fois de sa vie, Jensen ressentit de la terreur. Le Thosh refusait de redémarrer. Elle était en train d'en perdre le contrôle, mais aussi d'échouer dans sa mission. Les éclairages de secours luisaient tant bien que mal de sorte qu'elle attrapa une lampe de poche. Même les holoécrans du centre de contrôle avaient cessé d'afficher leurs données d'ordinaire abondantes. L'équipage était en état de panique. Elle se rua dans le couloir pour aller tenter de comprendre avec Klyde ce qu'il s'était passé et là où ils s'étaient trompés. Désormais, la question était d'essayer de savoir ce qu'ils pouvaient faire pour que les entités n'achèvent pas le Thosh. Dans la pénombre du couloir, elle trouva Klyde, recroquevillé sur le sol, toujours une oreille collée à la paroi, les yeux remplis de larmes :

— Que se passe-t-il Klyde ? Par tous les Dave, répondez-moi ! Notre navire est en perdition.

La voix du jeune homme tressauta avant qu'il n'éructe :

— Tais-toi ! Ils nous répondent. C'est… Sublime…

Chapitre-11 : Empereur

La Grande Pierre s'était mise à chanter, d'abord maladroitement puis, progressivement, avec de plus en plus d'adresse.

Savant l'étudiait avec le plus grand soin et finit par comprendre ce qu'elle tentait de lui dire. Il ressentit l'équivalent de l'étonnement. Jamais ni lui ni un de ses Autres n'avaient pu échanger avec quoi que ce soit hormis eux-mêmes.

Il analysait ses déplacements et ses chants. Il était hors de question qu'elle se dirige vers la fontaine et à chaque fois qu'elle essayait, Dirigeant ordonnait aux surveillants de se ruer sur la Grande Pierre.

Puis elle commença à chanter de façon de plus en plus complexe, plus aboutie et se mit en mouvement.

Savant comprit qu'elle n'avait aucun intérêt pour la fontaine et désirait juste rejoindre les restes de l'Île. Mais des Juvéniles se trouvaient sur sa trajectoire et, sans même que Savant n'eût le temps d'intervenir, Dirigeant ordonna de nouveau aux surveillants de fondre sur la Grande Pierre.

La Grande Pierre semblait morte. Savant en fut profondément affecté, car il s'était rendu compte qu'ils pouvaient avoir des échanges ensemble. Que Lui et ses Autres n'étaient pas les seuls capables d'avoir une pensée construite.

Avec l'accord de Dirigeant, qui comprit l'ampleur de l'erreur qu'il avait commise, Savant enveloppa la Grande Pierre de toute son attention et tenta de la rassurer. Rapidement, tous ses Autres se joignirent à lui.

***

Wendy avait écouté avec attention ce qu'Eldor avait à lui révéler. De temps en temps, elle jetait un coup d'œil à Yobe qui hochait de la tête en signe d'approbation. Lorsqu'il sembla avoir fini, elle posa délicatement sa fourchette sur la table avant de s'essuyer la bouche avec une serviette en satin :

— Eldor, tes conclusions sont proprement effrayantes. Non seulement tu détruis tout ce que nous croyons savoir de notre lointain passé, mais en plus tu donnes aux Odysséens des arguments qui renforcent ce qu'ils affirment depuis toujours.

— J'en suis profondément désolé. Cependant, tu connais le fond de ma pensée désormais. Bien entendu, ce ne sont que des conclusions temporaires et j'ai encore une quantité de travail incalculable à abattre avant de pouvoir certifier ou invalider chacune de ces hypothèses.

— J'ai bien compris Eldor. Il est quand même assez ironique que tu viennes sur Gloria avec le fol espoir de démontrer que le Culte des Odysséens ne consiste en rien d'autre qu'une fable plusieurs fois millénaire et qu'en quelques semaines, tu sois en mesure de leur fournir toutes les preuves capables d'avérer le bien-fondé de leurs croyances.

— Wendy, je ne sais pas si ce que je ressens le plus est de la honte ou de la gêne. J'ai passé des années à étudier Voyager et j'étais raisonnablement certain de mes travaux, suffisamment pour les présenter à mes pairs.

— Oui, je le sais. Ton idée selon laquelle le bref écart temporel entre des appareils tels que Voyager et la mission Discovery de 2001 empêchait l'apparition de technologies aussi évoluées était une bonne approche. Que jamais l'Humanité, en un quart de siècle, n'aurait pu faire un tel bond technologique.

Ce fut Yobe qui intervint :

— Wendy, Eldor pensait plus à Hal-9000, aux ordinateurs qu'aux astronefs.

— Oui je le sais et c'est bien pour cela que j'ai personnellement autorisé sa venue sur Gloria pour te rencontrer Yobe. À l'origine l'administration avait refusé sa demande de visa. Pour les gratte-papiers, un historien débutant, vivant dans une ville mineure d'une planète anecdotique et souhaitant se balader avec un Artefact primitif dans l'entourage immédiat de l'Empereur, n'avait rien à faire ici. N'oublie pas que je me suis portée personnellement garante de sa présence ici, vu comment tu insistais pour le rencontrer.

Yobe ne se démonta pas tandis qu'Eldor ne savait plus où se mettre :

— Wendy, même encore à présent, je pense que sa théorie initiale est la bonne. Mais il nous faut démonter une par une ses dernières hypothèses qui, et je dois être franc, sont suffisamment recevables pour mériter d'être étudiées.

— Yobe, depuis que tu es enfant, tu n'as que ce mot à la bouche, étudier, étudier, étudier…

Eldor jeta un regard étonné, d'abord à Yobe puis à Wendy et il ne put se retenir de dire, sur le ton de la surprise :

— Wendy, mais que racontes-tu ?

— Eldor, nous y reviendrons ultérieurement, si je juge que cela est nécessaire. Pour l'instant nous avons bien d'autres chats à fouetter. Eldor, j'ai accepté que tu viennes ici, sur Gloria, car tes travaux allaient dans le sens des intérêts de l'Empereur. Démontrer qu'une intelligence telle qu'Hal-9000 ne pouvait pas techniquement exister à l'époque que relate le film culte, car Voyager était si archaïque qu'il était impossible que les primitifs maitrisent une technologie, que nous n'arrivons toujours pas à maitriser nous-même, celle de la conscience artificielle, était très intéressante dans le cadre politique que nous rencontrons. Le gouvernement impérial est preneur de tout ce qui peut affaiblir les Odysséens dans leurs croyances et leur puissance. Mais là c'est exactement le contraire. Il ne faut surtout pas que ces informations tombent dans les mains d'un seul Odysséen. Du moins tant qu'on n'en saura pas plus. Il en va de la sécurité de l'Empereur et surtout de l'équilibre entre Alpha et Bêta et donc par extension, de la stabilité de l'Empire.

— Wendy, telles n'étaient pas mes intentions.

— Je le sais Eldor. As-tu parlé de tes récentes trouvailles à quelqu'un d'autre ?

— Personne Wendy, absolument personne, hormis Yobe.

Le vieux rasta hocha une fois de plus la tête. Elle prit alors un air grave en fixant Eldor avec ce regard autoritaire qu'elle seule savait avoir :

— Il faut alors effectivement que tu en parles à l'Empereur, immédiatement. Vous avez fait le bon choix de demander audience avant de poursuivre votre œuvre. Peut-être l'Empereur décidera-t-il de te laisser la vie sauve, Eldor.

Wendy s'était levée brusquement puis avait prié Yobe et Eldor de la suivre. Au fond du restaurant, l'homme mangeait tranquillement son dessert. Eldor tremblait de tout son corps et crut qu'il allait se sentir mal. Yobe lui avait attrapé la main pour l'aider à ne pas vaciller. Elle les escorta jusqu'à l'entrée du salon de réception impérial. Après avoir fait signe aux gardes, elle leur dit :

— Vous trouverez deux fauteuils en entrant. Asseyez-vous dedans et attendez la venue de l'Empereur. Je ne sais pas quand il arrivera. Cela peut être dans quelques minutes comme dans plusieurs heures. Pour ma part, je ne peux pas rester avec vous, j'ai d'autres impératifs et par ailleurs ma présence n'a pas été sollicitée.

Eldor bafouilla :

— Bien Wendy.

Elle leur tourna le dos avant de s'éloigner. Alors qu'elle disparaissait au fond du couloir, elle se retourna vers eux, les observa et dit enfin d'une forte voix :

— Une dernière chose. Racontez-lui tout ceci exactement comme vous l'avez fait avec moi. Ne le ménagez surtout pas et ne cherchez pas à minorer la gravité de quoi que ce soit. L'Empereur est un homme extrêmement intelligent et juste, mais il sait aussi être très sévère avec le mensonge ou la dissimulation.

Puis elle disparut derrière une porte tandis que les gardes les accompagnaient dans le salon impérial. Ils repartirent une fois que les deux historiens se furent assis dans les fauteuils qui leur avaient été désignés. Dans n'importe quelle autre situation, Eldor aurait joui de ce moment, admiré l'élégance de la pièce et les richesses des œuvres qui l'ornementaient. Pour l'heure, il cherchait juste à ne pas s'évanouir.

Pourquoi a-t-elle dit cela ? Qu'ai-je fait pour que l'Empereur en veuille à ma vie ?

Ils patientèrent en silence durant ce qui semblait être des minutes interminables. Face à eux se trouvait le trône, célèbre dans toute la galaxie. Il était encore plus imposant que dans les holofilms et il était de renommée galactique qu'il avait été fait sur mesure pour l'Empereur, par les meilleurs artisans de la galaxie. On racontait qu'au moins un artisan de chaque monde était venu sur Gloria pour participer à sa création. De chaque côté, un soldat richement vêtu se tenait au garde à vous. Leurs éclateurs ressemblaient à ceux des troupes d'interventions spéciales, le luxe en plus, et Eldor savait que seuls les meilleurs combattants de l'Empire savaient manier cette arme redoutable. Puis, sans qu'Eldor ne parvienne à déterminer comment, Yobe lui avait fait comprendre qu'il était temps de se lever. Il s'exécuta.

L'Empereur entra, le pas lourd. Il portait une tunique d'un raffinement tel que les holofilms ne faisaient que singer sa splendeur. L'homme en lui-même n'était pas spécialement grand ni ayant une musculature importante, mais son charisme était extrêmement intense. Tout en lui respirait la puissance, le pouvoir et la détermination.

Il se dégage de lui la même aura que celle de Wendy. Pas étonnant que ce soit de tels individus qui nous dirigent. Je ne suis rien en comparaison avec eux.

L'Empereur portait lui aussi une coiffe singulièrement différente de celle de Wendy, mais, là aussi, elle lui couvrait la moitié du visage. Eldor savait que l'Empereur en avait à sa disposition une multitude. Chacune d'elle avait un sens et devait être portée lors d'occasions spécifiques. Eldor, comme chaque élève de l'Empire, avait appris quelle coiffe correspondait à quelle occasion, mais il avait trouvé ces cours particulièrement ennuyeux et ne les avait écoutés que d'une oreille distraite. Désormais Eldor le regrettait, car il aurait aimé savoir ce qu'elle signifiait. Puis l'Empereur s'assit et les fixa, le regard ne trahissant aucune forme de sentiment ni d'émotion :

— Citoyens, Honorable Docteur Yayobe, Grand Docteur Kent, vous avez sollicité une audience. Je suis à votre disposition le temps qui sera nécessaire. Asseyez-vous, soyez clairs et concis.

Yobe répondit aussitôt, avant de s'asseoir :

— Mon Empereur, c'est un immense honneur pour nous que vous ayez accepté de nous recevoir.

Eldor, intimidé parvint à articuler :

— Mon Empereur, c'est un honneur inimaginable pour moi d'avoir l'opportunité de vous présenter mes travaux.

Puis Eldi s'assit. Le silence était pesant et l'Empereur semblait le jauger. Assurément, il en connaissait beaucoup sur la nature humaine et semblait se faire une opinion de lui. Eldor eut du mal à soutenir son regard et ne savait s'il devait baisser les yeux. Il s'était alors rappelé une scène d'un holofilm célèbre dans laquelle un agent secret, annonçant à l'Empereur de mauvaises nouvelles et que ce dernier refusait d'admettre, n'avait jamais lâché son regard. Il décida d'en faire de même, mais son cœur battait la chamade. L'Empereur leva la main droite puis instantanément, les deux gardes sortirent de la pièce. L'Empereur agrippa fermement les boules ornementées se trouvant au bout des accoudoirs de son trône :

— Honorable Docteur Yayobe, je vous prierai de ne pas intervenir. Vous-même ainsi que la Grande Amirale m'avez dit le plus grand bien au sujet du Grand Docteur Kent et je souhaite entendre ce qu'il a à me dire de sa bouche.

L'Empereur marqua une pause avant de poursuivre :

— Citoyen Eldor Kent, qu'avez-vous de si important à m'annoncer pour que je reporte mon rendez-vous avec l'ambassadeur de Placine ?

Eldor se lança dans un long monologue dans lequel il expliqua ses travaux, les péripéties qu'il avait vécues ces derniers temps ainsi que ses récentes découvertes et hypothèses. L'Empereur semblait impassible et l'écoutait attentivement, sans l'interrompre une seule fois. Petit à petit, Eldor reprenait confiance en lui et parvenait presque à oublier la remarque de Wendy lors de la fin du repas. Sa locution se fit plus claire, car finalement, l'exercice revenait au même que la présentation initiale qu'il aurait dû faire. À ceci près qu'il n'y avait qu'un seul auditeur, Yobe mis à part, et que sa vie semblait être en jeu. Son exposé dura pratiquement toute l'après-midi et l'Empereur n'avait bougé à aucun moment. Il semblait même capable de ne pas battre des paupières. Eldor n'avait jamais quitté son regard. Inévitablement, vint un moment où Eldor ne savait plus trop quoi raconter. Il conclut ainsi :

— Mon Empereur, je pense avoir été exhaustif et vous avoir tout dit. Lorsque j'ai pris conscience de l'importance et surtout de l'impact que pouvaient avoir mes découvertes, j'en ai immédiatement parlé à l'Honorable Docteur Yayobe qui a aussitôt estimé qu'il était de notre devoir de vous en informer.

L'Empereur se leva et se dirigea vers Eldor. Il s'arrêta devant lui. Par réflexe, Eldi se leva automatiquement. Yobe en fit de même. Pour la première fois en deux heures, l'Empereur ouvrit la bouche :

— Venez avec moi au petit salon.

Eldor assistait à une scène qui, il y avait encore quelques minutes, lui aurait semblé surréaliste. Il était assis sur un divan certes confortable, mais très modeste, Yobe se tenant sur sa gauche. La pièce n'était pas spécialement grande et était neutre dans sa décoration. Il avait l'impression de se trouver dans l'appartement d'un fonctionnaire de sa planète Altran. L'Empereur était occupé à faire chauffer une bouilloire et Eldi comprit que l'Empereur était en train de préparer du thé, comme n'importe quel hôte le ferait avec ses convives. Mais il n'osait pas ouvrir la bouche, d'autant plus que Yobe ne prononçait pas un mot.

Est-ce un rituel ou que sais-je ?

Finalement, l'Empereur revint vers eux, dans le plus grand silence et leur servit une tasse. Il tendit vers eux une luxueuse coupelle comportant des morceaux de sucre avant de finir par s'asseoir face à eux. Tandis qu'il venait d'ajouter deux morceaux dans sa tasse, l'Empereur dit à voix haute sans regarder ni Eldor ni Yobe :

— Vous savez que vous me posez un réel problème.

Ce n'était pas une question, mais Eldor ne le comprit pas. Il tenta de rétorquer :

— Mon Empereur…

— Taisez-vous citoyen Eldor Kent. Mon prédécesseur, l'Empereur Rusko II, vous aurait fait exécuter pour moins que cela.

— J'implore vos excuses mon Empereur.

L'Empereur fixait sa tasse de thé :

— Citoyens, aussi bien vous Eldor Kent que toi, Yobe, me provoquez un embarras qui est très mal venu en ces temps troublés. Le plus aisé pour moi serait de vous faire exécuter.

Le sang d'Eldor se glaça mais, à ses côtés, Yobe semblait serein. L'Empereur poursuivit :

— Citoyens, considérez que votre présentation devant vos pairs est annulée. Il est évidemment hors de question que vos théories, citoyen Kent, ne deviennent publiques. Yobe, je comprends pourquoi tu as tant de respect pour lui. Il est un jeune homme très brillant et assurément un élément important pour l'avenir de l'Empire.

Yobe prit la parole pour la première fois depuis plusieurs heures :

— Mon Empereur, les travaux du Grand Docteur Kent sont d'une importance vitale pour préserver votre trône et par là même la stabilité de l'Empire. Vous êtes un homme de bon sens.

L'Empereur répondit sévèrement :

— L'homme oui… Mais l'Empereur se doit d'être pragmatique. Le citoyen Eldor Kent serait bien moins la source de problème mort qu'il ne serait utile vivant.

— Mon Empereur, j'en appelle à votre sagesse...

Une pause marqua la discussion avant que l'Empereur ne se tourne à nouveau vers Eldor :

— Citoyen Kent, comme je vous le disais, je ne suis pas mon prédécesseur. Malgré le danger que vous représentez pour moi, j'ai décidé de vous laisser la vie sauve. Yobe ainsi que la grande Amirale ont une forte estime pour vous et, depuis toujours, leurs opinions m'ont été d'une forte aide.

— Si vous le permettez mon Empereur ?

— Je vous en prie.

— En quoi suis-je un danger pour vous ? J'ai bien compris que je n'étais qu'un Exo historien insignifiant venant d'un monde insignifiant.

— Citoyen Kent, un putsch de la part des radicalisés Odysséens, qui tiennent une partie de l'armée régulière, est imminent. Vos dernières hypothèses vont mettre le feu aux poudres. S'ils venaient à prendre connaissance de vos théories et étaient en possession de vos preuves, une guerre civile serait inévitable. L'Empire serait mis à feu et à sang. Je ne vous veux aucun mal, car Yobe m'assure que vous êtes à la hauteur de l'honorable et regretté Docteur Yates.

— Mon Empereur, je ne sais quoi...

— ... dire ? Notre bien-aimée Grande Amirale pense la même chose de vous. Et c'est désormais mon cas aussi. Je dois vous avouer que votre exposé tout à l'heure, bien que rempli de passion, était assez soporifique.

— Veuillez m'en excuser mon Empereur.

— Vos excuses sont acceptées citoyen Kent. Il relève de mes fonctions de supporter ce genre de choses. Tout ce que vous m'avez annoncé, je le savais déjà.

Yobe, sur sa droite, esquissait vaguement un sourire. Eldor osa :

— Mon Empereur, si je peux me permettre, je ne comprends pas ! J'en ai parlé seulement à l'Honorable Docteur Yayobe ce matin même ainsi qu'à Wen... notre Grande Amirale, ce midi. Personne n'est au courant ! Un autre historien est-il arrivé aux mêmes conclusions que moi ? Par d'autres moyens ? Si tel est le cas, il serait fantastique de pouvoir le rencontrer.

— Citoyen Kent, j'étais en votre compagnie lorsque vous avez exposé tout ceci à notre Grande Amirale.

Eldor bloqua un instant. Il ne parvenait pas à comprendre ce que l'Empereur voulait dire. Avait-il été mis sur écoute, l'homme au fond du restaurant appartenait-il aux services de renseignements ? Eldor s'aventura :

— Mon Empereur, je ne sais comment vos services ont procédé mais je puis vous assurer que je suis un citoyen parfaitement loyal.

— Je le sais citoyen Kent… Je prenais mon repas en même temps que vous. Mais je n'avais pas enfilé tous ces apparats protocolaires. Je vous ai écouté attentivement tout à l'heure. Vous m'avez répété exactement la même chose que lorsque vous parliez avec la Grande Amirale. Or, je sais que vous avez confiance en Yobe ainsi qu'en la Grande Amirale. Si jamais vous m'aviez raconté une version des faits ne serait-ce que légèrement différente, vous seriez mort à l'heure qu'il est. Vous avez gagné ma confiance, mais cette dernière doit se garder, chaque jour, chaque heure qui passe. Vous êtes très dangereux pour l'Empire. Je vous laisse en vie, mais je vous garde à l'œil. Citoyen Kent, vous n'avez le droit à aucune erreur. Ma compréhension ainsi que ma tolérance ont leurs limites.

— Mon Empereur, que suis-je censé faire pour vous servir ?

— Citoyen Kent. Les choses sont simples. Votre existence même risque de déclencher un conflit entre Alpha et Bêta. Je vous condamne donc à l'exil. Vous avez vingt-quatre heures pour quitter le système Glorien. Une fois cette limite de temps dépassée, vous serez exécuté par ma garde personnelle si vous n'avez pas disparu de la circulation. Dois-je ajouter que votre Artefact… ce Voyager… doit être détruit ainsi que tous les fichiers qui ont permis de le réitérer ? Il est hors de question que les Odysséens et encore moins Le Guide puissent mettre la main dessus. Si vous parlez à qui que ce soit de tout cela, vous serez abattu, si vous transmettez une information à qui que ce soit, vous serez abattu, si vous avez oublié de m'informer de quoi que ce soit, vous serez abattu, si à la même heure demain vous êtes encore dans le système Glorien, vous serez abattu. Si vous faites preuve de la moindre velléité de mauvaise volonté, je détruis votre carrière sur Altran. Vivre a un prix. Ne revenez ici que lorsque vous serez certain de vos théories. Si jamais, un jour, tel est le cas, alors, nous en reparlerons. Je sais écouter. En attendant, vous n'avez plus votre place sur Gloria et à moins que vous ne réussissiez à résoudre l'énigme que vous-même avez posée, vous êtes désormais et resterez un fantôme. Partez d'ici, maintenant, et contactez la Grande Amirale. Elle saura quoi faire. Je ne veux plus entendre parler de vous tant que vous n'aurez pas de certitudes.

Eldor ne sut quoi répondre. L'Empereur conclut froidement la discussion sur ces mots :

— Citoyen Kent. Vous avez vu mon visage dans le restaurant. Cela est suffisant pour que juridiquement je puisse vous faire exécuter sans procès ni autres formalités. Ne l'oubliez pas.

Yobe et Eldor quittèrent l'enceinte principale du palais impérial en silence. Tandis qu'ils se dirigeaient vers l'hyperjet de Charles, toujours garé dans un des coins du spatioport, le sang d'Eldor ne fit qu'un tour dans ses veines. Sa colonne vertébrale se raidit et il sentit tous les poils de sa nuque se hérisser.

Putain de bordel de merde. J'ai oublié de parler de la copie du disque effectuée par Lars.

***

La nuit n'était pas si sombre que cela. Il faisait un peu frais, mais Lars était d'humeur à rentrer chez lui à pied. Une partie de Bêta, de son rouge violacé éclatant éclairait le ciel nocturne. Lars n'avait pourtant que faire de ce spectacle. Il l'avait déjà vu mille fois. Lars était perdu dans ses pensées. Et il déambulait sur le chemin de campagne qui menait à sa maison sans vraiment y prêter attention. Il avait le sentiment que la journée qu'il venait de passer dans son laboratoire, dans les locaux de Riviera, était la plus importante de sa vie. Il était euphorique.

Depuis qu'Eldor était reparti, il s'était replongé dans ses travaux sur la téléportation quantique, cette chimère qui en fait n'était pas le sujet qui l'intéressait. Il n'y voyait qu'un outil. À chaque fois, depuis désormais un certain temps, ses cobayes étaient téléportés bel et bien vivants, mais arrivaient avec un niveau d'intelligence nul.

Pourquoi tout ce qui constitue l'intelligence d'un individu s'évapore durant une téléportation ?

Et Lars estimait qu'il venait de faire une découverte majeure. Peut-être la plus importante de toutes dans l'histoire de l'Humanité. Mais cela demandait encore de procéder à de nombreuses expériences, expertises et contre-expertises. Pour l'heure, il était fatigué. Sa piste, il la tenait enfin. Ce n'était qu'une hypothèse, mais elle était très stimulante pour l'esprit. Si son intuition était bonne, il savait pourquoi les entités intelligentes étaient si rares, pourquoi aucun robot n'avait été capable d'être plus qu'une simple serpillière automatique ou un vulgaire système d'accueil. Il était persuadé qu'il fantasmait sur le fait qu'il pouvait, peut-être, entrer au panthéon des plus grands découvreurs de l'histoire, au même titre que celui que les livres d'histoire désignaient sous le nom Conway. Ce personnage légendaire était censé avoir élaboré la théorie de base de la propulsion hyperspatiale. Lars savait peut-être pourquoi lui ainsi que tous les autres étaient capables de penser. Enfin, il le savait... Non, ce n'était rien d'autre qu'une intuition. Mais celle-ci sentait rudement bon. Perdu dans ses songes, il finit par enfin arriver à proximité de sa maison.

Il s'apprêtait à entrer lorsqu'il s'aperçut que sa porte était entre-ouverte. Sa serrure robotisée avait été piratée. Tandis que son estomac se nouait, il pénétra doucement dans la bâtisse en tâchant de faire le moins de bruit possible.

Rien n'a bougé.

Il se dirigea vers le salon et aperçut avec stupeur que tout était intact. Seul le disque, accroché sur la cheminée, manquait. Une voix douce provenant d'une personne assise sur un fauteuil dans la pénombre d'un coin de la pièce se fit entendre :

— Monsieur Lars, je suppose que je puis vous appeler ainsi ? Vous pouvez être fier de vous ? Votre inconscience et égoïsme viennent de mettre l'Empire en péril.

— Qui êtes-vous ?

Une ombre à la forme sensuelle se leva du fauteuil :

— Vous pouvez m'appeler Miss Wendy Fiaure.

— Madame Fiaure, que me voulez-vous ?

— D'abord, que ce soit bien clair entre nous, Lars, je ne suis pas une Dame et ici, c'est moi qui pose des questions.

Le visage de Wendy sortit de l'ombre et Lars fut légèrement déstabilisé. Il avait affaire à une femme qu'il jugea instantanément ravissante, mais à l'air déterminé et grave. Lars fut impressionné. Il répondit, tout simplement, face à ce déferlement d'autorité tant visuel qu'auditif :

— Miss, que s'est-il passé ?

— Je tiens à vous féliciter, Lars, pour votre idiotie.

— De quoi parlez-vous ?

— Vous vous prenez pour un grand scientifique ! Et ce n'est pas une question, mais une affirmation. Mais je puis vous assurer que vous n'êtes qu'un crétin, d'un rare calibre.

Désormais Wendy était sortie totalement de la pénombre de sorte que Lars, comme tant d'autres, ne put se retenir de rougir devant sa tenue légère ainsi que ses formes très avantageuses. Il répondit :

— Miss, je n'ai rien à prouver à qui que ce soit.

— Moi non plus. Vous vous êtes fait voler une réitération du disque. Je suis arrivée trop tard pour l'empêcher. Vous n'imaginez pas ce que cela implique. Par tous les Dave, pourquoi avez-vous réitéré ce disque pour l'accrocher sur votre cheminée ?

Lars ne se démonta pas et même si la jeune femme qui se tenait devant lui semblait remplie de colère, il répondit calmement :

— Parce que la personne qui l'a conçu était absolument brillante. Un esprit exceptionnel. J'espère appartenir un jour à cette classe d'individus. Je l'ai réitéré pour, le soir, en rentrant chez moi, me rappeler ce que j'aimerais être.

Wendy éclata de rire, froidement. Reprenant son calme, elle dit à voix basse :

— Lars, vous appartenez à cette catégorie de personnes. Désormais, vous êtes officiellement mort durant un cambriolage. Suivez-moi ou bien vos jours seront comptés.

— Miss que me racontez-vous ?

— Lars, ne cherchez pas ! Vous êtes mort durant ce cambriolage, un point c'est tout. Si vous désirez en savoir plus, il vous faudra me suivre, dès à présent. Si vous refusez, jamais vous n'aurez l'occasion d'achever vos recherches qui pourtant sont prometteuses et m'intéressent au plus haut point. Des cerveaux comme le vôtre, il en existe plusieurs dans l'Empire. En revanche, si vous me suivez, peut-être aurez-vous l'occasion de pousser vos recherches plus loin que vous ne le pensez.

Rouge de colère, Lars s'exclama :

— Je n'ai pas d'ordre à recevoir d'une jeune femme telle que vous !

— Lars, je vous laisse le choix. Vous avez cinq minutes devant vous. Passé ce délai, en fonction de mon humeur, vous serez soit emprisonné à vie, soit vous serez exécuté au soleil levant. Dans les deux cas, la cause juridique sera d'avoir effectué une réitération sans avoir demandé d'autorisation. Celle pour le Grand Docteur Kent était commandée par la faculté et donc l'Empereur en personne. La réitération de votre propre disque personnel est un crime relevant du vol de données classées secret-défense. De plus, vous avez été assez con pour l'accrocher au-dessus de votre cheminée pour que quelqu'un vienne vous le piquer. Désormais, je vais sortir. Si dans cinq minutes vous n'êtes pas vous aussi dehors, vous êtes mort. Pour votre information, votre maison est dans le viseur des jolis éclateurs que vous voyez là-bas, sur ces hyperjets que vous pouvez apercevoir à travers la fenêtre, au loin, dans le champ en face et nous ferons en sorte que cela passe pour un attentat. Soyez-en certain. Dans tous les cas, vous êtes mort. Sauf si vous me suivez. Avec moi, vous serez mort, mais seulement d'un point de vue administratif. Cependant, physiquement et intellectuellement, ça devrait aller pour vous. À vous de choisir. À tout à l'heure, je vous le souhaite.

Wendy, tout en réajustant sa jupe après avoir tourné le dos à Lars, sortit de la bâtisse.

***

Jensen observait les survivants embarquer dans les transports de secours. Elle se tenait debout, fièrement, sur le pont principal extérieur du Thosh et elle ressentait la satisfaction du devoir accompli. Mais au fond d'elle, quelque chose n'allait pas. Ils avaient refait surface depuis désormais deux bonnes heures et elle avait désormais acquis la certitude qu'il lui fallait profiter de ces instants, de cette vision ainsi que de ce sentiment de calme.

La veille, lorsque Klyde avait enfin fini par se remettre de ses émotions, il était parvenu à comprendre que la musique dont il entendait le murmure résonner dans la coque du navire n'était autre qu'un itinéraire. Les entités leur avaient effectivement répondu et indiqué, en respectant le code que Klyde avait élaboré, comment ils étaient autorisés à approcher les restes de la barge. Une ultime alerte rouge s'était déclenchée lorsqu'ils avaient tenté d'approcher d'un des sas de jonction de l'épave, leur faisant comprendre qu'ils n'avaient pas le droit de… En fait, Jensen ne savait pas de quoi elle avait le droit. Klyde passa de longues heures à dialoguer avec les entités, sous le regard médusé de Jensen qui ne comprenait rien à ce qu'il faisait. Une partie de l'équipage était venue s'asseoir, silencieusement, dans le couloir de service et observait attentivement Klyde. Tous avaient le sentiment d'assister à un moment historique, quelle que fusse la nature des entités, aussi bien intelligence extraterrestre que Fermiers. Beaucoup voyaient d'ores et déjà en Klyde un nouveau Dave Bowman. Dans certains quartiers du navire, des paris avaient même été pris quant au fait qu'il allait pouvoir, d'ici peu, accéder au stade de conscience supérieure.

Quoiqu'il en soit, Klyde indiqua à Jensen l'endroit où ils avaient l'autorisation d'accoster la barge. Elle avait piloté le Thosh en manuel, car l'amarrage à cet endroit était très complexe. Trop complexe pour les ordinateurs de bord, car le sas de connexion qui leur avait été indiqué se trouvait à la limite entre la partie intacte de la barge et celle qui avait été atomisée. Lorsqu'elle avait ordonné l'ouverture du sas, elle fut surprise par le nombre de personnes qui se précipitèrent dans son navire. Il y en avait bien plus que les estimations les plus optimistes qu'elle avait effectuées. Au bas mot un millier. Leur recensement était d'ailleurs toujours en cours.

Le Thosh était resté plusieurs heures sur place, le temps que Klyde se mette d'accord avec les entités sur la trajectoire qu'ils étaient autorisés à utiliser pour remonter à la surface. Il était venu voir Jensen, qui attendait, figée devant son pupitre de commande en observant sur son holoécran les survivants qui étaient auscultés par les médecins dans l'hôpital de bord :

— Commandante. Je dois vous parler.

— J'y compte bien mon petit ! Quoi de neuf de la part de nos nouveaux amis ?

— Vous le savez, Madame, je progresse de façon exponentielle dans ma manière de dialoguer avec eux. Je commence à avoir les bases d'un échange construit avec celui qui interagit avec moi. Il y en a plusieurs. Mais l'un d'eux est leur porte-parole. Les mélodies qu'il élabore sont infiniment plus complexes que celles des autres.

— Vous avez trouvé le plus talentueux des mélomanes dans ce groupe de mélomanes…

— Madame, je ne suis on ne peut plus sérieux. J'ai l'impression d'avoir affaire au plus intelligent d'entre eux. Mais bref, cela n'est pas le plus important. Ils nous autorisent à remonter et je connais avec certitude la trajectoire que nous devons emprunter.

— À la bonne heure !

— Mais, et c'est là que je ne suis pas certain de moi, car le dictionnaire que j'ai élaboré est encore rudimentaire…

Klyde hésita un instant. Jensen s'agaça et dit fermement :

— Enseigne Klyde, si vous avez quelque chose à dire, dites-le !

— Madame, je crois qu'ils nous demandent de les débarrasser de la barge sinon ils interrompront notre remontée. Enfin, c'est ce que je pense avoir compris.

— Les débarrasser de la barge ? Mais comment que diable ? Ce qu'il en reste ne fait pas loin de trois kilomètres carrés sur au moins trois cents mètres d'épaisseur.

— Madame, sauf si je me trompe, celui qui s'adresse à moi est formel. Il indique aussi que ce type de… chose… c'est le terme commun que nous avons trouvé pour désigner quelque chose que nous ne comprenons pas…

— … Oui cela semble logique…

— … Que ce type de chose ne doit plus jamais revenir sinon elles subiront le même sort. Je pense que cet avertissement n'est pas à prendre à la légère.

— Je veux bien vous croire enseigne Klyde. Mais comment allons-nous nous débarrasser de l'épave ? Malgré les huit cents mètres de long du Thosh, nous n'avons pas assez de puissance moteur pour la remorquer et encore moins la remonter à la surface.

Ce fut à cet instant qu'un officier présent dans le centre de contrôle, écoutant comme beaucoup d'autres l'échange entre Klyde et Jensen, intervint :

— Commandante, j'ai peut-être une solution.

— Je vous écoute officier Cooper.

— Commandante, je n'ai pas eu grand-chose à faire sur cette mission.

— Oui, en tant que responsable du forage, vous n'avez pas beaucoup été sollicité. J'ai même été étonnée que vous ayez décidé de rester.

— Commandante, je suis ici pour voir le prophète parler aux Fermiers. Et si les Fermiers nous demandent de les débarrasser de la barge, nous devons le faire le plus vite possible, au risque que de grands malheurs s'abattent sur nous. Les raisons de leur demande n'ont pas à être connues ni comprises par des esprits aussi simples que les nôtres.

— Je ne savais pas, Cooper, que vous étiez un Odysséen.

L'officier ignora la remarque de Jensen en se tournant vers Klyde :

— Mon Prophète, j'ai le moyen de satisfaire les Fermiers.

Klyde regarda l'homme ainsi que Jensen, tour à tour, à plusieurs reprises ne sachant quoi dire. Jensen reprit la discussion en main :

— Officier Cooper, votre Prophète, l'enseigne Klyde est en ce moment même dans un navire dont je suis la Commandante. Vous devez vous adresser à moi. L'enseigne Klyde est là pour échanger avec les entités et moi pour prendre les décisions qui sauveront nos miches. Qu'avez-vous comme solution à me proposer ?

L'homme semblait circonspect, mais finit par répondre :

— Commandante, dans l'arsenal des outils de forage, je dispose de plusieurs torpilles nucléaires. Peut-être pourrions-nous en tirer une sur la barge une fois que nous nous serons éloignés. Leurs puissances s'échelonnent d'une kilotonne à dix mégatonnes.

— Oui, on s'en sert pour creuser au fond des océans. C'est une bonne idée Cooper, je vais prendre quelques minutes pour réfléchir à votre idée. Autre chose ?

— Je pense qu'une torpille de cinq cents kilotonnes sera parfaitement adaptée pour détruire la barge.

— Cinq cents kilotonnes, mais vous êtes complètement fou ! Même remontés à la surface, nous serions atomisés ! Il nous faudrait nous éloigner latéralement de plusieurs centaines de kilomètres pour que l'onde de choc ne brise pas ce qu'il reste du Thosh en deux.

— Commandante, je souhaiterais que vous me laissiez calculer tout cela plus précisément. Je vous ai juste donné une estimation. Sauf votre respect Commandante, vous oubliez que nous nous trouvons dans un océan d'eau lourde…

— … Et cette eau lourde ralentit les réactions nucléaires…

— Oui, Commandante. Au jugé, je dirai que seul un pour cent de la réaction aura lieu dans cet environnement, le reste du matériel fissile ne réagira pas à cause de l'eau lourde. Si la puissance nominale de la bombe est bien de cinq cents kilotonnes, sa puissance efficace, ici, ne devrait pas excéder cinq kilotonnes. Exactement ce dont nous avons besoin pour détruire un objet tel que la barge.

— Officier Cooper, calculez-moi la puissance nécessaire exacte au plus vite. Je veux plus qu'une estimation. Nous devons remonter le plus rapidement possible.

Avant de se retirer, Cooper se retourna vers Klyde :

— Mon prophète, pouvez-vous demander aux Fermiers s'ils nous autorisent à remonter à mi-chemin de la surface afin que je puisse déterminer quelle puissance nous pouvons utiliser ?

Klyde échangea longuement avec les entités puis ils parvinrent à se mettre d'accord sur une destruction lorsqu'ils seraient à environ trois kilomètres de la surface. L'entité avait été claire. S'ils ne s'exécutaient pas, alors ils seraient détruits. Fort de ces informations, l'officier Cooper détermina quelle torpille atomique devait être utilisée, puis Jensen entama la remontée, selon la trajectoire imposée par les entités pour enfin stabiliser le Thosh au lieu-dit. La torpille atomique fut tirée.

Jensen savait qu'ils étaient trop proches de la cible, que procéder ainsi était insensé et que le Thosh était condamné. Mais ils n'avaient pas le choix. C'était soit prendre ce risque et avoir une chance de survivre, soit mourir immédiatement.

De longues minutes s'écoulèrent avant que la torpille n'atteigne sa cible. Ils perçurent un bref flash lumineux sur leurs holoécrans puis, quelques secondes plus tard, le navire fut chahuté dans tous les sens. Jensen entendait le métal craquer. L'alerte noire était elle aussi tombée en panne. Le Thosh, déjà pratiquement réduit à l'état d'épave par les attaques répétées des entités, menait ici son dernier combat.

Puisse-t-il en revenir !

Le choc fut d'une violence si intense que Jensen n'en avait jamais connu de telles. Mais il fut bref. Plusieurs quartiers du navire avaient cédé et prenaient l'eau. Ces derniers furent évacués et isolés. Progressivement, l'équipage parvint à redémarrer les systèmes de secours, certes rudimentaires, mais suffisants pour avoir une chance de revoir la surface. Lorsque Klyde obtint la confirmation de la part des entités qu'ils étaient autorisés à continuer leur remontée, Jensen lança l'ordre qu'elle savait être le dernier de sa vie :

— On retourne voir le ciel.

Les derniers survivants et membres d'équipage embarquaient dans un ultime transport. Un homme de l'armée régulière, le commandant du transport, vint voir Jensen qui se tenait sur la passerelle :

— Madame, vous devez embarquer. Le Thosh est en train de couler. Ce n'est qu'une question d'heures avant qu'il ne se retrouve au fond de l'océan. Sa structure a été trop abimée lors de cette intervention pour qu'il puisse être tracté dans une hypernef. Le Thosh est condamné, vous devez l'accepter.

— Je sais tout cela. Mais je reste ici. Je n'abandonnerai pas mon navire.

— Madame, vous ne pouvez pas…

— … Vous n'avez aucun ordre à me donner. Je suis la Commandante de ce navire et je resterai à mon poste tant qu'il existera. Occupez-vous de commander votre transport et laissez-moi commander mon navire.

— Je comprends Madame. Au revoir Madame.

Le transport était reparti depuis déjà une bonne heure. Jensen, seule, était allée se servir un verre avant de venir le déguster, assise sur la proue du navire. Elle observait le ciel ainsi que les clapotis de l'eau sur la coque et songeait à cette incroyable aventure. Le Thosh avait accompli sa mission et elle estimait qu'il sombrerait totalement d'ici, au mieux, quelques jours.

Je t'ai mis au monde, je serai avec toi pour ta mort. Merci pour tout ce que tu as fait et toutes les vies que tu as sauvées durant toutes ces décennies. À la tienne.

Puis elle vida son verre sur la coque du Thosh entre ses jambes. Elle fut tirée de ses songes par une voix :

— Jensen ? Je peux vous appeler ainsi désormais ?

Elle se retourna et, médusée, s'exclama :

— Klyde, mais bordel, que faites-vous ici ?

— Vous ne croyez quand même pas que j'allais vous laisser seule avec les entités.

— Mais que vous êtes con, ce n'est pas possible ! Vous devriez être en sécurité et en route pour Bêta à bord du transport.

— Pour me faire appeler Prophète par le premier couillon venu, très peu pour moi.

Il brandit une bouteille :

— On se ressert un verre ?

Chapitre-12 : Départ

La Grande Pierre avait tenu sa promesse. Elle avait juste rendu visite à l'Île durant moins d'une lumière puis était repartie vers le sommet du monde. En chemin, elle s'était arrêtée et sans que Savant ne comprît comment, elle avait appliqué le Plan sur l'Île. Elle avait respecté tous ses engagements.

Savant avait été impressionné par la capacité de la Grande Pierre à dialoguer. Elle était réactive et apprenait leur langage à une vitesse qu'il ne s'expliquait pas. Il ressentait l'équivalent de la fascination pour cette Grande Pierre surgie de nulle part et qui ne leur voulait aucun mal.

Mais il se rendit compte, tandis qu'elle se trouvait à la limite du monde, qu'elle était en train de mourir. Les lumières qu'elle arborait s'étaient éteintes et elle était immobile. Désormais elle se déplaçait uniquement sous l'action des Juvéniles qui jouaient avec elle.

Savant vit que la Grande Pierre commençait à revenir dans le monde, mais d'une façon qu'il ne lui avait jamais observée. Elle ne dialoguait plus. Elle souffrait, c'était une évidence. Il estima qu'il était de leur devoir de l'aider. Lui et ses Autres lui avaient fait tant de mal alors qu'elle souhaitait juste rendre visite à l'Île, son Autre à elle, que Savant ressentait l'équivalent du remords.

Il s'entretint avec Dirigeant qui, dans la foulée, s'adressa à tous leurs Autres et la décision fut unanime. Tous leurs Autres se mirent d'accord pour se relayer.

Il était manifeste que la Grande Pierre voulait repartir en dehors du monde. À tour de rôle, chacun des Autres fit en sorte, avec la plus grande douceur possible, car la Grande Pierre semblait souffrir, de l'aider à rester à la limite du monde.

***

— Premier Orateur, avez-vous conscience de ce qu'il est en train de se passer ?

— Oui, Guide, et je pense que nous devrions entamer une trêve.

Malgré la faible distance qui séparait Bêta d'Alpha, le système de cryptage leur permettant d'échanger était si complexe et protégé que la transmission sur leurs holoécrans respectifs avait parfois des ratés. Les deux hommes ne s'étaient pas parlé depuis plusieurs années. Le Premier Orateur poursuivit :

— Guide, vous avez commis une erreur en envoyant vos émissaires dérober le disque. Leur présence ici sur Alpha, à elle seule, est inacceptable. Mais commettre un larcin dans l'entourage immédiat de la Grande Amirale est proprement suicidaire pour vous, mais aussi dangereux pour nous.

— Premier Orateur, cessez de parler de Wendy comme de la Grande Amirale. Vous savez très bien qu'elle n'est rien de plus, désormais, qu'une jolie femme.

— Vous vous trompez Guide, vous sous-estimez son pouvoir et son expérience.

— Je connais l'histoire aussi bien que vous et elle ne nous fait pas peur. La majeure partie de l'armée régulière est prête à défendre notre cause. Vous êtes un blasphémateur et trahissez le Culte sous prétexte de progressisme. Vous trahissez le message du Film culte en propageant l'idée qu'une acceptation de l'expansion impériale est acceptable.

— Guide, je ne suis pas sans ignorer ce que vous préparez. Votre coup d'État est voué à l'échec.

— Je contrôle plus d'un tiers de l'armée régulière et si Wendy a si peur de ce disque, c'est qu'il est la preuve que nous sommes, nous Odysséens, les seuls légitimes à gouverner. Nous reprendrons ce qui aurait dû toujours nous appartenir.

— Vous n'avez d'Odysséens que le nom. Vous n'êtes qu'une bande de fanatiques obsédés par le pouvoir. Vous oubliez que la Grande Amirale contrôle encore une bonne partie de l'armée régulière, sans même prendre en compte la Garde impériale. Et je puis vous assurer qu'en cas d'attaque de votre part, nous autres, Odysséens, normaux et acceptés, serons aux côtés de la Garde Impériale pour défendre notre Empereur. Vous allez perpétrer un massacre parmi nos fidèles.

— Ce ne sont pas des fidèles. Ils ne sont que des âmes perdues et méritent la mort. Premier Orateur, vous êtes la pire chose qui soit arrivée dans l'histoire de notre Culte. J'existe uniquement parce que vous avez perverti nos croyances. Tout cela à cause de ce Yayobe !

— Guide, pourquoi ne reconnaissez-vous pas les Évangiles selon Clarke ?

— Et vous, pourquoi ne parlez-vous pas de leurs existences à vos fidèles ?

— Car ils ne sont pas encore prêts à admettre une autre vision que celle de l'Évangile selon Kubrick. Je les prépare progressivement.

— Premier Orateur, cela fait de vous un blasphémateur. Vous êtes la honte de notre Culte aujourd'hui et pour toujours. Soyez-en assuré, vous resterez dans l'histoire, d'une façon ou d'une autre. Mais peut-être est-ce ce que vous souhaitez ?

— Guide, dois-je comprendre que vous me menacez alors que je suis venu vers vous pour demander une trêve ?

— Voyez la menace où vous voulez. Il y a un seul point que nous avons en commun. Cette histoire sur la planète C3B et cette rumeur de l'apparition d'un prophète entré en contact avec les Fermiers des Prairies Étoilées là-bas.

— Oui et c'est pourquoi je vous propose une trêve, le temps que nous déterminions s'il y a bien eu contact et si oui, si ce Klyde est sur la voie de l'accession au niveau de conscience supérieure.

— Premier Orateur, il n'y aura aucune trêve. Wendy nous a menacés de lancer la purge.

— Je ne peux qu'être d'accord avec notre Grande Amirale. Il est temps qu'elle fasse le ménage dans son armée. Vous n'êtes que des traitres. Grâce à elle, nous avons un Empereur qui, certes, n'est pas parfait, mais est juste et bienveillant.

— Laissez-moi rire. Nous agirons avant que Wendy n'intervienne.

— Guide, vous n'auriez pas dû dérober la réitération du disque. La Grande Amirale ne peut qu'être furieuse.

— Rassurez-vous, nous finirons par comprendre pourquoi un tel secret l'entoure. Cet Eldor Kent est la clé et lorsque nous saurons ce qu'il a découvert et que nous aurons déterminé si l'individu sur C3B, lors de son arrivée sur Bêta, est un vrai prophète, alors nous aviserons. Mais, en attendant, ici, nous sommes prêts à récupérer notre dû.

— Le pouvoir sur l'Empire ne vous appartient pas. Seule notre Grande Amirale peut assurer la paix et la stabilité. Elle l'a montré à maintes reprises.

— Nous sommes d'accord aussi sur une partie de ce point en particulier. L'Empereur n'est effectivement qu'une marionnette, mais il est plus que temps que Wendy arrête de jouer avec les ficelles qui le contrôlent. Premier Orateur, soyez assuré qu'à la moindre provocation de la part de vos fidèles, qu'à la moindre action de Wendy, qu'au moindre toussotement ou regard de travers de la part de l'Empereur, mes troupes fondront sur Alpha pour enfin ramener les fidèles dans le droit chemin.

— Guide, vous êtes un fou.

— Premier Orateur, vous propagez des idées contraires à ce que Kubrick nous a enseigné. C'est votre propre folie qui nous a amenés là. Désormais le disque est en ma possession de sorte que lorsque j'aurai à mes côtés ce prophète dont on parle tant, nous reprendrons en main le destin de l'Empire, par la force s'il le faut. Wendy peut aller se faire foutre. En attendant, Premier Orateur, je vous conseille de la jouer profil bas, car je peux vous faire disparaitre si l'envie m'en prend.

— Guide, osez-vous penser que la réciproque n'est pas vraie ?

— Je m'en doute. Pour l'instant, statu quo. Je ne bougerai pas avant d'avoir résolu les énigmes qui se posent à nous. Je me laisse le temps d'essayer de comprendre ce que ce disque raconte. Mais, au moindre pas de travers, vous savez ce qu'il se passera.

— Comment ai-je fait pour accepter de vous former et faire de vous, jadis, un Orateur ?

— Ce jour-là, vous avez peut-être fait le seul choix judicieux de votre misérable existence. Premier Orateur, je ne vous salue pas.

L'holoécran s'éteignit. Le Premier Orateur se prit la tête dans les mains puis réfléchit longuement. Il n'avait pas le choix. Il se résolut à contacter la Grande Amirale. Elle répondit aussitôt et semblait assez agacée.

***

Jensen se réveilla plus heureuse qu'elle ne l'eût jamais été au cours de chacune des journées des soixante-cinq années de sa vie. Elle se leva pour aller faire le café. Klyde dormait toujours.

La veille, elle s'était offerte à lui. Non, Klyde n'était pas Thomas mais bien quelqu'un d'autre. Plus sensible, mais aussi plus intense. Une sorte d'alter ego. Il était à la fois fragile et fort, mais aussi intelligent et parfaitement stupide. Jensen aimait cela. Cependant, elle ne parvenait pas à comprendre qu'un jeune homme ayant à peine passé vingt ans puisse la désirer à ce point, elle, avec ses rides et sa bedaine, sa poitrine qui pointait vers le sol et ses cuisses couvertes de vergetures. Mais Klyde n'en avait que faire. Ils avaient fait l'amour durant presque la totalité de cette nuit qui durait si longtemps sur C3B.

Elle s'en voulut un instant, car Klyde lui faisait penser à un adolescent. Mais il était bien un adulte. Plus que cela, il était un homme. Un homme d'une sensibilité comme elle n'en avait jamais vu. Elle décida de le laisser dormir et monta sur le pont du Thosh, sa tasse de café à la main, car elle devait réfléchir. Après le plaisir, le travail.

Il est hors de question que ce gamin reste ici. Je suis une vieille femme tandis qu'il a la vie devant lui. Je ne quitterai pas le Thosh. Il faut qu'il parte d'une façon ou d'une autre. Qu'il soit heureux. En sécurité. En quelques heures, il m'a rendue plus heureuse que je ne l'aie jamais été. Je lui dois bien ça. Mais par tous les Dave, qu'est-ce qu'il est con ! Comment vais-je m'y prendre pour qu'il foute le camp et qu'il aille vivre la vie qu'il mérite. Je ne peux même pas alerter qui que ce soit, tous les systèmes de communication sont morts.

Elle observait l'horizon. Le vent soufflait dans ses cheveux et son café commençait à refroidir. La veille, elle était descendue en rappel sur une des parois du Thosh pour graver une marque sur la coque afin de déterminer à quelle vitesse il était en train de couler. Il prenait l'eau, mais de façon très lente. Les batteries de secours permettaient de faire fonctionner les systèmes de support de vie du centre de contrôle, mais hormis cela, le Thosh était mort, pour de bon et pour toujours. Il n'était pas réparable. Elle avait passé la journée entière, la veille, à parcourir ses immenses couloirs et salles, à l'aide d'une lampe torche et de Klyde, afin de voir si elle pouvait faire quelque chose pour sauver son bébé. Elle avait dû se résoudre à l'évidence. Le Thosh resterait sur cette planète. Pour sa dernière mission, il avait permis de sauver plus d'un millier de personnes ainsi que la totalité de son équipage, elle et Klyde mis à part. Elle était fière de son navire même si la mort l'y attendait.

Il est hors de question que le gamin y passe.

Elle posa sa tasse de café sur la coque puis enfila le harnais qu'elle avait emporté avec elle. Elle se sangla et attacha la longe sur l'anneau qui était prévu à cet effet, à la base pour les plongeurs. Elle entama la descente le long de la paroi. Le navire mesurait plus de deux cents mètres d'épaisseur et une bonne cinquantaine de mètres était encore émergée. Elle glissa à plusieurs reprises, mais finit par atteindre le niveau où elle avait fait une marque la veille, pour surveiller à quelle vitesse son Thosh était en train de couler.

C'est quoi ce bordel ?

Elle prit une corde, sur laquelle elle avait soigneusement confectionné des nœuds puis lança dans le vide une de ses extrémités. Tandis qu'elle la remontait en comptant le nombre de nœuds qui la séparait de l'eau, elle se mit à rire :

Putain, mais merde il se passe quoi ? On est remonté de presque dix mètres durant la nuit ! À ce rythme, demain matin, on sera au niveau de flottabilité nominal.

N'en croyant pas ses yeux, elle entama sa remontée jusqu'à la passerelle. Elle était épuisée. Le jeune Klyde avait fait preuve, durant la nuit, d'une énergie et d'une passion dont son corps avait du mal à se remettre. Mais, elle ne regrettait rien, cela en valait le coup.

Une fois qu'elle eut atteint la surface du navire, elle se rua dans une de ses écoutilles, renversant au passage sa tasse de café. Elle courut dans le but de rejoindre les ponts inférieurs pour finalement s'arrêter devant une porte blindée qui isolait la partie du navire submergée de celle encore sous atmosphère contrôlée. Une lucarne lui permettait de voir ce qu'il se passait de l'autre côté. Jensen observa longuement.

Non, mais pincez-moi, je rêve ! Le niveau de l'eau baisse ! On est en train de remonter…

Jensen rejoignit le centre de contrôle à toute vitesse et éteignit la machine à café afin de disposer d'assez d'énergie pour alimenter son holoécran. Les quelques capteurs qui fonctionnaient encore indiquaient que le Thosh refaisait surface, lentement mais sûrement. Elle n'en croyait pas ses yeux. Absorbée par son holoécran, elle ne sentit rien venir. Une main saisit la sienne :

— Jensen, viens avec moi.

Klyde, nu, la regardait. Elle se leva de son poste de commandante et, toujours en lui tenant la main, le suivit. Il l'emmena dans le couloir de service et, à l'endroit où il écoutait lors de leurs interventions, il poussa délicatement la tête de Jensen contre la paroi du navire :

— Écoute !

Jensen n'entendait rien.

— Cesse de respirer.

Elle n'entendait toujours rien. Mais progressivement, il lui sembla distinguer quelque chose, de très léger, une vibration infime, à peine perceptible. Elle regarda Klyde, les yeux étonnés comme une enfant :

— Klyde, qu'arrive-t-il ?

— Celui avec lequel j'ai établi le dialogue nous dit de ne pas nous inquiéter. Ils sont en train d'empêcher le Thosh de couler. Les courants marins nous remontent de plus en plus vers la surface. Ils nous protègent.

— Mais pourquoi ?

— Jensen, je ne sais pas. Les entités empêchent le Thosh de sombrer. Je leur ai déjà répondu que nous les remercions et que leur aide nous était précieuse.

— Les sonars sont hors service. Comment as-tu fait ?

— J'ai frappé en rythme sur la coque comme un malade.

Jensen vit que plusieurs objets trainaient sur le sol.

— Oui, Jensen, j'ai utilisé différents objets pour produire des notes différentes. D'ailleurs, avec ce marteau, je me suis bien fait mal au poignet. Bref, eux aussi se sont améliorés dans notre façon d'échanger. Ils m'ont répondu qu'ils avaient compris.

— Mais quand ?

— J'ai fait cela pendant que tu étais sur la coque à vérifier les trucs que tu aimes vérifier. Je sais que ces moments sont importants pour toi.

— Mais Klyde, pourquoi ?

— Je pense qu'un jeune enseigne comme moi n'a pas à intervenir dans les décisions et actions du plus grand pompier de la galaxie.

— Klyde, ne soit pas trop flatteur, j'en ai vu d'autres.

— Jensen, j'ai un profond respect pour toi, mais cela n'a aucune importance. Tu es mon idole depuis mon enfance, mais cela ne compte pas. La seule chose ayant du sens à mes yeux est le fait que je t'aime.

L'espace d'un instant, Jensen se sentit l'âme d'une jeune adolescente. Ses joues se mirent à rougir avant qu'elle ne lui réponde fermement :

— Enseigne Klyde, faites-moi un rapport complet sur les dernières informations que nous recevons des entités.

— Jensen, je t'aime, vraiment.

Puis elle céda. Elle lui sauta dessus pour l'embrasser.

***

— Messieurs, merci d'être présents.

Wendy se tenait, impassible devant un holoécran de belle taille et les observait. Elle était vêtue d'une robe noire, au dos nu si plongeant qu'il laissait apercevoir le sommet de son fessier. Hormis cela, elle n'arborait, pour une fois, aucun artifice. Eldor avait du mal à croire qu'il s'agissait de la même femme que celle l'ayant accueilli dans l'enceinte du palais impérial. Wendy lui semblait appartenir à un autre monde. Elle savait être autoritaire comme laxiste, aimable comme détestable ou bien encore aussi drôle qu'austère. Dans tous les cas, quelle que fût la façon dont elle était accoutrée, son regard était unique, rempli de détermination mêlée d'une intelligence rare. Ils étaient assis autour d'une table et Wendy les dominait par sa superbe. Face à lui, Eldor pouvait observer Lars ainsi que Charles qui semblaient eux aussi s'interroger sur la raison de leur présence à cette réunion, dans une annexe des bâtiments de Riviera. À sa droite se trouvait un homme qu'Eldi ne connaissait pas. Il ne semblait pas commode. Wendy poursuivit :

— Messieurs, vous vous connaissez tous pour la plupart. Je vous présente l'ex-commandeur Lennon. Un fidèle serviteur de notre bien-aimé Empereur et redoutable astropilote. Lennon, je vous présente, en face de vous, le garde impérial Charles ainsi que le Professeur Lars, spécialiste de renommée galactique des questions scientifiques.

Lars s'étrangla lorsque Wendy fit son éloge, mais il leva la main pour signifier qu'il s'agissait bien de lui. Charles, comme à son habitude, restait impassible. Wendy fixa Lennon :

— Et je vous présente le Grand Docteur Kent.

Eldor sourit niaisement avant que ne lui échappe :

— Salut, enchanté.

Wendy prit le temps de tirer une chaise et de s'asseoir avec eux, en bout de table :

— Bon, je vais être assez claire. Vous savez tous qui je suis et pourquoi je ne suis pas présente en tant que Grande Amirale. J'ai une mission à vous confier et celle-ci n'est pas censée exister officiellement. Mais n'oubliez pas que j'ai juste une coiffe à enfiler et, dès lors, votre sort dépendra de mon humeur du moment. Compris ?

Les quatre hommes hochèrent de la tête à l'unisson.

— Afin que vous compreniez bien ce qu'il se passe, je vais vous planter le décor pour que vous sachiez de qui vous êtes entourés. Charles, qui a été biberonné par l'Empire, a juré de donner sa vie non pas pour l'Empire, mais pour les intérêts personnels de l'Empereur. Lennon est officiellement mort, car il faisait partie d'un organe militaire corrompu par les Odysséens radicaux. Mais sa loyauté envers l'Empereur n'est plus à prouver. Lars n'est rien de plus qu'un idiot génial pensant être capable de dérober des informations capitales pour son seul plaisir personnel. Enfin, Eldor représente le plus grand danger existant pour la vie de l'Empereur, mais aussi la plus grande chance que nous avons de nous débarrasser des Odysséens radicaux. Oui je sais, cela est très synthétique, mais j'aime bien être brève. Le temps presse. Vous devez être partis dans moins de douze heures.

Charles prit la parole :

— Grande Amirale, puis-je vous demander d'en venir aux faits. Nous savons tous, enfin je pense, que ce qui nous attend ne sera pas agréable, mais servira les intérêts de notre bien-aimé Vladimer Le Juste. Que devons-nous faire pour le servir, ainsi que vous aussi, Grande Amirale ?

— J'y viens Charles. Le grand Docteur Kent, ici présent est, à cet instant précis, probablement le citoyen le plus important, le plus recherché ainsi que le plus en danger de mort de toute la galaxie. Je vous ai réunis pour à la fois assurer sa protection et lui permettre de poursuivre ses travaux qui, bien entendu, sont confidentiels. Notre bien-aimé Empereur a longuement hésité avant de décider de ne pas le faire exécuter.

Les trois autres hommes fixèrent Eldor. Pour sa part, il commençait à s'habituer au fait que les gens ne comprennent pas ce qu'il faisait ni l'implication de ses découvertes. Il haussa les épaules et dit nonchalamment :

— Ouais, c'est la classe, non ?

— Eldor un peu de tenue s'il vous plait !

La moutarde lui monta au nez :

— D'où dois-je respecter la bienséance Miss Wendy Grande Amirale Fiaure ? Je suis venu sur ce monde de tarés pour présenter les résultats de mes travaux devant un parterre d'historiens et je me retrouve banni de Gloria, avec des Odysséens à mon cul, un Empereur qui, si jamais il a pet de travers, me fera exécuter, devoir porter le fardeau de mes découvertes et le tout, sans compter que ma carrière ainsi que ma vie sont ruinées. Alors les codes, vous savez où vous pouvez vous les carrer ? Miss Wendy Grande Amirale Fiaure, je n'ai rien de plus à ajouter concernant le protocole.

— Voilà qui est bien mieux Eldor. Je n'en attendais pas moins de vous.

Wendy explosa de rire avant de continuer :

— Messieurs, vous l'aurez compris, Eldor est assez à cran ces temps-ci et cela est tout à fait légitime. Lennon et Charles, vous serez chargés d'assurer sa protection ainsi que de lui permettre de faire ce que bon lui semble au cours des semaines à venir. Lars, pour votre part, vous l'assisterez dans ses recherches en lui apportant ce regard technique qui lui manque tant.

Lars, jusque-là muet comme une carpe, s'aventura à lever la main :

— Allez-y, Lars.

— Grande… Wendy… Bref… Vous avez parlé d'une mission. J'ai bien compris que le Grand Docteur Kent était à la base de tout ce remue-ménage, mais pouvez-vous nous expliquer de quoi il retourne ? Je suis un homme de science et rien que le terme « mission » m'effraye un peu.

— Je vais être synthétique. L'Empereur est dans un état de colère que je ne lui ai jamais vu. On rapporte que sur une planète minière, une personne est entrée en contact avec les prétendus Fermiers des Prairies Étoilées. Le recensement montre qu'il n'a pas embarqué à bord des hypernefs de secours. Il est donc soit mort, ce qui semble probable au vu des témoignages que nous avons recueillis, soit il est resté sur place pour une raison inconnue. Je souhaite, personnellement qu'Eldor se rende sur place au plus vite pour aller rencontrer ce « prophète » s'il est toujours vivant.

Elle se tourna vers Eldor :

— À l'heure actuelle, tu es la personne qui en sait le plus sur la question de la crédibilité du Culte. Tu m'avais impressionnée par ta volonté à assister au prêche du Premier Orateur et ainsi t'imprégner de leur Culte, malgré nos mises en garde. Tu vas pouvoir échanger avec un homme qui prétend s'être entretenu avec les Fermiers. Je veux que tu détermines si tous ces trucs, toutes ces conneries, sont bien réels ou non ! Ta compréhension cumulée à ton savoir nous permettra peut-être d'élucider la question.

— Et s'il s'avère que tout cela est vrai, je passe à la casserole. Jamais l'Empereur ne tolèrera qu'une personne démontre que le Culte est fondé. Il perdrait le pouvoir. Wendy, tu attends de moi que je donne une raison de me faire exécuter.

Elle explosa de rire :

— Eldor, nous n'avons pas besoin de raison supplémentaire pour vous supprimer. On en a bien assez comme ça pour le faire maintenant si telle était notre volonté. Mais l'Empereur a été bien élevé. C'est même pour cela qu'il n'a pas ordonné ta mise à mort. Si jamais tu venais à apporter la preuve de l'existence des Fermiers, alors il abdiquera, sans l'ombre d'une hésitation. Il préfère quitter le trône que de déclencher une guerre civile sur chacun des mille mondes de l'Empire. Ce sont ses propres termes. Son autorité ne serait plus légitime car, inévitablement, si tu fais ces découvertes, d'autres personnes que toi, ailleurs, les feront aussi tôt ou tard. Or toi, nous t'avons identifié et te traçons. Il y a peut-être, quelque part dans l'Empire, un autre Eldor Kent en train de révéler les mêmes faits. Tu es banni de Gloria jusqu'à tant que tu aies une preuve dans un sens ou dans l'autre. En attendant, l'Empereur, dans son infinie bonté, te laisse la vie sauve afin de mener à bien cette mission. Lorsque tu auras une réponse formelle, dans un sens ou dans l'autre, tu redeviendras alors un citoyen on ne peut plus normal et tu pourras poursuivre ta vie le plus sereinement possible.

— Comment être certain de ce que tu affirmes, Wendy ?

— Je te l'ai déjà dit, je t'aime bien mais pour des raisons qui t'échappent. Je me porte personnellement garante du sort qui t'attend.

Elle mima sa coiffe sur sa tête :

— Et tu sais que la Grande Amirale n'a qu'une parole. Dans tous les cas, tu survis, mais il nous faut une réponse à la question des Fermiers. En attendant, tu es en exil, car la situation politique n'est plus tenable, encore moins avec tes découvertes et cette connerie magistrale que toi et Lars avez faite avec cette double réitération du disque. Bref, passons. Quand vous aurez retrouvé ce prophète et s'il s'avère que c'est juste un illuminé ou bien que ce qu'il s'est passé sur C3B est une sorte d'hallucination collective, je veux que vous alliez à proximité du Royaume Terrien, à la recherche d'un autre Artefact.

Lennon se leva brusquement de sa chaise :

— Grande Amirale, c'est de la folie pure. Leur système de défense est imparable. Même avec les meilleurs stratèges et les meilleurs destroyers, nous nous ferons réduire en cendres.

— Lennon, j'ai consulté vos états de services et je sais que vous êtes un bien meilleur pilote que commandeur. Je veux qu'Eldor ait à sa disposition un autre Artefact, datant d'à peu près la même époque afin de valider ou d'invalider ses théories. Il n'est plus question de réitérations. Eldor votre présentation était vouée à l'échec. Sans matériel radioactif pour permettre la datation précise de l'Artefact, le Premier Orateur vous aurait démonté comme un jeu de construction pour enfants. Trouvez-moi un Artefact, ramenez-le ici pour de bon et démontrez grâce à lui… Bah, en fait, je ne sais pas ! Démontrez ce qui doit être démontré, mais de façon raisonnablement certaine. L'Empereur avisera le moment venu. Vous avez pour l'instant une immunité diplomatique valable partout dans l'Empire même si vous êtes banni ou officiellement mort. Lennon, vous assurerez le pilotage. Charles, vous devrez assurer la sécurité de l'équipage. Quant à vous Lars, eh bien, essayez de ne plus faire de conneries et d'aider Eldor dans ses recherches avec votre regard de scientifique. Eldor sera votre commandant à tous. Seul lui sait exactement ce qu'il doit chercher.

Puis Wendy frappa sur la table de toutes ses forces et dit d'une voix plus qu'autoritaire :

— Ramenez-moi cette putain de preuve et le plus vite possible. Peu importe sa nature et ce qu'elle prouve. Allez voir ce prophète et si ce qu'il raconte n'est qu'un ramassis d'idioties, vous allez vers la Terre et ramenez-moi intact un de ces trucs primitifs. Suis-je assez claire ?

Il y eut un léger silence. Les quatre hommes avaient hoché la tête en signe d'acquiescement, mais Lennon prit la parole :

— Grande Amirale, si nous en venons à devoir nous approcher des frontières du Royaume Terrien, désolé de revenir sur ce sujet, nous serons abattus.

Eldor ajouta :

— D'autant plus qu'il nous faudra franchir la frontière pour trouver un Artefact de cette époque. Ils se déplacent si lentement qu'ils ne sont pas encore sortis de la sphère d'influence du Royaume.

— Messieurs, vous pourrez passer la frontière sans plus de problème que cela.

Lennon s'exclama :

— Grande Amirale, j'ai des amis qui sont morts parce qu'ils s'approchaient un peu trop près de la frontière.

— Vous ne partez pas avec un vaisseau militaire. Ceci explique la raison de votre présence ici. L'Empereur a demandé à la société Riviera de mettre à votre disposition un hyperyacht. S'il s'avère que le prophète est simplement un cinglé, alors vous vous rendrez dans le Royaume Terrien. Vous comprenez, vous serez en vacances et simulerez une défaillance de vos propulseurs ou que sais-je ? J'ai d'autres trucs à gérer que les questions de logistique d'autant que vous, Lennon, n'êtes pas la moitié d'un abruti. Les Terriens n'attaquent que les appareils militaires. Ils ne font qu'accoster les appareils civils avant de les escorter ou remorquer hors de leur Royaume. Bref, démerdez-vous, mais vous n'aurez aucune arme. C'est la meilleure façon de vous protéger.

Puis elle se détendit avant de sourire malicieusement :

— En plus, j'ai visité tout à l'heure l'hyperyacht que Riviera met à votre disposition et, franchement, je suis presque jalouse. J'hésite même à en acquérir un similaire pour les rares congés que je m'autorise !

Eldor prit la parole :

— Je suppose que nous devons partir incessamment sous peu. Aurons-nous une escorte militaire pour aller voir ce prétendu prophète ?

Wendy le fixa, cette fois-ci avec un regard beaucoup plus détendu :

— Non Eldor, vous serez livré à vous-même. Par les temps qui courent, je ne peux pas me permettre de mobiliser un appareil de la Garde Impériale pour vous accompagner et je n'ai aucune confiance dans les troupes de l'armée régulière pour effectuer ce genre de tâche. Honnêtement, si tout ceci n'arrivait pas maintenant, je vous aurais même accompagnés personnellement. Mais, pour l'heure, j'ai une insurrection à museler et peut-être une guerre imminente, si vous échouez, à mener. Vous trouverez toutes les consignes nécessaires pour entamer votre mission dans la cabine de contrôle de votre hyperyacht. Je pense que votre bon sens à tous les quatre déterminera la suite. Je compte vraiment sur vous et vous avez toute ma confiance, mais n'oubliez jamais qui je suis. Revenez-moi vite.

Elle sortit de la pièce dévoilant une fois de plus son dos nu pour le plus grand plaisir des quatre hommes qui ne savaient ni quoi dire ni quoi faire.

***

Eldor observait l'étrange beauté de Gloria à travers le hublot de sa cabine. Alpha et Bêta tournaient l'une autour de l'autre dans cette ronde immuable qui avait inspiré tant de poètes. Qui pouvait imaginer que ce ballet lumineux entre Alpha la bleue et Bêta la rouge abritait en son sein le foyer d'une crise qui pouvait réduire en cendres des planètes aussi insignifiantes que la lointaine Altran ? En cas de conflit entre les deux constituantes de Gloria, il n'avait aucun doute sur le fait qu'Altran serait annexée par la puissante Adaes. Cette planète, qui s'était distinguée durant la guerre des six mondes, ayant eu lieu six cents ans plus tôt, n'avait jamais digéré sa défaite. En ces temps reculés, Adaes avait tenté de renverser Gloria et depuis, ne masquait toujours pas sa volonté d'asseoir son pouvoir sur le secteur galactique immédiat qui se trouvait autour d'elle. Et Altran était en plein dedans.

Si j'échoue à donner à Wendy ce qu'elle veut, Bêta et Alpha entreront en guerre et Adaes en profitera pour annexer Altran, mon monde. Ce sera une véritable boucherie. Et je suis en partie responsable de tout cela.

Il parvenait encore à apercevoir le scintillement du câble de l'ascenseur, mais en revanche, le port spatial de Lagrange n'était plus visible. Il savait qu'ils allaient effectuer prochainement plusieurs bonds hyperspatiaux successifs en direction de la lointaine planète C3B.

Décidément, que j'arrive ou que je reparte de Gloria, ce n'est jamais une sinécure...

Aoc Packard leur avait fait visiter l'hyperyacht qu'il mettait à leur disposition sur ordre de l'Empereur. L'appareil était de belle taille et Eldor n'avait jamais vu une telle débauche de luxe. Pas même dans le palais impérial. Chaque cabine, puisque c'est ainsi qu'Aoc les appelait, était en fait un appartement comportant plus de confort que de raison. Le navire possédait sa propre piscine, son jacuzzi, sa salle de sport et les robocuistos pouvaient leur préparer et leur apporter, dans ce qui ressemblait à un mini restaurant, toutes sortes de plats raffinés sur simple demande. La « cabine » de contrôle était équipée de systèmes haptiques. De fait, le pilote pouvait ressentir physiquement le navire, il n'avait même pas besoin de surveiller les holoécrans pour savoir si tout allait bien. Le corps du pilote pouvait, sur différentes de ses parties, ressentir des sensations de toucher provoquées par le système. Une sensation rugueuse par-ci, une sensation de caresse par-là, transmettaient autant d'informations aux pilotes. Lennon s'en était littéralement décroché la mâchoire. Aucun appareil de l'armée régulière n'était équipé de ce genre de technologie et depuis qu'il avait découvert tout ceci, il ne quittait plus le poste de commande. Aoc, avait ironisé :

— Oui, chez Riviera on aime bien surprendre nos clients. Il parait même que certains d'entre eux détournent le but initial du système haptique pour se faire du bien en effectuant diverses manœuvres avec le vaisseau.

Il avait explosé de rire avant de poursuivre :

— Bon à titre personnel, je n'ai jamais essayé, mais si ce genre d'utilisation de gadget permet de déclencher une vente, alors je suis preneur. Plus sérieusement, je vous ai fourni un appareil dernier cri, ce qui se fait de mieux chez Riviera, ce qu'il y a de plus luxueux, mais aussi de plus raffiné. Bien que désormais il appartienne à l'Empereur, essayez d'en prendre soin, il sort juste de la chaine d'assemblage et est un des tout premiers exemplaires de ce modèle. Vous verrez, vous ne serez pas déçus par ses prestations. À l'origine, je l'avais réservé pour moi, mais quand l'Empereur dit « maintenant », c'est maintenant. Et le prochain ne sera disponible que demain, et j'ai cru comprendre que vous deviez partir au plus vite.

Puis Aoc se tourna vers Eldor :

— Eldi, j'ai cru comprendre que vous seriez le chef, le commandant, durant cette escapade qui m'échappe totalement. Il vous revient donc de prendre la décision la plus importante de votre mission !

— Quelle est donc cette décision si importante, Aoc ?

— Par tous les Dave, le nom de baptême de cet hyperyacht. Il est désormais sous votre responsabilité et vous ne pouvez pas voler sans lui avoir donné un petit nom.

Sans savoir pourquoi, il répondit :

— Hope. Oui, je trouve que ça lui irait bien.

— Je vous... Cela ne signifie-t-il pas « Espoir » en primitif ?

— Tout à fait.

Comment connait-il le primitif ?

Le vieil homme avait fini par les laisser après leur avoir serré chaleureusement la main. Avant de disparaitre par le sas, il avait pris Lars dans ses bras :

— Tu vas me manquer mon vieux ronchon. Mais...

— ... Ce que l'Empereur veut... Je sais ! Toi aussi Aoc, tu vas me manquer. Surtout tes idées à la con.

Le temps que Lennon se familiarise avec les commandes haptiques, Aoc avait fait graver par laser le nom de l'hyperyacht sur la proue de l'appareil. Désormais, le *Hope* était sous la responsabilité d'Eldor et il n'avait absolument aucune idée de la façon dont il devait procéder. Puis finalement, se sentant parfaitement idiot, il prononça :

— Lennon, en avant toute. Je crois que nous n'avons d'autre choix que de nous rendre sur C3B.

— Commandant, nous y serons dans trois jours.

— Lennon ne m'appelle pas commandant. Je ne suis pas commandant pour un sou tandis que toi, tu l'es sur des destroyers militaires.

— Bien Grand Docteur Kent.

Eldor crut qu'il allait exploser :

— À vous tous là, Charles, Lennon, Lars… Écoutez-moi ! Pour la dernière fois, je ne suis ni un Grand Docteur ni un commandant. Juste un abruti qui aurait dû accepter ce poste de professeur dans une faculté si ridicule qu'elle tiendrait tout entière dans ce navire, le tout sur une planète si insignifiante que vous ne savez même pas qu'elle existe. Vous m'appelez Eldor, un point c'est tout. Je crois que nous avons bien d'autres choses à faire, du genre aller tailler le bout de gras avec des prétendus Fermiers ainsi que rendre une petite visite à nos très chers et si aimables amis Terriens, que de nous emmerder avec les balivernes du protocole.

Je commence à comprendre Wendy et ses manies au sujet de son nom.

Puis le *Hope* mit en préchauffage ses moteurs hyperatomiques en vue de procéder à un bond dans les heures à venir.

***

Alors que le tore lumineux du *Hope* s'estompait dans le fond de l'espace, une hypernef militaire, dernier cri et classée secret-défense, décolla de Bêta puis emprunta une trajectoire similaire.

Ils pensent qu'ils sont indétectables. Qu'ils peuvent être sots. Ils viennent de tomber dans le panneau.

Wendy saisit les commandes de son hyperjet et, tandis qu'elle rebroussait chemin pour retourner se poser dans la cour du Palais impérial, elle ne put s'empêcher de dire à voix haute :

— Pas de précipitation, ma belle. Attendons de voir de quelle façon ces dégénérés vont abattre leurs cartes.

Chapitre-13 : Eux

Il avait tout observé, comme il ne cessait de le faire depuis l'aube de l'Humanité. Les enfants allaient découvrir sous peu la nature profonde de leur existence. Il devait en informer l'Univers. Un grand moment de joie arrivait. Il laissa la trace d'un tore lumineux dans le ciel de ce monde que les enfants appelaient C3B.

A la mémoire de Riton.

Printed by Amazon Italia Logistica S.r.l.
Torrazza Piemonte (TO), Italy

32330892R00208